LA MALDICIÓN DEL HIGHLANDER

CLAIRE DELACROIX

Traducido por
LAUREN IZQUIERDO

DEBORAH A. COOKE

LAS NOVIAS DEL AMOR VERDADERO

La serie, *Las novias del amor verdadero*, es sobre romances escoceses medievales con elementos paranormales. Esta serie continúa las historias de los ocho hermanos de Kinfairlie que son los nietos de Merlyn e Ysabella de **El Bribón**.

1. **El corazón del renegado**

2. **La maldición del Highlander**

3. **El beso de la doncella de hielo**

4. **La recompensa del guerrero**

LA MALDICIÓN DEL HIGHLANDER

PRÓLOGO

Marzo de 1424: Killairig, en la costa oeste de Escocia.

Rowena pasó por el salón de Killairig, siguiendo la llamada del castellano de que había un hombre en la puerta.

Una mirada a ese hombre y su corazón se detuvo. El cabello del extraño era dorado como la luz del sol. Sus ojos eran azules y él era alto y robusto. Era un hombre apuesto, lo suficientemente apuesto como para pertenecer al linaje de las Hadas, pero Rowena no tenía que depender de pistas tan vagas como esa. Ella podía oler la sangre de las Hadas en él.

Dada su edad y su color, solo podía ser una persona.

Y solo podía haber una razón por la que había llegado a las puertas de Killairig.

Había llegado el momento del ajuste de cuentas.

Él parecía estar un poco desconcertado y Rowena recordó qué habilidad había elegido su hermana para su hijo mestizo. El don de escuchar los pensamientos de los mortales, tanto hombres como bestias, eso pronto sería una maldición para ese hombre.

Rowena podía asegurarse de que así fuera.

Ella había estado preparada para ese día durante mucho tiempo, y nada saldría mal.

Ella chasqueó los dedos y envió a varios sirvientes a dispersarse. "Rápido, ahora, traigan una copa para refrescar a nuestro invitado." El castellano se apresuró a hacer la voluntad de Rowena, incluso mientras destapaba el pequeño frasco que siempre llevaba consigo. Ella se dio la vuelta para aceptar el cáliz, disfrazando sus acciones frente al recién llegado. Rowena murmuró un hechizo tres veces en voz baja mientras vertía el contenido del frasco en la cerveza que contenía la copa. La superficie burbujeó por un momento, pero se hubo calmado cuando ella se volvió para presentar la copa a su invitado. "¡Bienvenido!" dijo ella. "Yo soy Rowena de Killairig. Lamento que mi esposo no esté tan bien como para poder saludarte."

El extraño que no era un extraño sonrió. "Yo soy Garrett MacLachlan y te agradezco la bienvenida." Hizo una reverencia y pasó la mirada sobre los altos muros y el parapeto del torreón. "Vine a hablar con tu esposo. Escuché una historia... "

Rowena sonrió cuando lo interrumpió. "Te lo ruego, bebe un poco y se bienvenido, luego hablaremos de tales asuntos."

Él la estudió por un momento, sus ojos vehementemente azules, y ella reconoció su sorpresa. Pero él tomó la copa, porque no podía escuchar la malicia en la mente de Rowena y sus mangas largas se aseguraban de que él no viera las marcas en su carne.

Incluso si supiera qué significaban.

Garrett bebió un sorbo y Rowena sonrió, sabiendo que el juego acababa de volverse a su favor. Ella enviaría a Bartolomé para advertir a su hijo que el desafío había llegado y, entre todos, la amenaza de Garrett MacLachlan sería descartada antes de que realmente comenzara.

CAPÍTULO 1

Junio de 1424: Fortaleza Seton, en las Tierras Altas de Escocia.

Annelise atravesaba la aldea de la Fortaleza Seton, ciega a la actividad que la rodeaba. Era principios de verano en las Tierras Altas y hacía buen tiempo. La fortaleza había florecido bajo la mano de Murdoch y su nueva esposa, la hermana de Annelise, Isabella. El ambiente en el pueblo era alegre, porque todos veían que su futuro mejoraba.

Annelise no compartía esa feliz opinión. De hecho, ella estaba molesta, mucho más de lo que cualquiera que la conociera hubiera creído posible. Ella estaba molesta con su situación y por lo tanto consigo misma. A ella le preocupaba más allá de lo imaginable que Isabella, su hermana menor por dos años, se hubiera casado antes de que Annelise hubiera captado el interés de un hombre.

Annelise moriría sola.

Atendiendo a los hijos de sus hermanas, sin duda, y dependiendo de la buena voluntad de sus respectivos maridos. A pesar de lo amables que habían sido los maridos de sus hermanas, esa no era la vida que Annelise habría deseado jamás. Ella quería un marido e hijos propios, un hogar propio y un jardín propio. Ella no quería sentarse junto al fuego, completar su bordado y ver el mundo pasar a su lado en toda su gloriosa actividad. Ella misma quería una vida ocupada.

Pero no sabía cómo empezar.

La razón era su naturaleza tímida y Annelise lo sabía bien. Ella podía ver la evidencia en la suerte de sus hermanas, cada una de las cuales había sido recompensada por su audacia. Su hermana mayor, Madeline, había huido audazmente de un matrimonio no deseado y se había ganado el amor de Rhys FitzHenry. Su siguiente hermana, Vivienne, había tentado audazmente a un amante para que se acercara a ella y se había ganado el corazón de Erik Sinclair. Isabella había optado precipitadamente por creer en la integridad de un aparente villano y, por tanto, ahora era la Dama de la Fortaleza Seton. Incluso Eleanor, la esposa de Alexander, el hermano de Annelise, había huido de un hogar abusivo y se había ganado el amor verdadero arriesgándose.

Lamentablemente, Annelise hasta ese momento en su vida había sido incapaz de atreverse o correr riesgos.

Su disgusto consigo misma se veía agravado por la compasión de los demás. El esposo de Isabella, Murdoch, había invitado a muchos hombres a su mesa, su intención de encontrar a Annelise una pareja era abiertamente comprendida por todos. Ellos sabían que Annelise no podía manejar esa hazaña sola y se dignaban a ayudarla, aunque en cierto modo, su ayuda era condescendiente. Claramente era necesaria, aunque ella podría haber preferido lo contrario. El hecho era que, aunque Annelise sabía que los hombres en cuestión habían venido a conocerla, ella era tan miserablemente tímida que no había hablado con ninguno de ellos.

Ella moriría sola y sería culpa suya.

Ella era una tonta. Si ella no podía cambiar sus modales y, por lo tanto, su fortuna, tal vez merecía morir sola.

La mera idea le dio un propósito. Annelise llegó al borde de la aldea, pero siguió caminando con la barbilla en alto. Ella no podía volver al salón, todavía no, no antes de haber hecho algún cambio en su circunstancia, por pequeño que fuera. Cuando el bosque se cerró alrededor del camino y el camino se curvó fuera de la vista del pueblo de Seton, Annelise supo lo que haría.

Ella visitaría el claro con el manantial natural, el lugar donde la gente iba a orar por la curación. Era un lugar antiguo y ella había estado allí con Isabella. Los lugareños lo llamaron pozo de los retazos. Isabella había rezado allí para concebir rápidamente al hijo de Murdoch y, a los cuatro meses de casados, ella quedó embarazada. Estaba claro que el pozo tenía poder, e igualmente claro que Annelise necesitaba ayuda. Eso no estaba lejos y el pozo había estado lleno de gente cuando lo había visitado con Isabella.

Annelise iría allí ese mismo día y rezaría para encontrar audacia y, por lo tanto, un esposo.

Y por ganar ambos muy pronto.

ANNELISE SE SORPRENDIÓ al encontrar la arboleda desierta.

Había sido como una plaza de mercado en su visita anterior, llena de gente y sus risas. Ese día, incluso con el sol brillando, parecía que ella había entrado en otro mundo.

Estaba tranquilo. Aunque Annelise sabía que eso era un truco de las colinas y su forma, ya que los valles a menudo estaban protegidos de los sonidos del exterior, la quietud la hechizó. Había miles de cintas y trozos de tela colgados de los árboles, y estaban más agrupados cuanto más ella se acercaba al agua. Ella bajó con cuidado la pendiente hasta el agua. Annelise se dio cuenta un poco tarde de que si se caía, nadie sabría dónde buscarla.

La vegetación era exuberante en el claro, verde y abundante. Los árboles se arqueaban en lo alto, proyectando una sombra moteada sobre el valle. No se oía ningún sonido, ni siquiera el silbido del canto de los pájaros, solo el goteo del agua del manantial que se encontraba muy abajo y el leve susurro de las hojas en lo alto.

Annelise podía convencerse fácilmente a sí misma de que había entrado en un reino mágico. Ella recordó todos los cuentos que había escuchado junto al fuego de Kinfairlie a lo largo de los años. Sus cuentos favoritos eran los de Arturo y sus caballeros, y sus aventuras. Eran hombres nobles y buenos, rápidos para defender a las doncellas y para conquistar monstruos. Se decía que la Dama del Lago, la que le había concedido la espada Excalibur a Arturo, habitaba en un claro encantado.

¿Podría ser ella quien cumpliera con las peticiones de todos esos peregrinos? Annelise fácilmente podía creer que era así.

Ella se detuvo junto al manantial y respiró hondo. La hacía sentirse audaz y fuerte simplemente pararse en un lugar así, especialmente cuando consideraba el valor de las mujeres en los cuentos de Arturo. Ella podría ser como una de esas mujeres y luchar por su deseo.

El estanque no tenía más de tres metros de ancho y estaba rodeado de piedras grandes. La fuente burbujeaba a través de las rocas, haciendo un leve goteo mientras fluía hacia el estanque. La superficie del estanque era lisa, como un espejo oscuro, y reflejaba el dosel de hojas y el cielo en lo alto. Tiras de tela o retazos estaban densamente agrupados alrededor de su perímetro, la mayoría de ellos rojos y muchos de ellos colgando del agua.

Annelise cerró los ojos y susurró una oración. Ella se quitó una cinta del cabello y la sumergió en el agua, asegurándose de que estuviera completamente empapada. Ella sabía que cuando la cinta se secara y luego se desintegrara, su dolencia desaparecería con ella. Annelise extendió la mano y ató la cinta a una rama en lo alto. La cinta colgaba hacia abajo, goteando.

Annelise examinó el lugar pacífico e inhaló profundamente su tranquilidad. Ella sacudió una piedra, luego se arrodilló y cerró los ojos para rezar de nuevo.

Fue entonces cuando se dio cuenta de que no estaba sola.

GARRETT MACLACHLAN se lanzó a través del bosque en busca del lobo, sin importarle dejar todo lo que sabía muy atrás. Él siempre había encontrado la paz en el bosque, pero ahora no quería formar parte de los hombres.

Ellos lo habían avergonzado, desacreditado y negado.

Peor aún, todos los que amaba estaban muertos.

Él haría su futuro en el desierto.

Su persecución del lobo hambriento se adaptaba perfectamente a su mal humor. La bestia había comido bien a expensas de muchos otros, varios de ellos queridos por Garrett, y Garrett lo vería pagar por sus crímenes. El lobo lo había llevado a una larga persecución, pero pronto, la caza terminaría.

Garrett había descubierto que este lobo era extraordinariamente esquivo. Era más grande que la mayoría, pero se movía a una velocidad asombrosa. Además, este lobo era silencioso en el bosque y podía desaparecer en las sombras, como si no fuera realmente de esta tierra o como si nunca lo hubiera sido. Era astuto incluso más allá de sus compañeros.

Incluso ahora, Garrett sólo veía que avanzaba, una forma fugaz contra las sombras estampadas de las hojas.

Garrett lo habría perdido cien veces, si no fuera por su maldición. Era su conocimiento de los pensamientos de los demás lo que le daba una ventaja. Por una vez en su vida, su legado tenía valor. Aun así, él tenía que recurrir a escuchar los pensamientos de otras criaturas en el bosque para encontrar a este lobo. O su habilidad se estaba desvaneciendo o este lobo era astuto. Garrett sabía cuál de esas opciones preferiría.

Ese día, Garrett sintió la sed aguda del lobo y adivinó su intención.

Él se dio cuenta en el momento en que olió agua. No se sorprendió cuando el lobo se deslizó por la cresta y descendió al hueco entre las colinas. Garrett escuchó el burbujeo del água mientras se arrastraba detrás de la criatura y se dio cuenta de que el lobo había encontrado un manantial.

El lobo miró hacia atrás más de una vez, deteniéndose debajo de un arbusto o a la sombra de un árbol, sus ojos brillaban mientras olfateaba el aire. Garrett sabía que el lobo sentía que él lo estaba acechando y no se atrevía a dejar que lo percibiera. El lobo tenía un hambre increíble.

Le arrancaría la garganta por acercarse demasiado.

Le arrancaría la garganta a cualquier criatura que pudiera. El lobo no se había detenido a comer en una semana. Ahora, el hambre hacía que su estómago gruñera, y el hambre, esperaba Garrett, lo haría equivocarse.

Garrett ni siquiera estaba seguro de dónde estaba, solo que estaba cerca de su presa. Daba igual. Una vez que el lobo estuviera muerto, desaparecería en el bosque para siempre.

En opinión de muchos, ya lo había hecho.

Los recuerdos se agolparon en su mente, haciéndolo estremecerse por lo que había soportado esos últimos meses. El dolor brotó de su garganta, amenazando con estrangularlo, y Garrett luchó contra su asalto. Él lloraría cuando el lobo estuviera muerto.

Cuando se hiciera justicia.

De repente, Garrett se dio cuenta de que el lobo tenía un sentido más agudo de su presencia. La ansiedad llamaría la atención del lobo, y sus preocupaciones no tenían cabida en esta cacería. Todo era sencillo en el bosque. Había cazadores y presas.

Garrett sabía cuál sería él.

La cautela del lobo se desvaneció, quizás debido a su sed. Garrett lo vio salir de las sombras. Con paso rápido, entró en un claro salpicado de luz solar, un lugar sereno de un verde intenso. Había trapos de todos los colores colgando de los árboles en el fondo del valle, una señal de que la gente iba a ese lugar a orar por la curación. El lobo vaciló, como momentáneamente desconcertado por los olores de tantos humanos, pero tomó su decisión y se dirigió hacia el agua.

Garrett esperó y miró. Él pudo ver la luz en el lago alrededor del manantial, convirtiéndolo en un espejo plateado. Él podía ver claramente al lobo desde esa posición, y estaba a favor del viento. Garrett extendió la mano para sentir los pensamientos del lobo y sintió su confianza.

El lobo era de color gris plateado, su hocico y patas más oscuras que su lomo, su cola exuberante. Su piel debía adornar la cama de una dama, la cama de la dama de Garrett, un símbolo que fuera prueba de su intención de proteger a la mujer que prometiera ser suya. Pero Garrett no tenía mujer y él dudaba que hubiera una mujer viva que pudiera aceptar su maldición. Su vida era solitaria y temía que siguiera siéndolo, sobre todo porque su dolencia de repente se había vuelto mucho peor.

Quizás era más sencillo elegir estar solo.

El lobo entró en una zona de luz solar, miró a su alrededor y luego se inclinó para beber.

Garrett levantó su ballesta para disparar, luego se congeló cuando el lobo se enderezó. Él sintió que los latidos de su corazón se aceleraban. Levantó la cabeza y dobló las orejas hacia atrás, olfateando y escaneando, luego gruñó.

Fue entonces cuando Garrett vio a la mujer. Ella estaba de rodillas como si estuviera rezando, con la cabeza inclinada y las manos juntas delante de ella. Él no la había visto al principio porque su capa era verde y su capucha cubría su cabello. Ella estaba completamente quieta, como, en su experiencia, pocas personas podrían estarlo.

Sus pensamientos estaban tan tranquilos que incluso él, con su don, no se había dado cuenta de su presencia. Eso lo asombró.

Sin embargo, ante el gruñido del lobo, ella levantó la cabeza y el terror inundó su mente. Garrett tuvo tiempo de darse cuenta de que era encantadora antes de que el lobo saltara hacia ella con los dientes al descubierto.

Sin dudarlo, Garrett levantó la ballesta y disparó.

Un cazador menos experimentado habría golpeado a la doncella en lugar del lobo. El ángulo estaba en su contra y el lobo se había movido rápidamente. Pero la flecha de Garrett atravesó al lobo y él supo que le había dado en el corazón. El cuerpo del lobo se sacudió y la bestia aulló al caer. El grito se volvió quejumbroso y se desvaneció, incluso cuando la sangre fluyó a través de su pelaje hasta el suelo. Garrett hizo una mueca ante la explosión de dolor y furia que llenó los pensamientos de la bestia. Él se tambaleó un poco ante la intensidad de su reacción, porque nunca había sentido nada parecido, pero la angustia del lobo ya empezaba a desvanecerse.

Garrett caminó hacia el lobo caído, sacando su cuchillo.

La dama no se había movido. Garrett se sorprendió de que ella no hubiera gritado. Cuando él se inclinó sobre el lobo y se aseguró de terminar lo que había comenzado, se dio cuenta de que ella parecía haber estado tallada en piedra. Era una perspectiva que menos que ideal. El dolor del lobo terminó, un vacío de silencio llenó la mente de Garrett donde había estado su conciencia del lobo.

¿Dónde estaban los pensamientos de la mujer?

¿Ella era retardada? ¿Era por eso que su mente estaba quieta?

Él nunca había conocido a nadie que exudara tanta tranquilidad y ahora que el lobo estaba muerto, Garrett podía considerar el misterio. ¿Ella era muda? Este era un lugar donde se rezaba por la curación, por lo que ella podría tener alguna dolencia.

Sería un crimen para alguien tan encantadora ser menos que perfecta. Garrett no se atrevió a mirarla directamente, no antes de componer sus facciones. Él sabía que el tormento que experimentaba ante el sonido de otros pensamientos podía leerse en su expresión, particularmente cuando uno moría como había hecho ese lobo. Él limpió la hoja de su cuchillo en el borde de su capa antes de devolverla a su vaina. Él quitaría la piel del cadáver cuando ella se fuera, para no asustarla.

Sin embargo, Garrett se maravilló de no sentir ninguna gran cantidad de pensamientos y preguntas. Ella había estado asustada y ahora él sabía que estaba aliviada. No más que eso. Lentamente, para no alarmarla, Garrett levantó la mirada para encontrarse con la de ella. Él era consciente de la sangre en su falda escocesa y en sus manos, la siniestra finalidad de lo que había hecho. Garrett era consciente de la suciedad de sus botas y del fango en su piel, porque había estado acechando al lobo durante muchas semanas.

Ella lo estaba mirando, pero no con horror o disgusto. Su respiración se aceleraba y ella tenía los ojos muy abiertos. Eran de un magnífico tono verde y con pestañas gruesas, sus facciones hermosas y finas. Su capucha se había caído hacia atrás para revelar que su cabello era castaño rojizo y prolijamente trenzado. Sin embargo, su cabello estaba descubierto y ella no usaba tocado, lo que indica que era una doncella. Sus manos delgadas todavía estaban levantadas, las yemas de los dedos sobre su boca exuberante.

"¿Estás lastimada?" preguntó él, cuando ella todavía no dijo nada.

Ella negó con la cabeza, su mirada se dirigió al lobo y luego a su hoja envainada. Ella estudió sus manos por un momento, luego lo miró a la cara y tragó. "Te moviste tan rápido cuando yo no podía moverme en absoluto". Su voz era baja y suave, llena de una dulzura que hizo que Garrett anhelara protegerla.

No era retardada, entonces, ni muda.

Debía ser alguien que había ido a orar ahí, alguien que no entendía el bosque y sus caminos. ¿Por qué oraba? Garrett tenía muchas ganas de saber. ¿Por qué estaba sola e indefensa?

Sólo entonces escuchó el suave susurro de sus pensamientos, un torrente de preguntas e impresiones no más intrusivas que el murmullo de un arroyo. Garrett sintió la curiosidad por él, su conciencia de él. Pero su presencia no la inquietaba, como la de los demás. Él podía estar de pie y ser consciente de sus pensamientos y no desear huir. De hecho, él estaba intrigado por todo lo que sentía y veía. Él solo quería acercarse a ella y aprender más.

¿Por qué era ella tan diferente de los demás que había conocido?

¿Podría haber sido correcta la promesa de Mhairi?

¿Podría esta hermosa doncella ser su futuro? Garrett dudaba que un hombre tan maldito como él pudiera tener tal fortuna.

"La elección era fácil entre la dama y el lobo", dijo él con determinación. "Yo sabía que si no actuaba rápidamente, el lobo tomaría su propia decisión, y que en este asunto, como en tantos otros, la bestia y yo no estaríamos de acuerdo".

Él había esperado tentarla a sonreír y se sintió decepcionado cuando fracasó.

"Entonces has rastreado a este lobo", dijo ella, su mirada se posó en el cadáver. "Eres un cazador". Él asintió con la cabeza, sintiendo su respeto por esa tarea. "¿Cuánto tiempo y qué tan lejos?"

"Demasiado tiempo y demasiado lejos". Garrett se atrevió a acercarse un paso más. "Aunque no puedo cuestionar a dónde me ha llevado el camino." Él se atrevió a encontrar su mirada y dejarle ver su admiración por su belleza.

Ella contuvo el aliento. Garrett sintió su deseo de huir, una oleada de pánico dentro de ella, luego tomó una decisión. Ella se mantuvo firme y levantó la barbilla. Garrett estaba fascinado de que esa exquisita criatura pudiera librar una batalla interior que fuera de alguna manera similar a la suya.

"¿Sabes dónde estás?"

Garrett sonrió. "Estoy en compañía de una dama encantadora." No era mentira. Él se dio cuenta de que anteriormente no había tenido suerte al pronunciar las palabras de un cortesano porque no las creía ciertas. En este caso, seguramente estaba atrapado.

Y no deseaba ser libre.

"Volvería a hacerlo, aunque sólo fuera para verla sonreír".

Ella lo miró con las mejillas encendidas. "Le pido disculpas, señor, porque tengo poca práctica en este juego."

"Seguramente no. Una dama tan hermosa como usted tiene muchos admiradores ardientes."

Entonces ella sonrió y Garrett quedó deslumbrado por la vista. "¡Seguro que sí!" argumentó ella, sus ojos brillando. "Habitualmente me quedo mudo en compañía de otros y, como resultado, la mayoría me pasa por alto. No tengo pretendientes, señor."

Garrett sonrió. "Sin embargo, parece que hablas conmigo con

bastante facilidad." Él se sentía más ligero en su presencia, a gusto de una manera que rara vez se sentía. De hecho, parecía que haber matado al lobo había cambiado sus perspectivas para mejor.

La doncella lo miró y luego exhaló. "En efecto. Quizás debería ponerme en peligro más a menudo."

Garrett se rio por primera vez en meses y su sonrisa se amplió. Ella parecía brillar ante él, su deleite en su conversación era tan grande como la de él. "Quizás la recompensa no valga tal sacrificio. Quizás haya otras formas de persuadir tus palabras."

Ella echó un vistazo al manantial y luego volvió a mirarlo a él.

"¿Seguramente no puedes haber venido a orar por un pretendiente?"

"Vine a orar pidiendo valentía, señor, y una medida parece haberme encontrado." Ella hizo una mueca. "O eso o el terror me soltó la lengua."

Garrett fingió considerar eso. "Si pretendes ponerte en peligro de nuevo como prueba, quizás necesites un protector".

Ella le sonrió con tanta calidez que su corazón se apretó. "Lamentablemente, no tengo uno, señor". Ella se sonrojó fuertemente y él no podía imaginar qué hacía que su corazón se acelerara tanto. "En verdad, sería más seguro asegurarse primero de que el efecto no se haya producido solo con tu presencia."

"—Entonces, crees que soy una compañía más segura que un lobo hambriento" —bromeó él. "Estoy más tranquilo".

"Sólo porque yo misma no soy un lobo hambriento", replicó ella. Ella contuvo el aliento, como si se sorprendiera de sí misma, luego juntó los dedos y se sonrojó aún más. "—Me pregunto, señor, si podría venir a la Fortaleza Seton esta noche. Me gustaría recompensarte por matar a este lobo en las tierras del marido de mi hermana."

La sola sugerencia envió terror a través del corazón de Garrett, porque él recordaba muy bien lo que había sucedido la última vez que había entrado en una fortaleza.

Al mismo tiempo, no podía imaginarse perder a esa seductora

doncella, no antes de saber mucho más de ella de lo que ya era el caso. Quizás esa única experiencia había sido una excepción. Quizás su familia estaba tan tranquila en sus pensamientos como ella.

Quizás la recompensa de su compañía valiera cualquier precio.

"Primero le pediría una bendición, mi señora". Garrett dio un paso más hacia ella y la sintió estremecerse. Él levantó un dedo. "Un beso, entonces todo estará equilibrado entre nosotros".

La respiración de Annelise se aceleró ante su sugerencia y él pudo saborear su incertidumbre. Garrett se preguntó si ella alguna vez había besado un hombre. Él no podía apartar la mirada de la intensidad de su mirada y su incertidumbre le hacía sentirse extra-ordinariamente protector con ella.

"¿Por qué?"

"El marido de tu hermana puede creer que me debes mucho más que un beso por este hecho en este día", dijo en voz baja. "Pero si alguna vez vienes a mí, mi señora, no permitiré que sea porque se te ordenó que lo hicieras. Quisiera que vinieras a mí por tu propia elección."

Ella tragó y él observó cómo su garganta se movía. "Creo que tus términos son los más justos", susurró ella y él supo que decía la verdad. Garrett sintió la anticipación dentro de ella, la atracción que reflejaba la suya, y nuevamente, se asombró de que su presencia fuera tan serena.

Garrett se acercó y le tocó la barbilla con un dedo. Él era cons-ciente de su deseo de huir y esconderse. Al mismo tiempo, se sentía honrado por su confianza. Ella luchaba por superar sus incertidum-bres y él la admiraba aún más. Garrett se movió lentamente, sin querer asustarla, aunque anhelaba apretarla contra sí mismo y besarla profundamente.

Él deslizó el pulgar por su piel y la sintió estremecerse. Sus ojos brillaron mientras lo estudiaba y esos labios maduros se abrieron en invitación, haciéndole recordar su determinación de ser valiente. El pecho de Garrett se apretó al ver su vulnerabilidad.

Luego se inclinó y suavemente capturó su boca debajo de la suya. Ella tembló como un árbol nuevo, y por un segundo él pensó que la había perdido. Pero su nueva audacia triunfó, porque ella cerró los ojos y colocó las manos sobre sus hombros.

Aceptando con gusto su caricia.

Fue suficiente para marearlo. Mientras profundizaba su beso, Garrett supo que Mhairi había tenido razón y que finalmente había encontrado a la mujer que podía calmar el desorden dentro de él.

A pesar de que todavía tenía que aprender su nombre.

LA RECOMPENSA por su valentía no era como para pasarla por alto.

Annelise cerró los ojos mientras el cazador la besaba, incapaz de luchar contra el placer despertado por su caricia. Si alguna vez ella hubiera adivinado que un beso podría ser tan maravilloso, ella podría haber corrido un riesgo antes.

Como era, ella quería nunca que él se detuviera.

Incluso con los ojos cerrados, Annelise era consciente de que él era mucho más alto y ancho que ella, que tenía una fuerza mucho más allá de la suya. Él era un hombre práctico y competente, uno que cazaba lobos y los mataba. Era fácil ver que asumía la responsabilidad de aquellos que estaban bajo su autoridad y que no rehuía una tarea difícil. Ella podía imaginarlo como el Señor de una propiedad, un hombre en el que se podía confiar para proporcionar protección y justicia, uno que nunca abusaría de su autoridad ni tomaría más de lo que le correspondía.

Él era un hombre en verdad, rudo y bronceado, su ropa era sencilla pero bien confeccionada. Había algo de practicidad en él, y ella sentía que él no llevaba ningún artículo que no le fuera útil de forma regular. Su cabello era rubio oscuro y eso, combinado con su bronceado, lo hacía lucir dorado. Sus ojos eran de un azul tan vivo que parecían reflejar el cielo. Ella no fue tan atrevida como para mirarlo directamente, pero había notado cómo su camisa de cuero con cordones mostraba la amplitud musculosa de su pecho grande, cómo el lino sin teñir de su camisa hacía que su bronceado pareciera más intenso. Su falda estaba tejida con los colores del bosque, un extremo echado sobre su hombro como una capa. Sus botas eran altas pero ella aún podía ver la poderosa fuerza de sus piernas. Solo un vistazo de su cuerpo había sido suficiente para debilitar sus rodillas.

Su beso completó lo que había comenzado esa sospecha. Annelise se sintió tan cerca de desmayarse como siempre y se preguntó cómo un alma se resistía a un placer como ese. El cazador la abrazaba con suavidad pero con firmeza, con una mano inclinando su rostro hacia arriba para besarla, las yemas de los dedos justo debajo de su barbilla. Su otra mano descansaba en su cintura, estabilizándola pero sin reclamarla. Ella era lo suficientemente libre como para dar un paso atrás y detener el beso si así lo deseaba, pero Annelise no lo deseaba.

Ella quería más.

Todo lo que ella siempre había deseado era un hombre honorable como esposo, hogar e hijos. Ella sabía poco de este cazador, ni siquiera su nombre, pero su toque seguro y su tierno beso le decían todo lo que ella creía que necesitaba saber.

Su decisión de ser audaz ya había dado sus frutos.

Annelise no se sorprendió cuando él terminó su beso, tampoco por la tristeza en su sonrisa cuando ella se atrevió a mirarlo. Annelise estaba decepcionada de que tal placer terminara, pero ella esperaba otro beso. Ella se mordió el labio tímidamente, todavía hormigueando por la calidez de su caricia.

"Podrías tentar a un santo, mi señora", susurró él. "Y yo no soy un santo".

"¡No hables así!" Protestó Annelise, sintiendo sus mejillas arder. "No soy una tentadora".

"Tu beso me atrae como ningún otro".

"No se debe a ninguna habilidad amorosa de mi parte." Ella se atrevió a burlarse de él. "Tal vez usted tiente mi reacción, señor".

Su sonrisa fue rápida. "O quizás despertamos algo en el otro".

Annelise contuvo el aliento de que sus palabras hicieran eco tan de cerca de sus propios pensamientos. "Destino", susurró encantada.

"No me gusta esa idea", dijo él con un movimiento de cabeza y ella se sintió aplastada. Él levantó las manos para dejarlas descansar ligeramente sobre sus hombros y Annelise no pudo apartar la mirada del calor de su mirada. Sus dedos se curvaron, sus pulgares se movieron contra sus hombros en un movimiento lento y seductor. "Implica que no tenemos opciones que tomar, que todo está escrito en piedra desde el momento de nuestro nacimiento." Él respiró hondo, luego dio un paso atrás para que hubiera un espacio entre ellos. "Yo tomo decisiones y actúo sobre ellas, mi señora".

Annelise estaba confundida. ¿Él quería darse la vuelta y dejarla? Ella no podía creerlo, pero no entendía su retirada. "¿Me rechazas?"

"Te protejo", respondió él amablemente. Incluso de mí mismo. Incluso en contra de mi propio deseo."

"¿Por qué?"

"Eres inocente. Eres de la nobleza. Ya has dicho que estamos en tierras del marido de tu hermana. Yo no elegiría voluntariamente colocarme en su tribunal de justicia o mancillar tu nombre con rumores." Él bajó la voz. "Ningún hombre de honor toma más de lo que le corresponde."

Sus palabras hicieron sonreír a Annelise, ya que no había nadie que los viera en ese lugar y mucho menos para chismear sobre sus elecciones. "Si no es el destino, ¿qué poder está en funcionamiento?"

"Reconocimiento", respondió él sin dudarlo. "Creo que vemos más agudamente con otros sentidos además de la vista. Creo que tú y yo percibimos algo el uno en el otro, aunque todavía no podemos nombrarlo."

"¿Cómo qué?"

Él se encogió de hombros y desvió la mirada, como si quisiera ocultarle sus pensamientos. Annelise descartó la idea porque tenía poco sentido. "¿Quién puede decir? En los cuentos antiguos, uno de nosotros tendría la fuerza para compensar la debilidad del otro."

Annelise estaba encantada con eso. ¡A él le encantaban los cuentos antiguos tanto como a ella! "Al revés, también", dijo ella.

Él asintió. "Juntos, un par es mayor que la suma de las partes." Annelise asintió feliz. Él la estaba mirando, sus ojos brillantes y sus labios firmes se curvaron en una leve sonrisa. Él parecía encantado con ella, lo cual era algo maravilloso, porque sin duda Annelise estaba intrigada por él. Ella nunca había conocido a un hombre más atractivo, nunca había estado bajo la protección de uno, y ciertamente nunca había sido besada por uno. Ella estudió su boca, incapaz de evitarlo, recordando la sensación de sus labios contra los suyos. Algo revoloteó en su vientre y se sintió cálida de una manera que tenía poco sentido.

Ella habló rápidamente, deseando solo su promesa, e inmediatamente temió haber exigido demasiado. "¿Entonces vendrás a la Fortaleza Seton esta noche?"

"Lo intentaré", dijo él, su reserva inconfundible.

"No está lejos. Caminé desde allí yo misma hace un momento. El camino te llevará hasta las mismas puertas... "

La cálida yema de su dedo aterrizó en sus labios, silenciándola. De hecho, la aspereza de su piel, tan diferente a la de ella, envió una oleada de calor a través de ella. Su corazón dio un vuelco y su boca se secó.

Cómo anhelaba otro beso.

El cazador se inclinó hacia su dedo, su voz baja con intención. "No es la distancia lo que me alejará de tu lado, mi señora."

Annelise lo miró fijamente, sin saber qué pensar.

"Trataré de ir al salón", prometió él, luego se inclinó y reemplazó la punta del dedo con la boca. Annelise cerró los ojos, inhalando su aroma incluso mientras saboreaba su caricia. Ella sintió la luz del sol moteada sobre su cabeza y escuchó el murmullo silencioso del arroyo. El viento se movía a través de los árboles, y el claro parecía detener el momento en el tiempo. Su boca se movió contra la de ella una vez más, provocando una respuesta aún mayor que antes.

Cuando rompió el beso esta vez, Annelise mantuvo los ojos

cerrados, queriendo estar segura de que nunca olvidara ese momento. Ella esperaba que fuera el primero de muchos que compartirían, luego abrió los ojos.

El cazador se había ido, con tanta seguridad como si nunca hubiera estado.

Incluso el cadáver del lobo había desaparecido.

Había sangre en el suelo, prueba de que ella no había soñado esto.

Annelise se giró en su lugar, aguzando el oído, pero no oyó nada más allá de los sonidos habituales de un claro iluminado por el sol en un bosque. Sus labios todavía hormigueaban y podía saborear su piel sobre la de ella. No era producto de su imaginación, sino un hombre hábil para moverse silenciosamente por el bosque.

¿Seguramente vendría al salón?

Annelise tenía que creer que sería así.

Lo que significaba que ella tenía que decírselo a Isabella, para asegurarse de que el cazador fuera bienvenido cuando llegara. Annelise recogió sus faldas y se apresuró a regresar a la Fortaleza Seton, la anticipación hizo que su viaje fuera rápido.

urdoch, el Señor de la Fortaleza Seton, se detuvo en el acto de ponerse una camisa limpia y se volvió para mirar a su esposa. "¿Annelise conoció a un pretendiente en el bosque?" repitió él, seguro de que su opinión era más que clara. "¿Por qué estaba sola en el bosque?"

"Ella fue al claro a rezar." Isabella sonrió a su esposo, claramente valiente ante su escepticismo. "Yo conocí a un pretendiente en el bosque", le recordó ella. "Me parece que el matrimonio resultante de ese encuentro está funcionando bastante bien."

"No fue lo mismo", insistió Murdoch. "Y la primera vez que te conocí fue en la casa de tu hermano. La segunda vez que nos encontramos fue en el bosque."

Isabella hizo caso omiso de este detalle. "Creo que ella está bastante encantada."

Murdoch la miró. Él sentía el peso de su responsabilidad al tener a la hermana de Isabella bajo su cuidado. Él le había prometido al hermano mayor de su esposa, Alexander, Señor de Kinfairlie, que trataría a Annelise con tanto cuidado como si fuera su propia hermana. Murdoch sabía que Alexander habría desaprobado que cualquier hermana suya tuviera un noviazgo como el de él e Isabella. Su tono se agudizó ligeramente. "¿Y qué sabe ella de él?"

"Supongo que es guapo y alto. Cabello rubio y ojos azules."

"¡Como si su apariencia fuera el único detalle de importancia!"

"No es el único detalle, pero es importante". Ella le sonrió, la picardía hizo que sus ojos bailaran. "Annelise desea tener hijos, después de todo."

Aunque estaba claro que ella estaba embarazada, Isabella podía verse como una niña empeñada en crear problemas. Murdoch luchó contra el impulso de sonreírle y se esforzó por permanecer severo. "¿Qué hay de su familia?"

"No sé."

"¿Su nombre?"

Su esposa se encogió de hombros. "Estás empezando a sonar como Alexander.". Isabella había hablado en voz baja, casi como para asegurarse de que sus palabras pasaran desapercibidas, pero Murdoch sabía que su esposa no habría hecho su comentario en voz alta si no hubiera querido que él la escuchara.

Él le dirigió una mirada reprimida.

Ella extendió sus manos. "¡Él la salvó de un lobo! Seguramente eso tiene su mérito."

"¿Y dónde está el cadáver del lobo?"

Isabella puso los ojos en blanco. "En el bosque, supongo. Difícilmente se podía esperar que Annelise lo trajera aquí."

"—No, pero me hubiera gustado ver una prueba de su acto. Es fácil ser valiente cuando no hay nadie para presenciar eso."

"No sabes nada del hombre, pero ya lo consideras un mentiroso."

"No necesariamente." En lugar de expresar sus sospechas, Murdoch se dirigió a la puerta del solar. Un escudero que esperaba en el pasillo se puso firme en cuanto se abrió la puerta. "¿Podrías pedirle a Breac y Kerr que vayan al bosque, cerca del claro, y busquen algo fuera de lo común?" Él escuchó la rápida inhalación de Isabella y supo que ella había adivinado lo que había estado pensando.

"¿Tienes una idea de lo que podrían encontrar, señor?"

"Sí, pero preferiría que simplemente vieran lo que hay allí."

"¿Antes de la cena, señor?"

Murdoch asintió. "Les aseguraré una ración extra de venado para ambos."

"Muy bien señor." El muchacho hizo una reverencia y se apresuró a cumplir las órdenes de su amo.

Isabella había apoyado las manos en las caderas cuando Murdoch cerró la puerta. "¿Estás sugiriendo que mi hermana está mintiendo?"

Murdoch hizo una mueca. No había forma amable de evitar esto. "Estoy sugiriendo que ella podría estar tratando de escapar de nuestros esfuerzos por presentarla a hombres elegibles. Si ella crea un pretendiente que nunca conocimos, podríamos dejarla en paz."

"¡Pero ella quiere casarse!"

"Entonces podría tratar de entusiasmarse más cuando le presenten a un hombre apto", se quejó Murdoch. "En cambio, ha parecido asediada, como si prefiriera estar en cualquier lugar que en su presencia."

"¡Annelise es tímida!"

"No es fácil traer tales pretendientes a este salón. La Fortaleza Seton es relativamente remota y atraerlos a nuestra mesa requiere un esfuerzo considerable. El hecho de que ella ni siquiera levante la mirada de sus manos no ayuda en nada." Murdoch vio los labios de Isabella apretados, pero hizo su última sugerencia de todos modos. "Quizás le vendría mejor convertirse en una esposa de Cristo."

"¡No!" Los ojos de Isabella brillaron. "Annelise siempre ha sido tímida y adora a los niños." Isabella siguió a Murdoch a través de la habitación y él supo que ella tenía más que decir. "Ella simplemente necesita un poco de aliento, un hombre que la comprenda, que le hable, que se esfuerce".

"¿Qué mate a un lobo?" Sugirió Murdoch.

"No es una mala manera de impresionar a una doncella". Isabella tamborileó con los dedos sobre su codo. "Eso podría haber sido todo, ya sabes. Ella podría haber estado tan asustada que su timidez se vio abrumada. Es posible que se hayan hablado entre ellos."

"—Bueno, entonces tendremos que convencer a más lobos para que vayan a nuestro bosque. Tal vez debería tener uno o dos sueltos en el salón la próxima vez que venga un pretendiente a cenar."

Isabella entrecerró los ojos para examinarlo. "Estás de mal humor por todo esto. ¿Cuál es el problema?"

"Le prometí a tu hermano que trataría a Annelise como a mi propia hermana. Me pidió que le buscara marido a toda prisa y lo he intentado. No solo ella no ha mostrado interés en los hombres que vinieron aquí a verla, ¡sino que ahora quiere elegir a un hombre en el bosque que nunca hemos visto!"

"Suenas como Alexander".

"Llego a entender por qué él encuentra a sus hermanas tan irritantes". Isabella sonrió tan alegremente ante ese comentario que Murdoch la miró con desconfianza. Solo podía haber una razón para su alegría. "¿Qué no sé?"

"Annelise ha invitado a su campeón a la mesa esta noche, así que tendrás la oportunidad de conocerlo tú mismo." Ella se puso su diadema y giró frente a él de modo que el dobladillo de su kirtle se ensanchó. "Incluso podrías preguntarle su nombre".

Murdoch señaló a su esposa con un dedo. "Si él la ha tocado, no saldrá ileso de este salón."

"Entonces es mejor que te adviertan que él la ha besado". Isabella eligió un abrigo y se lo puso sobre los hombros.

"¿Algo más que eso?" Preguntó Murdoch, alzando la voz.

Isabella le sonrió. "No creo que haya habido tiempo".

De repente, Murdoch se alegró mucho de no tener una hermana, y mucho menos cinco, al igual que Alexander. Él se dirigió a la puerta antes de detenerse, respiró hondo y le ofreció el codo a Isabella.

Ella le sonrió mientras deslizaba su mano en su brazo y se

apoyaba en su hombro. El embarazo le sentaba muy bien. Ella se veía rosada y sana, pero él no se podía negar la creciente curva debajo de su vestido ni el hecho de que últimamente estaba más cansada. Murdoch sintió una oleada de amor por ella que mejoró enormemente su estado de ánimo.

"Me gusta que seas protector con mi hermana", le murmuró ella, con los ojos brillantes. "Y me gusta que te asegures de que se case bien. Es un buen augurio para el futuro de nuestros propios hijos."

Murdoch sonrió. "¿Podrías tener la amabilidad de asegurarte de que solo nos des hijos varones?" preguntó él, su tono burlón.

Isabella se rio. "Tienes razón, ahora que lo pienso", dijo ella, su tono lleno de picardía. "Te conocí por primera vez en el salón de mi hermano, cuando viniste a pelear con él. Entonces, dado que pelearías con el cazador de Annelise, no puedo evitar pensar que este es un comienzo de lo más afortunado."

Ante eso, Murdoch, a su pesar, soltó una risa irónica. "Muy bien. Me reuniré con él."

Y serás encantador.

"Y él tendrá la oportunidad de demostrar que es digno de cortejarla", dijo Murdoch con severidad. Isabella sonrió, aparentemente contenta con eso, y bajaron juntos al salón.

GARRETT SABÍA MUY BIEN que pasaba el tiempo.

El azul intenso del cielo de la tarde se había desvanecido hasta convertirse en el crepúsculo, y la última luz del sol persistía en el horizonte occidental. Las primeras estrellas eran visibles en el cielo del este y las sombras eran más profundas dentro del bosque. Las criaturas del día habían regresado a sus madrigueras y nidos para pasar la noche, y los residentes nocturnos del bosque estaban moviéndose. Él vio un círculo de murciélagos en lo alto del claro y escuchó a los ratones correr entre la maleza.

Y con cada momento que pasaba, su propia incertidumbre aumentaba.

Él debería ir al salón.

Ella lo estaría esperando.

Él quería ir. Garrett quería volver a estar en su presencia. Él podía verla en su mente, su cabello de un rico castaño rojizo, sus ojos llenos de asombro y alegría. Él quería volver a escuchar la quietud de sus pensamientos, sentir la bienvenida que ella le ofrecía y su toque. Él quería sentirse tan vital como cuando la había besado, cuando parecía que su dulzura lo inundaba y lo completaba.

Garrett no tenía ningún deseo real de vivir solo, y mucho menos de ser un paria.

Pero en ausencia de ella, su optimismo se había desvanecido. A medida que disminuía la luz del día, era muy fácil recordar lo que había sucedido la última vez que había entrado en la propiedad de un noble. Tres meses no eran suficientes para olvidar esa humillación.

Mucho menos para tener la certeza de que no volvería a suceder.

Él no había podido explicarse esa vez, ni hacer una defensa coherente, no cuando era asaltado por los pensamientos angustiados de tantos hombres y mujeres. Él había sentido la aplastante presión de una malicia venenosa, una diferente a todo lo que había experimentado antes. ¿Él se había vuelto más sensible a medida que crecía? ¿Qué había cambiado? Mhairi había dicho que habría una prueba, y Garrett no quería fallar delante de su encantadora doncella.

Él no deseaba fallarle.

La mera posibilidad hizo que su respiración se detuviera y sus palmas se humedecieran.

¿Qué pensaría la doncella de él, si supiera la verdad de su maldición? ¿Ella aceptaría su naturaleza y aún lo miraría con admiración? ¿O lo condenaría como lo habían hecho otros y se alejaría?

Las preguntas lo acosaron todo el día.

Garrett destripó al lobo y dejó las entrañas para otras criaturas hambrientas del bosque. Él quitó la piel del cuerpo, raspándolo con cuidado. Construyó un marco y estiró la piel tensa, luego la colgó de un árbol, asegurándose de que se secara y curara. La luz se estaba apagando, pero él trabajaba de manera constante, incapaz de obligarse a detenerse. Tuvo una visión de su valiente doncella, con el cabello suelto, la luz del fuego bailando sobre su piel desnuda mientras lo esperaba. En su cama. Sobre la piel del lobo.

Su novia.

Su salvación, si se podía creer en la historia de Mhairi.

Garrett echó una mirada al cielo cada vez más oscuro. Si él esperaba mucho más, su doncella nunca sería su esposa. Su oportunidad se perdería, tal vez para siempre. Al permanecer en el bosque, fracasaría. Si él iba a la Fortaleza Seton, podría, por algún milagro, tener éxito.

Eso hizo la elección. Garrett tenía que irse. Él se miró a sí mismo, a la sangre en su falda escocesa y botas, a la suciedad que había acumulado en semanas de rastrear al lobo. Él parecía un paria o incluso un loco. Se pasó una mano por la barbilla y sintió con consternación su corta barba. Ella debió pensar que él era un hombre salvaje de los bosques.

Pero no, ella no lo había hecho.

De todos modos, Garrett no podía conocer a su familia así.

Él se quitó la camisa y se bañó apresuradamente en el río, sintiendo que se le escapaba una oportunidad. Trabajó rápidamente para estar lo más presentable posible, su corazón latía con la certeza de que podía perder su única oportunidad. Él conocía la forma de su propio rostro lo suficientemente bien como para poder afeitarse la corta barba con su cuchillo más afilado.

El reflejo en la superficie del agua parecía ser el de un hombre diferente, uno con una nueva chispa de esperanza en sus ojos. Él llevaba poco, pero tenía otra camisa en su bolsa. No era una camisa fina, pero estaba más limpia que la que llevaba puesta y tendría que servir. Él notó la sangre en su falda escocesa y la enjuagó lo mejor que pudo antes de envolverla alrededor de su cintura una vez más. Garrett se ató los cordones de la camisa y se echó el extremo del tartán sobre los hombros, luego se inclinó para pulir las puntas de las botas. Su ballesta estaba colgada sobre su hombro, su carcaj[1] en su espalda.

Difícilmente no era un príncipe, pero estaba tan limpio como podía.

Y el premio valía la pena cualquier riesgo.

Garrett atravesó el bosque hasta el camino antes de que su confianza pudiera desvanecerse. Tragó saliva cuando puso por primera vez el pie en el camino, pero se armó de valor para emerger de las sombras del bosque. Exhaló y se dijo a sí mismo que la experiencia en Killairig no se repetiría.

No cabía duda de dónde tenía que estar la fortaleza. Ese camino más pequeño se bifurcaba desde el camino que conducía de este a oeste y de mar a mar. Aunque Garrett había seguido al lobo a través del bosque, supuso que la Fortaleza Seton debía ser el punto final de ese camino.

Mientras caminaba, Garrett escuchó el parloteo de un centenar de mentes crecer ante él. Crecía rápidamente en volumen, tal como lo había hecho cuando había visitado Killairig. Su instinto fue girar a la derecha, pero recordó la forma en que su doncella había luchado contra sus propios impulsos.

Seguramente él también podría hacerlo.

Garrett caminó a lo largo del camino, dando pasos moderados mientras se acercaba constantemente a la fortaleza. Él se obligó a seguir el tono de los pensamientos que escuchaba, para probar algunas de sus ideas y preocupaciones. En eso encontró alivio, porque esta fortaleza era diferente de la anterior: la gente de la Fortaleza Seton estaba contenta.

Aun así, había más de los que esperaba. Quizás un centenar de almas estaban reunidas dentro de los muros delante de él, un grupo que lo superaba en número y que fácilmente podría dominarlo si se volvían contra él.

Como la última vez.

Y ella sería testigo de su humillación.

La humedad se acumuló en las palmas de Garrett mientras el susurro de voces se hacía más fuerte y más numeroso. Sus pensamientos resonaban en los suyos: su ira, su miedo, su pasión, sus demandas, todo resonaba dentro de su propia mente. El coro parecía alimentarse solo, multiplicándose en volumen con cada paso que daba.

Garrett dobló una curva en el camino, tenía la boca seca y fue asaltado por otro estallido de volumen. Con la proximidad, la presión de los pensamientos de los demás se hizo más fuerte y se preguntó cómo podría soportarlo. La cacofonía ya le hacía difícil colocar un pie delante del otro y mantener el control de sus propios pensamientos. Era demasiado fácil recordar su última humillación.

Ella lo vería si fracasaba y su oportunidad de salvación se perdería para siempre.

Incluso mientras reforzaba su propia determinación, Garrett se detuvo en el camino. Él pudo ver la silueta de la fortaleza contra el cielo nocturno y las antorchas de los centinelas ardiendo brillantemente en la noche. Él podía escuchar a los guardias hablando entre ellos, podía escucharlos de manera audible incluso por encima del tumulto en sus pensamientos. Garrett sintió gotas de sudor en sus sienes, deslizándose por su columna vertebral, pero siguió adelante. Él tenía los dientes apretados y los puños cerrados. El parloteo se hacía cada vez más fuerte, una cacofonía que lo llevaría a la locura.

Él tenía que hacerlo. Tenía que llegar allí.

Garrett pensó en la doncella, en la serenidad de sus pensamientos y en el premio que podría ganar si se ganaba su mano. Seguramente valía la pena soportar esa terrible experiencia.

Garrett siguió adelante, su cuerpo se ponía rígido mientras luchaba contra las voces. Y en su debilidad, la duda se apoderó de él. La audacia que había encontrado en su dulce beso se desvanecía y se disipaba, como un bronceado bajo la luz del invierno. Él empezó a tambalearse.

¿Qué se lograría con su aparición en el salón, si estaba tan atrapado en su maldición? Él no podría hablar con su doncella, no cuando estuviera así. Él no podría responder a las preguntas de su familia. Todos lo pensarían loco o retardado. Lo sacarían entre risas del salón, si no peor, y ella se decepcionaría. Esa pequeña oportunidad sería arrojada a los vientos, sacrificada para siempre.

Él la perdería antes incluso de tener la oportunidad de ganarla.

Ya él había perdido una oportunidad, gracias a su maldición.

Las puertas estaban cerradas, el único guardia lo miraba.

Le podría costar todo acercarse a ella así.

No, él tenía que llevarla de vuelta al bosque. Él tenía que cortejarla para alejarla de otras personas. Él tenía que ganarse su corazón antes de conocer a su familia, porque entonces ella podría luchar por lo que ambos deseaban.

Garrett pensó en la solución perfecta, justo cuando el guardia levantaba una mano.

La piel. Él esperaría hasta que la piel estuviera curada. Él se la enviaría como regalo y ella lo buscaría. Él se volvería a encontrar con ella en el claro, se disculparía, se ganaría su confianza y su amor.

Y luego, con la mano de ella en la suya, conquistaría el desafío más abrumador.

"¡Hola, ahí!" gritó un guardia, y el otro se volvió para mirar.

Garrett volvió a sumergirse en las protectoras sombras del bosque. Él sintió la confusión del segundo guardia.

"¿A quién llamas?" preguntó el segundo guardia.

"Había alguien acercándose. Estoy seguro de ello."

El segundo guardia se rió. "¿Y se ha desvanecido en el aire, tan rápido como eso?" Rio de nuevo. "No creas que puedes convencerme de saltar a las sombras esta noche, solo para verte divertido. No me engaño tan fácilmente."

Pero Garrett escuchó la incertidumbre del primer guardia y supo que no olvidaría lo que había visto muy pronto. Sin embargo, era difícil preocuparse, ya que cada paso hacia el bosque calmaba un poco más el caos y calmaba su agitación.

Cuando Garrett alcanzó la piel de lobo curada, estuvo tranquilo de nuevo.

Aunque disgustado por su propia debilidad.

Allí, en la quietud del bosque, él se prometió a sí mismo que vería recompensada la confianza de su doncella de alguna manera.

ÉL NO HABÍA VENIDO.

Annelise estaba sentada a la mesa, abrumada por la decepción.

Su campeón no había aparecido. No había enviado ninguna palabra.

Su cazador le había mentido.

Ella había oído a Breac informar a Murdoch de que no pasaba nada en el claro, a pesar de que los hombres habían tratado de mantener la voz baja. Su rostro se había encendido entonces, con la seguridad de que Murdoch pensaba que ella había inventado la historia de su defensor. Ella había anhelado que el cazador llegara entonces, pero no había ni rastro de él.

No entonces. Ni despúes.

La comida fue servida, saboreada y recogida. Hubo algunas canciones, luego el fuego de la chimenea se apagó. Isabella trataba de ocultar su cansancio, pero el bebé la estaba cansando mucho. Las velas fueron apagadas.

Annelise no podía creerlo. Él no había venido.

Murdoch miró entre las dos hermanas y luego se puso de pie. Le ofreció la mano a Isabella con una sonrisa que parecía demasiado brillante. "Mi hijo exige su descanso, mi señora", dijo él y la compañía sonrió con cariño.

Annelise se disculpó, se puso de pie y huyó a su habitación. Ella esperaba que Isabella no fuera a verla esa noche, porque ella no quería hablar de su decepción.

Ella había sido una tonta, y la única piedad era que no se había rendido más que un beso al cazador.

Annelise sueña.

Ella está en el claro, el sol moteado toca sus hombros, la quietud del lugar sagrado la llena de tranquilidad. Ella escucha el leve goteo del agua, las hojas que se agitan en el aire con la brisa, la melodía del canto de los pájaros. Ella ora por fuerza y audacia, por valentía y un cambio en su suerte.

Ella escucha unos pasos sigilosos.

Si el silencio que la rodeaba no hubiera sido tan completo, ella no habría notado el diminuto sonido.

Ella escucha un gruñido.

Se gira a tiempo para ver a un lobo saltar hacia ella, con los dientes al descubierto y los ojos enloquecidos. Ella levanta las manos ante sí misma, porque es demasiado tarde para correr. Ella se prepara para el ataque del lobo, luego grita cuando su peso aterriza contra ella. Sus dientes le desgarran la garganta y ella lucha, incluso mientras su propia sangre caliente fluye. El lobo desgarra la carne de sus huesos incluso mientras ella lucha por sobrevivir, y Annelise sabe que ha encontrado su fin.

Mientras cae al suelo, mira las sombras del bosque. Ella busca alguna señal del cazador, pero en cambio ve un segundo lobo, un lobo tan blanco como la nieve nueva. Esa criatura la está mirando, con ojos de un azul muy claro, y para asombro de Annelise, el lobo blanco está llorando.

Annelise se despertó, su corazón latía con fuerza, y miró alrededor de su tranquila habitación confundida. La noche estaba quieta pero oscura, porque la luna era nueva. Ella podía oír a las cabras balando en el corral y a alguien roncando en el salón de abajo. Ella exhaló temblorosa y aflojó las manos, sintiendo cómo se le habían clavado las uñas en las palmas.

Ella estaba a salvo.

Porque el cazador la había salvado.

Entonces, ¿por qué la pesadilla? ¿Ella había revivido su miedo o el propio cazador estaba en peligro?

¿Y el lobo blanco? ¿Él había estado también en el claro? Si era así, ella no lo había visto. ¿Cómo podría llorar un lobo? Ella nunca había oído algo parecido, ni siquiera en los cuentos antiguos.

Annelise no podía entenderlo, aunque pasó despierta toda la noche luchando por hacerlo.

~

"TODO LO QUE DEBES HACER, Andrew, es observarme y aprender", declaró Orson. Los dos caballeros cabalgaban uno al lado del otro mientras las sombras se alargaban, el escudero de Orson detrás de ellos. "Es el más simple de los asuntos. Mi tío desea una alianza con Kinfairlie, pero él no tiene más hijos. El Señor de Kinfairlie todavía tiene dos hermanas solteras. Me casaré con la mayor, luego puedes seguir mi ejemplo y casarte con la menor. Esta hazaña complacerá a tu padre tanto como la mía complacerá a mi tío."

"El Señor de Kinfairlie nos despidió de sus puertas", Andrew se sintió obligado a observar. "Me temo que él no aprueba tu plan".

"Él es simplemente protector con sus hermanas", insistió Orson, su confianza inquebrantable. "Y esa Elizabeth es una criatura finamente labrada, sin duda. Serás un hombre afortunado de reclamar su mano."

Andrew solo confió en sí mismo para asentir. Con pechos maduros y bonita, Elizabeth estaba lo suficientemente madura como para alimentar cada pensamiento lascivo que él pudiera haber tenido. Andrew tenía muchos pensamientos de ese tipo. Ya él había considerado los méritos de Elizabeth varias noches, dos de ellas en particular, y estaba muy animado por la confianza de Orson de que podría convertirla en su esposa.

"Pero elegiste no perseguirla", dijo Andrew.

"Reconozco un portal con barricadas cuando veo uno", respondió Orson. "No, ella será la última en casarse, y debo moverme con prisa. Necesito una novia de inmediato para mostrarle a mi tío mi sumisión." Él señaló con un dedo enguantado a su compañero, que no se atrevió a reírse de la sola idea. "Y de verdad, creo que me puede servir muy bien casarme con la mayor."

"¿Por qué?"

"Ella debe ser retardada. Murdoch Seton se casó con la más joven que esta Annelise." Él hizo una mueca. "Y dicen que su cabello es rojo".

"Ella podría ser fea".

Orson se rio. "Así que el Señor de Kinfairlie estará en deuda conmigo por casarme con ella. Creo que podría resultar muy ventajoso elegir la más tonta."

"Salvo que tendrás una esposa retardada". Andrew hizo una mueca. "¿Cómo conseguirás un hijo con ella?"

Orson negó con la cabeza con fingida decepción. "Andrew, Andrew, podría conseguir un hijo con una cerda si eso hiciera mi fortuna, y esta Annelise puede hacerlo fácilmente. Simplemente mira cómo el anciano abre sus arcas, una vez que regrese con la alianza que más desea. Mi futuro estará asegurado."

"¿Un título?"

"Al menos uno, con un castillo, sin duda. Quizás él me dé a Bamburgh. Podría argumentar un caso para asegurar que mi amada esté cerca de su familia."

"¡Bamburgh!" Andrew lanzó una mirada furtiva a su compañero, pero Orson estaba completamente seguro. De hecho, él parecía estar considerando qué cambios podría hacer en esa fortaleza.

"¡Percy!" Orson rugió a su escudero. El muchacho se apresuró a avanzar en su caballo. "¿Dónde está el regalo? Quiero volver a verlo. Necesito recordarme a mí mismo mi generosidad."

"¿El regalo, señor?"

"El regalo para mi prometida".

Percy seguía luciendo en blanco.

"¡El collar!" Gritó Orson. "La cadena de cuentas de amatista, alternadas con perlas y granates".

Percy palideció. "Pero ese fue el regalo de la dama Ermengarde..."

"¡Ermengarde!" Orson estaba claramente sorprendido. Él detuvo su caballo con fuerza, casi cayéndose de la silla cuando se volvió para mirar al muchacho. El caballo luchó contra el jinete, muy disgustado con tal trato, y empezó a patear. Orson, un jinete muy competente, sujetó las riendas con fuerza y continuó su conversación con Percy. "¿Se lo diste a Ermengarde?" Su tono era tan incrédulo que Andrew temió que las cosas hubieran salido mal.

Y Percy pagaría.

Percy se humedeció los labios, quizás sintiendo lo mismo. "Tú, dijiste que se vería bien en ella..."

"¡Eso no es lo mismo que decir que era para ella! ¿Sabes cuánto me costó ese collar, muchacho?"

"Pero, pero, pero ella vino a los establos antes de que nos fuéramos, y me preguntó si yo tenía una muestra para ella, y usted acababa de decir cómo se veía tan bien en ella..."

Orson soltó las riendas, saltó de la silla y se colocó frente al caballo. Fue una hazaña admirable, hecha con gracia. Orson agarró las riendas del caballo y miró a su escudero. "bájate", ordenó, su voz oscura con intención.

A Andrew le resultaba muy familiar.

Percy estaba temblando cuando se bajó de la silla y cayó de rodillas ante su caballero. Orson se quitó los guanteletes de cuero con cuidado, con un brillo de anticipación en sus ojos. "Lo siento, mi señor. Entendí mal. Yo, yo volveré y se lo recuperaré... "

"Y ella nunca volverá a abrirme los muslos. No, eso no servirá. Levanta la cabeza, Percy." El muchacho hizo lo que se le ordenó y Orson golpeó a Percy en el costado de su cabeza con sus guanteletes de cuero.

El muchacho hizo una mueca pero mantuvo la barbilla en alto.

Los labios de Orson se tensaron, luego abofeteó a Percy de

nuevo desde el otro lado. Más duro. Una vez más, Percy mostró una fortaleza inesperada. Mantuvo la mirada baja, pero no cayó al suelo para suplicar o intentar huir.

"No estás arrepentido." Orson lanzó una mirada llena de consideración a Andrew. "Crees que has hecho lo correcto".

"—Yo, lamento haberte entendido mal, señor. En verdad, pensé que tu plan era muy inteligente."

"¿Qué plan?"

"Siempre favoreciste a la dama Ermengarde, mi señor, y las gemas le irán bien."

"¿Y qué me importa eso?"

"Yo había asumido, señor, que deseabas que ella le contara a su esposo tu lealtad y buen servicio en su ausencia." Percy se arriesgó a mirar hacia arriba cuando Orson permaneció en silencio. "Pensé que era un plan para asegurar tu propio avance a favor del Señor Rothen, señor, y un plan inteligente es ese."

Orson parpadeó y miró hacia el bosque, golpeando ociosamente sus guantes contra su propia palma. "Era, por supuesto, mi plan original", dijo él y Andrew sabía que eso era una mentira. Él le dio una sonrisa fría a Percy. "Estamos cerca de la Fortaleza Seton. No deseo retrasarme más, a pesar de tu error. Búscame un regalo, Percy, o me veré obligado a golpearte hasta dejarte sin sentido y dejarte en manos de los lobos."

"Sí, mi señor."

Andrew sabía tan bien como Percy que Orson disfrutaba mucho de las palizas que administraba. En verdad, Orson era el compañero ideal, ya que su tendencia a la violencia mezquina hacía que la mayoría de la gente asumiera que Andrew era el más noble y honorable de la pareja. Pocos adivinaban la oscuridad en el corazón de Andrew.

El muchacho huyó por el camino, miró a izquierda y derecha, luego saltó al bosque. Su terror podría haber sido cómico si Andrew no hubiera visto a Orson enfurecido antes. Andrew pensó que sería más prudente que Percy siguiera corriendo en lugar de regresar con las manos vacías, pero se guardó ese pensamiento.

El caballero mayor suspiró mientras consideraba la altura de su silla, luego se encogió de hombros. "Miserable muchacho. Él nunca está cuando lo necesito." Él dirigió una mirada pensativa a Andrew.

Pero había sido Orson quien le había enseñado a Andrew a no ponerse nunca por debajo de su posición. Tomar el papel de escudero para este caballero en particular era un error que Andrew nunca cometería y mostrar reverencia a cualquier hombre estaba fuera de discusión. Andrew permaneció en su silla.

"Dudo que demore", dijo él.

Orson se río y luego miró a Andrew con frialdad. "¿Qué regalo crees que Percy encontrará en estos bosques? Hemos viajado más allá de la civilización, Andrew. Si tiene suerte, los lobos lo devorarán rápidamente."

Andrew se sorprendió. "¿No piensas esperar por él?"

"Por supuesto no."

"¿Lo enviaste a sabiendas a su desaparición?"

"Yo no hice tal cosa. Le asigné una misión. Si falla, debido a la falta de ingenio, honor o carácter, poco puedo hacer por el resultado."

"Pero prometiste entrenarlo y defenderlo cuando se convirtió en tu escudero". Andrew estaba intrigado. Él sabía que Orson era mezquino y egoísta, pero nunca había pensado que su compañero caballero fuera tan malvado. ¿Él había infectado al otro caballero sin tener la intención de hacerlo?

"Y él se comprometió a servirme fielmente. Me parece que es él quien rompió el acuerdo." Orson parecía no tener ningún remordimiento en esta elección, más allá de lamentar algunos inconvenientes para sí mismo. Él miró a ambos lados del camino, pero milagrosamente no había aparecido ningún objeto que lo ayudara a pararse para montar. Él miró por el camino hacia la mansión, pero su expresión reveló su opinión sobre el mérito de caminar. "Qué desafortunado que hayas despedido a tu escudero". Orson miró a Andrew. "¿Por qué enviaste a Bart lejos? Él acababa de llegar."

"Con las noticias que trajo, tuve que enviar un mensaje. No había nadie más para tomarlo."

Orson frunció los labios. "Supongo que volverá contigo a su debido tiempo".

"Solo puedo esperar", reconoció Andrew. Era muy poco probable que el escudero regresara a tiempo para ayudar a Orson a volver a montar.

Orson claramente llegó a la misma conclusión. Él agarró las riendas del caballero de Andrew y entrecerró los ojos mientras se preparaba para imponer su antigüedad al caballero más joven.

Andrew casi hizo una mueca. Si Orson preguntara directamente, ¿sería una locura negarse? Él sabía que una negativa a ayudar no sería bien recibida y se preparó contra el temperamento de Orson.

No se atrevió a perder el suyo, ni siquiera para defenderse.

Él fue salvado por el grito de Percy.

"¡Mi señor!" gritó el muchacho. "¡Mi señor, lo he encontrado!"

El asombro de Orson fue total. "¿Qué has encontrado, Percy?"

"Una piel de lobo, señor." Percy salió del bosque a tropezones, con el pelo despeinado y la ropa sucia. Sin embargo, su rostro estaba iluminado de alivio. "Una hermosa piel de lobo, estirada y curada, toda gris plateada con puntas negras. Es enorme, señor, y exuberantemente espesa. Creo que una dama podría creer que es un buen regalo."

Orson sonrió, su mirada bailando sobre el bosque a ambos lados del camino. Su disgusto por la región era evidente. "Un regalo perfecto para una novia en estas partes. ¡Bien hecho, Percy! Tráela rápido."

El muchacho vaciló por sólo un momento, su sorpresa por el elogio inusual más que evidente, luego desapareció de nuevo en el bosque.

Andrew se mostró escéptico sobre la calidad de la piel, porque no podía creer que ningún alma abandonara tal premio. Pero la piel resultó ser tan magnífica como había afirmado el muchacho. De hecho, era la mejor que Andrew había visto en su vida.

Y le resultaba familiar.

Verlo puso un peso frío en el estómago de Andrew, aunque ocultó a sus compañeros todos los signos de su reacción.

¿Quién había cometido esa farsa? Andrew se aseguraría de que quienquiera que hubiera matado a ese lobo pagara un alto precio.

Mientras tanto, Orson sonrió mientras acariciaba la piel exuberante, la vista de sus dedos en la piel fue lo suficiente como para enfermar a Andrew. Él sabía que el otro caballero no solo le daría la piel a la dama, sino que inventaría una historia de su propio valor para acompañarla.

"Deberíamos estar de acuerdo, Andrew, sobre cuántos lobos hemos matado en este viaje", dijo Orson. "No sería conveniente que nuestras cuentas difirieran cuando se cuenta la historia".

"—Tres —sugirió Andrew impulsivamente, sin preocuparse realmente por los detalles. Quizás el cazador estaba en la Fortaleza Seton, porque no había muchas propiedades en esa vecindad. Si Orson tomaba la piel y la presentaba como su propia presa, el verdadero cazador podría discutir el asunto con él.

Orson consideró la sugerencia de Andrew y luego asintió. "Tres. Es un buen número. No tantos que parezcamos rapaces; no tan pocos que parezcamos incapaces. Yo tomé este y la hembra que defendía. Tú mataste al macho que acudió en su ayuda. Ese estaba sarnoso y la hembra era pequeña, así que no nos quedamos con sus pieles." Él le lanzó a Andrew una mirada fría. "La historia viajará de una hermana a otra, en eso puedes confiar." Él silbó y Percy cayó de rodillas ante él, creando un bloque de montaje con su cuerpo. Orson subió a su silla, tan regiamente como un rey.

Orson señaló a Andrew con un dedo. "Te mostraré, amigo mío, cómo se puede aprovechar al máximo una oportunidad".

Andrew no hizo ningún comentario al respecto.

CAPÍTULO 3

Era un lindo domingo, aunque no había luz del sol en el corazón de Annelise. Habían pasado dos semanas desde que había conocido al cazador en el bosque, dos semanas desde que él no había venido al salón, y ella no había logrado sacarlo de sus pensamientos.

Mucho menos su dulce beso.

Su pesadilla del lobo continuó todas y cada una de las noches, dejándola despierta y aterrorizada en la oscuridad. Algunas noches, ella estaba atrapada en el sueño hasta que moría. Otras, lograba despertar al inicio del ataque. El cazador nunca venía a rescatarla en esas pesadillas, y Annelise temía el presagio en eso.

Pero el lobo blanco aparecía en cada sueño y siempre lloraba.

Era de lo más extraño. Annelise nunca antes había experimentado un sueño recurrente y se preguntaba por su significado. Ella se habría sentido tonta al preguntárselo a Isabella, porque su hermana menor estaba ocupada y era pragmática. Si ella hubiera confiado en alguna de sus hermanas, habría sido Elizabeth, porque Elizabeth podía ver a las Hadas y estaba inclinada a ser menos escéptica sobre asuntos que no se explican fácilmente. Pero Elizabeth permanecía en Kinfairlie.

Annelise pensó que volver a visitar el claro podría haber sido la siguiente mejor opción, aunque a la luz del día y no sola. Ella quería ver si había algún rastro del lobo blanco de su sueño o del cazador cuyo beso todavía calentaba su piel. Pero eso era imposible. Una vez que Murdoch escuchó la historia del lobo, le había prohibido a Annelise o a Isabella salir del recinto de la Fortaleza Seton.

Después de quince días de estar tan cerca, Annelise se sentía atrapada.

Ella se quedó en la capilla después de que los demás dejaron el servicio matutino y pronunció una oración adicional por el cazador.

Ella decidió que él debía tener una buena razón para no cumplir su promesa. Quizás él había rastreado a un segundo lobo, y no era tan fácil de derrotar. Quizás lo había llevado lejos de la Fortaleza Seton. Era la manera del hombre emprender voluntariamente una noble búsqueda, ella estaba segura de ello, y él era un hombre que no se dejaría desviar de su objetivo por la tentación.

¿Fue tentación todo lo que ella había ofrecido?

Annelise quería ser mucho más. ¿Él ya la había olvidado? Annelise no podía soportar la idea, aunque imaginaba que un hombre de apariencia tan hermosa habría conocido a muchas mujeres fascinantes.

Ella se puso de rodillas cuando terminó su oración, se sacudió las faldas y regresó al salón. Ni siquiera llegó al umbral de la capilla antes de que Isabella abriera la puerta y mirara a su alrededor. Los ojos de su hermana estaban iluminados con algunas nuevas y Annelise inmediatamente temió que otro pretendiente hubiera venido a cenar.

Ella no podía soportarlo. Ella sabía que Murdoch estaba decepcionado por su timidez, pero no estaba dentro de ella encantar a los hombres a voluntad.

Isabella la sorprendió. "¡Tu admirador finalmente ha llegado!"

Los pies de Annelise parecieron fijarse al suelo. Su corazón se detuvo y luego se aceleró mientras estaba llena de una mezcla de miedo y anticipación.

"No entiendo", dijo ella, con tanta calma como pudo. Ella no podía soportar que su hermana se burlara de ella, no por esto.

"¡El cazador!"

"¿Cómo puedes estar segura?"

Isabella entró de lleno en la capilla y sacó las manos de detrás de la espalda. Annelise jadeó cuando Isabella reveló que tenía una piel de lobo.

Annelise corrió hacia ella y agarró de la piel, sin importarle si Isabella se burlaba de ella por su entusiasmo. Era una piel hermosa, la piel gruesa y forjada de mil tonos de plata y peltre. La había curado alguien que sabía cómo hacer tales acciones, porque no tenía olor. Ella recordó esa tarde con demasiada claridad, la chispa de hambre en los ojos de la criatura y su alivio cuando cayó muerta. Había habido sangre, pero no había nada en la piel.

¿Era del mismo lobo? ¿Era de él? Era tan grande como el lobo que recordaba, eso era seguro. Ella giró la piel en su excitación, sus dedos se hundieron en su lujosa suavidad. Su corazón se detuvo cuando vio que el pelaje era más oscuro en la cabeza y las piernas.

El mismo lobo.

"¡Él está aquí!" susurró ella y empujó a Isabella. Ella escuchó a Isabella reírse de ella, pero no le importó. Sus pasos volaron mientras salía corriendo de la capilla y cruzaba el pequeño patio en el centro de la aldea de Seton. La Fortaleza Seton no tenía un patio interior completo, pero había un patio cerca de los establos y Annelise escuchó voces allí. Ella corrió hacia el sonido, el timbre de las voces de los hombres se hizo más claro a medida que se acercaba.

Murdoch miró hacia arriba cuando Annelise dio la vuelta a la esquina y ella se detuvo repentinamente. Una sonrisa asomó a sus labios y Annelise supo que debía lucir desaliñada. Ante él había dos hombres, ambos con cota de malla, y un escudero desconocido conducía un gran caballo desde la entrada hacia el establo. El hombre más bajo todavía sostenía las riendas de su caballo. El tercer caballo, un palafrén, bebía del barril de agua reservado para los caballos mientras sus riendas colgaban sueltas.

Pero todo esto estaba mal. Annelise se detuvo confundida.

Esos hombres eran caballeros.

Su cazador usaba una falda escocesa. Él no era un caballero, aunque su valor no estaba en duda.

Más que eso, su cazador era más alto que cualquiera de esos hombres y más ancho de hombros. Su cabello era rubio oscuro y su piel bronceada, mientras que estos hombres tenían cabello oscuro. El más alto, que parecía mayor, tenía el pelo castaño, mientras que el más bajo tenía el pelo tan negro como el ébano. Annelise se aferró a la piel de lobo en su incertidumbre.

¿Dónde estaba su cazador? Los caballeros no hacían recados para los leñadores.

¿Cómo se habían hecho esos hombres con la piel?

¿Y por qué se la habían traído?

Los dos caballeros se volvieron hacia ella, el más alto se inclinó profundamente. "Hermosa Annelise. Qué encantador es conocerte." Él dio un paso adelante y reclamó su mano, dándole un beso en la parte de arriba mientras Annelise miraba en silencio. Él era lo suficientemente guapo, pero había algo en él que a Annelise intuitivamente no le gustaba. Él le sonrió con una confianza en su propio encanto que hizo que ella entrecerrara los ojos. "Confío en que te guste mi regalo".

Ella frunció el ceño, fingiendo estar confundida. "¿Regalo?"

Él miró intencionadamente la piel. "Que has recibido".

"¿Tú trajiste esto?"

"Por supuesto. Un tributo a tu belleza, un lobo asesinado por mi propia mano." Él arqueó una ceja, incluso cuando la ira creció dentro de Annelise. "Es una prueba tanto de mi valor como de mis intenciones." Él hizo una nueva reverencia. "Luchamos contra tres criaturas tan temibles, Andrew y yo..."

Annelise dio un paso atrás, luchando por mantener su tono cortés. "Pero yo no te conozco."

El caballero se rio entre dientes, a pesar de que ella había interrumpido su relato. "No tan bien como yo a ti, mi hermosa doncella, eso es seguro." Él tomó su mano de nuevo. Annelise entrelazó los dedos en la piel, evadiendo su toque, y vio un destello de irritación en sus ojos. Luego sonrió, como si todo estuviera bien, pero Annelise notó la tensión alrededor de las comisuras de su boca. Aquí era un hombre acostumbrado a ganar su camino, era uno al que no le gustaba que lo rechazaran.

Sin embargo, ella, la mansa Annelise, lo desafiaría hasta su último aliento.

El hombre hizo una profunda reverencia. "Orson Douglas a su servicio, mi señora".

Annelise señaló la piel. "¿De dónde has sacado esto?" preguntó ella, sabiendo que estaba siendo grosera pero necesitando escuchar la plenitud de la mentira de ese pícaro.

"Ya te lo he dicho."

"Dímelo de nuevo, por favor." Annelise era consciente de que tanto Murdoch como el otro caballero la estaban observando de cerca, pero a ella no le importaba.

Orson se enderezó y su sonrisa se volvió helada. La raspé de la piel del propio monstruo, por supuesto. Después de que lo maté."

Annelise estaba indignada. ¡Este caballero mentía! Él se paraba en el patio de Murdoch, un invitado de la fortaleza, y le mentía a la cara. Era una violación de sus votos, de la hospitalidad de Murdoch y de cada rasgo que hacía deseable a un pretendiente. Era audaz y espantoso, y disgustaba a Annelise.

Ella sabía quién había matado a ese lobo. Ella apostaría a que sabía quién había curado la piel. La piel le había sido robada a su cazador.

Quizás lo habían matado por eso. Annelise no pondría tal acto más allá de las habilidades de ese caballero. Ella dio un paso atrás y vio de nuevo la luz de la ira en su mirada. Ella moriría sola antes de aceptar la oferta de un hombre como ese.

Pero Annelise dudaba que Orson aceptara fácilmente su negativa.

"No lo creo", dijo ella, levantando la barbilla.

El caballero respiró hondo ante la implicación. Su escudero desarrolló una fascinación por el cuidado de los caballos y el otro caballero observó a Annelise de cerca.

"Orson ha cabalgado lejos para cortejarte, Annelise", dijo Murdoch, con una advertencia en su tono.

"Qué amable", dijo Annelise, levantando la barbilla. "Lo siento, pero no estoy convencida de tu historia. Yo vi matar a este lobo y sé que tú no hiciste tal cosa."

El color se elevó en el cuello de Orson. "¿Y quién dio el golpe, mi señora Annelise?"

"No sé su nombre. Un cazador."

"Un cazador sin nombre". Orson se rio entre dientes, su incredulidad en su palabra irritaba a Annelise. "¿Y dónde podría encontrarme con este hombre misterioso?"

Annelise se puso roja. "No lo he vuelto a ver".

"Y tal vez nunca lo hagas", interrumpió Murdoch suavemente. "Quizás deberías olvidar a este cazador que nadie ha visto más que tú, Annelise, y agradecer a Orson por su regalo".

Isabella le había confiado a Annelise que Murdoch pensaba que el cazador era una ficción, pero Annelise nunca había esperado que él la desafiara. "¡Él es real!" insistió ella, pero Murdoch solo sonrió tensamente.

"Y Orson está aquí".

Annelise miró entre el caballero atento y su anfitrión, y supo que no le creían. "Me temo que no estoy bien, señor", le dijo a Orson. "Si me disculpas."

Orson parecía como si no pudiera hacerlo. Annelise no esperó a escuchar su protesta, sino que marchó hacia el salón, escuchando a Murdoch disculparse por su comportamiento. Los caballeros se rieron, como si les divirtiera mucho la locura de las mujeres, y la ira de Annelise creció aún más. ¿Cómo podía un alma creer que ella podía casarse con un hombre que le mentía y desacreditaba su propia palabra tan fácilmente? Ella subió las escaleras de dos en dos, mostrando una prisa poco femenina, luego se retiró a su habitación. Cerró la puerta detrás de ella y la cerró con llave, su corazón tronó por su audacia.

Por supuesto, su hermana la siguió.

Annelise cerró los ojos y no respondió a la llamada de Isabella. Ella enterró su nariz en la suave piel, imaginando fácilmente a su cazador limpiando la piel. Él manejaba un cuchillo con gracia y poder. Él habría trabajado lenta y metódicamente, haciendo que cada gesto contara. Él no se rendiría. Él no apresuraría un trabajo.

Él realizaba cualquier tarea con la misma atención al detalle que le daba a un beso.

Ella se sintió extraordinariamente cálida al recordar su toque, pero este incidente la hizo temer por él. Él no podría haber regalado la piel, no después de hacer el trabajo para verla curada. De alguna manera ella tenía que verificar que estaba bien. Ella tenía que saber la verdad de sus intenciones hacia ella, por poco atractiva que pudiera ser esa verdad.

"¿Annelise?" Preguntó Isabella desde el pasillo cuando no hubo respuesta. "¿Algo anda mal?" Ella llamó más fuerte. ¡Annelise! ¡Déjame entrar!"

Annelise se dio la vuelta para mirar la puerta, sabiendo que no podía admitir a su hermana. Isabella era demasiado perspicaz y la propia Annelise no podía arriesgarse a decirle la verdad a su hermana. Sería injusto esperar que Isabella engañara a Murdoch por ella, o incluso que pusiera a la pareja en desacuerdo. Sí, algo andaba mal, pero Annelise tenía que resolverlo ella misma.

Ella necesitaba esa audacia, una vez más.

"Me siento mal", mintió. Ella cerró los ojos, segura de que su inexperiencia para decir algo más que la verdad no podría haber sido más clara. Cada sílaba resonaba como una falsedad, al menos para sus propios oídos.

Ella tenía que hacerlo mejor.

Isabella movió el pestillo de la puerta. "Bueno, yo soy la sanadora aquí. Deja que te ayude."

Annelise convocó su tono más confiado. "No quisiera molestarte con una nimiedad. Tuve una noche inquieta y simplemente necesito dormir." Ella habló con firmeza, alejándose de la puerta, como si la distancia hiciera que su mentira fuera más plausible. "Te veré en la comida del mediodía, estoy segura."

Annelise no necesitó abrir la puerta para darse cuenta de la desaprobación de su hermana, y mucho menos para sentirse obligada a rectificar sus propias palabras.

"Déjame verte", insistió Isabella.

"No te ocuparé de algo tan insignificante cuando tienes invitados recién llegados." Annelise bajó la voz a un tono confidencial, habiendo pensado en la distracción perfecta. "Murdoch no hace que los nobles visiten la Fortaleza Seton a menudo y me temo que puedo haberlo ofendido. ¿No deberías asegurarse de que todo esté bien?"

Isabella exhaló. "No me di cuenta de que eran caballeros".

"Los más ricos, creo".

"Sin embargo, te estás escondiendo de ellos".

"¡No lo hago!" Annelise tosió. "No me encuentro bien".

Isabella murmuró una maldición que no era del todo adecuada para una mujer de su posición, luego sus pasos se retiraron apresuradamente. Annelise escuchó a su hermana bajar las escaleras, llamando a los sirvientes. Ella dio la espalda a la puerta y consideró la piel de lobo.

Su cazador no lo habría regalado.

Él no lo habría vendido.

Ese caballero, sin embargo, podría haberla robado. Tal hazaña estaría en su naturaleza. Era el tipo de hombre que veía lo que deseaba y lo tomaba, sin importar quién se interpusiera en su camino.

¿Con cuánta fuerza se habría aferrado su cazador a su premio?

¿Él estaba herido? ¿Había sido abandonado en el bosque, herido y dejado a morir?

¿O lo habían matado directamente, mientras defendía lo que era suyo?

Ese pensamiento fue suficiente para animar a Annelise a buscarlo de inmediato. Si él estaba herido, ella podría encontrarlo a tiempo para ayudarlo. Ella cogió su capa y se puso las botas. Annelise se aferró a la piel, decidida a conservar esta pieza a toda costa. Ella escuchó en la puerta, pero pudo oír voces más fuertes desde abajo. Habían entrado en el salón, entonces, y Murdoch pediría un refrigerio para sus invitados.

La Fortaleza Seton era un pequeño salón de construcción sencilla. Una escalera conducía al segundo piso de habitaciones y una entrada adornaba el salón. Annelise no podía bajar las escaleras y salir de la mansión sin que todos en el gran salón la vieran pasar por allí.

Ella estaba bastante segura de que se vería obligada a unirse a ellos.

La sola idea la molestó.

También la llenó de un propósito inusual. Annelise se acercó a la única ventana de su habitación, abrió la contraventanas y luego la ventana. La ventana era grande y debajo había un techo que protegía las cocinas. El bosque se acercaba a esa parte trasera de la mansión y Annelise podía oír a las cabras balando en su recinto, que estaba fuera de la vista.

Era un largo camino hacia abajo. Annelise tragó. Años en su bordado no la habían preparado para tal salto, pero no había tiempo que perder. Ella observó la caída desde el borde de ese techo, recordó su determinación y luego pasó las piernas por el alféizar.

Su corazón insistía en que el cazador la necesitaba.

～

LA PIEL se había curado tan perfectamente que Garrett sabía que ese debía ser el día en que buscaría a su doncella. De alguna manera tenía que manejar esa hazaña, porque estaba claro que ella no volvería a él. Él había bajado al río para afeitarse y lavarse. El día anterior, había lavado su ropa y lustrado sus botas. Estaba nervioso e inseguro, pero tenía que ir al salón.

Él se sentía más fuerte desde que había conocido a la doncella. Garrett tenía la curiosa sensación de que todo se volvía en su dirección, después de oponerse a él durante tanto tiempo. Garrett sintió una inusual sensación de promesa.

Quizás él encontraría a la doncella sola, en un jardín o fuera de la mansión. Quizás podría hablar con ella y darle el regalo antes de que las voces lo abrumaran.

Quizás tenerla a su lado ayudaría. Él pensó en su quietud y en su sensación de paz en la presencia de Annelise. Él tenía que confiar en sus instintos, arriesgarse y asegurarse su propia salvación.

Tan preparado como pudo, Garrett regresó al árbol donde había dejado la piel, lleno de determinación.

La piel se había ido.

Garrett no podía creerlo. ¿Cómo podía ser eso? Ningún animal la tomaría, no después de curada, y Garrett estaba solo en el bosque.

O eso había creído cuando había ido a lavarse. Él miró de nuevo y notó la maleza rota y las ramitas rotas, el rumbo del paso descuidado. Él lo siguió con cuidado, sin sorprenderse de que condujera al camino. Era una señal del paso de una persona, alguien que pesaba casi lo mismo que su dama, apostaba él. Por un momento, su corazón dio un vuelco de anticipación.

Entonces Garrett vio la huella de la bota. Era ancha, demasiado ancha para ser la de su delicada doncella. Él supuso que un joven le había robado la piel. Él vio un pedazode tela atrapado en una espina y lo tocó. Lino y lana, teñido de oscuro, tejido más fino de lo habitual. La tela de los sirvientes, al menos en el sur. Nadie usaba la mezcla de lino y lana en estas partes y pocos podían permitirse tintes oscuros. La lana hecha en casa del color de la oveja era más común. Garrett llegó al borde del bosque, donde la maleza era más fina, y escuchó.

Golpes de cascos.

Tres caballos. Dos eran mucho más grandes. Corceles, quizás. Eso sería consistente con las llegadas desde el sur. Pocos en las Tierras Altas podían permitirse los caballos, y los caballeros montaban caballos caros. En general, Garrett se alegraba de que hubiera pocos hombres así en estas partes y, ese día, se alegraba de que esos hombres estuvieran ausentes.

Garrett salió del bosque lo suficiente para ver, pero aún se aferró a las sombras. Él apenas podía ver la silueta de un grupo en el camino. Dos caballeros y un escudero fue su conjetura. ¿Por qué estaban ahí?

Eso no era un gran misterio, cuando lo consideró. Cabalgaban hacia la Fortaleza Seton, el único destino al que podían llegar antes del anochecer. Su doncella era una mujer noble, sin anillo en el dedo.

Peor aún, estos caballeros llevaban la piel que él había tenido la intención de darle.

Garrett podía adivinar lo que dirían al respecto. Una furia poco común se encendió dentro de él ante la perspectiva. Él estaba en el camino, caminando hacia la Fortaleza Seton con determinación, antes de pensar dos veces en su elección.

Él no volvería a ser engañado por un noble.

Él podía ser diferente a ellos, pero eso no lo hacía menos.

Garrett dobló una curva en el camino, hasta donde había logrado llegar la última vez, y el asalto de voces fue como una bofetada dentro de su mente. Él apretó los puños y se obligó a seguir adelante, entrecerrando los ojos ante el caótico estruendo. Solo había dado media docena de pasos antes de que sus propios pensamientos comenzaran a hundirse bajo la avalancha de otros. Su pánico familiar comenzó a aumentar, pero siguió adelante.

Esto no era como la otra vez. Todo estaba en juego, pero su

doncella podía ayudarlo. Él tenía que alcanzarla y conquistarla, antes de que los caballeros se la llevaran.

Y eso significaba que no se atrevía a detenerse.

Él sintió que sus pensamientos se nublaban y maldijo su legado. Se concentró en poner un pie delante del otro, luchando por llenar su mente con el recuerdo de su doncella. Trató de mantener a raya la cacofonía de ideas y sentimientos intrusos, de voces que pedían atención a gritos. Él sintió las gotas de sudor en su frente, sintió que su control sobre la cordura comenzaba a aflojarse. Garrett siguió su camino, tambaleándose levemente en el camino, pero decidido a alcanzarla.

Una quietud repentina lo sorprendió y se detuvo. Él podía sentir una marea de serenidad acercándose, cada vez más cerca, y apenas se atrevía a creer que ella se acercaba a él. Garrett abrió los ojos y miró hacia el camino, entrecerrando los ojos ante el inquieto estruendo.

Esperando.

Su corazón estaba tan apretado que no podía respirar.

Entonces la alegría elevó su corazón. Su doncella corría hacia él, sus cabellos castaños ondeando como un glorioso estandarte detrás de ella. La majestuosidad de su cabello lo dejó sin aliento, porque ella lo llevaba trenzado con fuerza cuando la había conocido. Ahora veía que caía fácilmente hasta su cintura, una cascada de cobre más profundo. Sus ojos estaban muy abiertos por la preocupación y sus labios maduros se separaron. Ella era tan hermosa como recordaba. Ella apretaba la piel de lobo contra su pecho, como si fuera el regalo más preciado del mundo. Garrett podría haberla mirado durante días.

"¡No estás muerto!" Ella lloró cuando estuvo a una docena de pasos de distancia, y él se dio cuenta de que su preocupación era solo por él. Su corazón latía con fervor.

"¡Todavía no!" Garrett abrió los brazos impulsivamente y, para su deleite, su doncella saltó a su abrazo. Él la atrapó con fuerza y la apretó contra su pecho. Él se inclinó y tocó la frente con la de ella, inhalando profundamente su dulce aroma y saboreando el regalo de la tranquilidad que ella traía. Sus pensamientos eran como un bálsamo fresco para él, reconfortante y acogedor al mismo tiempo.

Y cuando ella tocó tímidamente sus labios con los de él una vez más, una oleada de dulzura lo invadió. Las voces se calmaron, la serenidad de la doncella se introdujo en sus propios pensamientos, calmando su mente como un bálsamo de herbolario. Él le devolvió el beso, deseándola con todo su corazón y alma. Él quería perderse en ella y en el consuelo que le ofrecía, incluso con el pequeño estímulo de ese beso. Él quería demostrar que era digno no solo del regalo que ella le traía, sino también de la dama misma.

Tenerla en sus brazos provocó una respuesta más terrenal de su cuerpo, una que no era apropiada para que una doncella supiera. Con gran desgana, rompió el beso, pero no se atrevió a soltarla. Sus labios estaban un poco hinchados por su beso y le sonrió con ojos brillantes, luciendo tan seductora que Garrett estuvo tentado de tomar más.

Él se movió para poner un poco de distancia entre ellos, pero ella deslizó un brazo alrededor de su cuello. Sus senos estaban aplastados contra su pecho y cuando levantó la cabeza, él pudo ver la piel cremosa de su garganta. La vista envió una caliente sacudida de deseo a través de él.

Lo maravilloso era que se sentía más fuerte y audaz, más en control de su propia mente. Aún podía oír las voces de los demás, pero estaban ahogadas, a un volumen que podía tolerar.

Ella le traía ese regalo.

Era tal como lo había prometido Mhairi.

La mirada de la doncella buscó la suya, y temió que ella hubiera notado la reacción de su cuerpo a la dulce presión de ella contra él. Si era así, no había acusación en su expresión, sino más bien una bienvenida. Sus ojos eran de un verde magnífico, su preocupación por él era clara. La tranquilidad de su presencia lo llenó y lo calmó.

Ella levantó la yema de un dedo hacia su sien, tocando la humedad allí con ternura. "Pero estás enfermo", susurró ella.

Garrett asintió, porque no la engañaría. Él no podía contarle todo, no con el precio que supondría contarlo, pero él confesaría lo que pudiera. "No he estado bien. Por eso no vine. Tenía la intención de venir hoy para traerte tu regalo."

Ella sonrió y levantó la piel de lobo entre ellos. Desde ese ángulo, parecía que sus pechos desnudos estaban acurrucados contra él, la parte delantera de su kirtle oculta debajo de la piel. Él podía imaginarla desnuda sobre la piel con demasiada facilidad, una idea a la que su cuerpo respondía con entusiasmo.

Si ella fuera su dama, él la seduciría lentamente. Él le presentaría los placeres de la carne como si tuvieran todo el tiempo del mundo, y le demostraría que ella era un tesoro de lo más raro. Su boca se secó, su excitación presionando contra su vientre, y no tenía fuerzas dentro de él para alejarse de la tentación que ella le ofrecía.

Garrett asintió con la cabeza ante su suposición, incapaz de convocar una palabra a sus labios.

"Lo sabía." Sus labios carnosos se tensaron. "Él mintió. Ese caballero mintió y yo lo supe. Él te robó esto, ¿no es así?

"El muchacho lo hizo". Garrett tragó y frunció el ceño. "Supongo que podría ser el escudero del caballero".

"¡Alimañas! Él dijo que había matado al lobo." Su indignación era tan clara que le calentó el corazón. "¡Se paró en la propiedad del esposo de mi hermana, aceptó su hospitalidad y mintió! ¡Hombre odioso! ¡Villano y canalla!

Garrett se encontró sonriendo ante su indignación. "¿Él tiene nombre?"

Su doncella tuvo que pensar por un momento, y a él le gustó que se hubiera preocupado tan poco por la llegada de un caballero como para haber tomado mucha nota de su nombre. Eso no era una buena señal para la oferta del hombre, si es que había ido a cortejar a la dama.

"Orson. Orson Douglas." Entonces frunció el ceño y se mordió el labio, mirándolo de nuevo. "Pero me ofreció la piel como regalo. Él sabía mi nombre antes de llegar."

Esta fue una noticia para despertar las sospechas de Garrett. "¿Lo conoces? ¿O fue enviado a cortejarte?"

"No puedo imaginar eso". Ella negó con la cabeza, pensando claramente. "Nunca lo había visto antes. Pero la propiedad de mi hermano, Kinfairlie, está cerca de la de la familia Douglas." Ella le dedicó a Garrett una mirada triste. "A menudo se desafía a Alexander a mantener la paz con el conde de March, sin sacrificar demasiado su propia soberanía. Son vecinos poderosos y exigentes."

"Ah." Garrett dijo, porque eso lo dejó todo en claro.

Su doncella lo miró fijamente. "Crees que lo han enviado a cortejarme." No había duda en su voz y él asumió que ella había llegado a la misma conclusión.

"Parece muy probable".

Su disgusto era evidente. "Sin embargo, él comienza mal la tarea. ¿Qué tipo de hombre lanza un noviazgo con una mentira? No es un caballero cuyos votos tengan algún significado para él, mucho menos uno que tiene la intención de tratar a su esposa con honor." Su reacción encantó a Garrett, ya que le confirmaba que tenían más en común que un beso.

"Quizás él tendrá competencia en ese sentido", dijo él en voz baja, amando cómo su mirada voló para encontrarse con la suya. "Pero solo si te conviene."

Ella sonrió con tal placer que el pecho de Garrett se apretó. Luego se estiró hasta los dedos de los pies, bajando la voz a un susurro. Sus dedos se enredaron en su cabello, su expresión era de preocupación. "Pero hay violencia en él. Debes tener cuidado. Ya veo que a él no le gusta que lo desafíen y no cederá nada con gracia. Por eso temí por tu bienestar cuando presentó la piel."

Hacía un tiempo que nadie temía por el bienestar de Garrett y nunca lo había hecho una doncella tan encantadora. Garrett se inclinó y le robó el más mínimo beso, rozando sus labios con los de ella. Incluso ese toque diminuto encendió una llama dentro de él y Garrett hervía de deseo. Él sabía que no debería tomar más, pero ella le rodeó la nuca con la mano.

"Bésame de verdad", exigió ella en un susurro. "Más ardientemente incluso que antes".

La suya era una exigencia que Garrett no podía negar. Él inclinó su boca sobre la de ella, tragando su suspiro de satisfacción, luego la besó profundamente. Él vio que ella cerraba los ojos y sintió cómo se inclinaba contra él, rindiéndose por completo a su toque.

Su confianza lo humillaba.

Una vez más, sintió ese curso meloso de nueva fuerza fluir hacia él, un regalo que ella no se daba cuenta que le daba y que lo hacía mucho más fuerte. Él podría haberse vuelto adicto a su toque en un abrir y cerrar de ojos.

Incluso sin la paz que ella le daba a su mente.

Garrett la abrazó con fuerza y la levantó contra su pecho, deslizando su lengua entre sus dientes. Ella respondió de la misma manera, imitando cada uno de sus gestos haciendo que su sangre hirviera bastante. Él clavó sus dedos en el espeso esplendor de su cabello y ahuecó su nuca, manteniéndola cautiva de su beso saqueador.

Ella no solo le permitió tomar lo que deseaba, sino que le ofrecía más.

Pasaron largos momentos antes de que Garrett recordara que no debía deshonrar a la doncella que pensaba tomar por esposa. Con un esfuerzo, la tomó por los hombros con las manos y puso un poco más de distancia entre ellos. Ella suspiró con un pesar tan evidente que él le sonrió. Ella le lanzó una mirada triste, incluso cuando su mano aterrizó en su pecho. "Estas en lo correcto, por su puesto." Sus ojos brillaron. "Pero nunca supe que un beso podría dar tanto placer."

"Aun así, no quiero que creas que soy de la misma calaña que ese caballero".

"¡Nunca!" Su defensa de él era reconfortante. "Eres un hombre de honor y ya lo sé bien". Que ella pudiera estar convencida de su naturaleza tan pronto solo podría ser un buen presagio para el futuro y su petición de matrimonio.

"Nunca me casaría con un hombre así, pero él no aceptará bien una negativa". Ella echó un vistazo al salón, su mano se deslizó en la de él. Su mano era pequeña, sus dedos delicados y su piel cálida. "Debes venir al salón ahora. Debes conocer al esposo de mi hermana en este día."

La suya era una solicitud razonable. Si él tenía la intención de pedir matrimonio a su doncella y ganársela al caballero, Garrett sabía que ella tenía razón. De todos modos, sintió una punzada de pavor. Él no deseaba avergonzarla y temía no poder llegar hasta el salón y ser coherente ese día. "Sabes poco de mí, mi señora. Podríamos hablar más, caminar por el bosque y aprender más el uno del otro antes de que tomes una decisión."

Sus labios se tensaron. "Sé que puedo hablar contigo. Sé que me defendiste del daño. Eso es mucho más de lo que sé de Orson Douglas."

"Sin embargo, conoces su nombre y no el mío".

Ella se rio, un sonido de lo más delicioso. "Estas en lo correcto, por su puesto. No me vendría bien llamarte siempre el cazador."

Garrett le sonrió. "Soy Garrett MacLachlan".

"Y yo soy Annelise Lammergeier". Ella le tendió la mano como si se encontraran en la corte de un rey. Garrett se inclinó sobre su mano y la besó, una acción que pareció complacerla enormemente, dado el brillo de sus ojos. "Mi hermano es Señor de Kinfairlie, que se encuentra al sur y al este de Edimburgo, en la costa".

Su apellido le era familiar y le dio ánimos. "¿Cerca de Ravensmuir?"

Esa propiedad también es nuestra, aunque la fortaleza está en ruinas. Mi hermano, Alexander, tiene el sello de Ravensmuir en fideicomiso para mi hermano, Malcolm ".

"¿Él está enfermo?"

"Ha ido al continente para hacer fortuna, si puede". Annelise hizo una mueca y Garrett supuso que la elección de Malcolm no había sido totalmente respaldada por sus hermanos. Luego le dirigió una mirada brillante. "¿Cómo sabes de Ravensmuir?"

"He oído hablar de él, en ocasiones".

Annelise arrugó la nariz. "La reputación de nuestra familia nos ha precedido, entonces".

"No una pobre, si eso es lo que quieres decir". Garrett recordaba bien la mención de Ravensmuir por parte de Mhairi. "Me dijeron que se rumoreaba que los Lammergeier tenían poderes inusuales, pero más que eso, desafiaban las convenciones en sus elecciones".

Annelise lo estudió. "¿Era esto bueno o malo en opinión del que contó la historia?"

"Muy bueno. Mhairi no tenía paciencia con las convenciones y las respuestas fáciles." Garrett asintió con la cabeza al recordarlo, animado por su memoria y entristecido al darse cuenta de que había hablado de Mhairi en tiempo pasado por primera vez. "Ella contaba una historia de un Señor de Ravensmuir que podía entender la conversación de los cuervos que vivían en su propiedad".

"Oh, ese es un cuento antiguo, aunque no sé si es cierto." Annelise se rio de su evidente decepción. "Si has escuchado lo peor y no te desanima, entonces quizás haya esperanza para nosotros."

"O quizás tenemos puntos en común, tú y yo. Quizás podríamos tomar decisiones poco convencionales y aun así ser felices."

Ella lo estudió, su mirada recorrió su falda escocesa y su camisa, y él supo que estaba comparando su estado con el del caballero que la esperaba en la Fortaleza Seton. Su expresión reveló que no le iba mal en la comparación. Ella se estiró y besó su mejilla, sus mejillas enrojecieron con su atrevimiento y sus ojos bailaron con un deleite que lo cautivó por completo. "Por favor, ven al salón conmigo, Garrett."

Cuando ella apeló a él, no estaba dentro de él negarle nada en absoluto.

Garrett había estado de acuerdo, su mano descansaba sobre su codo y habían dado tres pasos antes de que él se diera cuenta de la plenitud del regalo que ella le había traído. No solo su beso lo calmaba, sino que su influencia continuaba. Él aun podía escuchar las voces que lo atormentaban, pero incluso cuando aumentaba su volumen, la calma de los pensamientos de Annelise continuaron ofreciéndole la gloria.

Quizás en su presencia, él podría lograr lo que no había logrado hacer en el pasado. Quizás ella le ofrecía cura a sus tormentos, justo como Mhairi había predicho.

Lleno con nuevo optimismo, Garrett fijó su atención en la doncella su lado, en la tranquilidad de su mente. Él firmemente puso un pie delante del otro, asombrado al descubrir cuanto más fácil era acercarse a la Fortaleza Seton en presencia de Annelise.

El sonido de los pensamientos de los otros crecía constantemente, pero Garrett estaba nuevamente convencido que con Annelise a su lado, él podría tener éxito. Él lo creía completamente, hasta que la maldad se clavó en su mente.

La maldad de los pensamientos de un individuo casi lo hace caer de rodillas. Esa mente estaba llena de odio y esa hostilidad iba dirigida a él. El veneno en esos pensamientos reverberaba en su mente, tan malvados que Garrett se aferró a Annelise con desesperación.

Era como la última vez, todo de nuevo.

Pero infinitamente peor.

CAPÍTULO 4

¿Qué le estaba pasando a Garrett?

Annelise veía crecer su agitación mientras se acercaban a la Fortaleza Seton. Su reacción la hizo dudar de que la enfermedad fuera la verdadera razón de su ausencia. Él claramente estaba angustiado por entrar en la fortaleza.

Annelise podía creer fácilmente que él ya no estaba acostumbrado a la gente, si es que alguna vez lo había estado. Él vivía en el bosque. Garrett era ingenioso y práctico, pero ella podía imaginarse que estaba menos familiarizado con las expectativas incluso de un pequeño salón como la Fortaleza Seton. Él podría haber estado enfermo, pero tal vez su desconfianza había sido el mayor impedimento para su visita. Annelise decidió que él no había querido causar una mala impresión, por lo que se había mantenido alejado en lugar de decepcionarla.

Su compasión se redobló al darse cuenta. Ella adoraba que a pesar de su incomodidad, él había tenido la intención de ir a verla ese día. Ella se encargaría de que él se las arreglara para hablar con Murdoch.

Pero la respiración de Garrett se aceleró y Annelise vio que su agitación se convertía en terror. Él realmente parecía estar enfermo y, lo más extraño, sus síntomas empeoraban cuanto más se acercaban al salón. Ella nunca había visto algo así.

¿Qué enfermedad podía vencer a un hombre tan rápidamente, especialmente a un hombre tan joven y sano como Garrett?

Garrett cerró los ojos y dejó de hablar con ella. Él no avanzaba con la confianza y seguridad que ella asociaba con él, sino que lo hacía con vacilación. Su agarre se había apretado en su brazo y ella podía ver las gotas de sudor en sus sienes. ¿Era su imaginación que su mano temblaba dentro de la de ella?

"¿Qué pasa?" susurró ella, pero él simplemente negó con la cabeza.

Garrett se puso pálido bajo su bronceado y temblaba. Él tropezó a través de las puertas como un borracho, apoyándose en ella más de lo que lo había hecho hasta entonces y haciendo una mueca de dolor.

Los centinelas intercambiaron miradas, luego uno se acercó a Annelise.

"¿Ha encontrado un paria, mi señora?" preguntó, su opinión de eso más que clara.

"¿Un loco en el bosque?" preguntó el otro.

Aunque Annelise no podía culparlos por llegar a esa conclusión, ella quería defender a Garrett. "No, es un cazador. Acaba de enfermarse. No puedo explicarlo."

Garrett gimió y se detuvo, llevándose una mano a la frente. Se estremeció desde la cabeza hasta las botas y vaciló de modo que ella temió que se cayera. Annelise le habló, inclinándose más cerca de él mientras murmuraba su nombre. Él no respondió, solo negó con la cabeza y apretó su mano.

"De hecho, parece estar herido, mi señora", dijo el centinela.

"Estaba sano, pero hace unos momentos".

"Te vi hablando con él en la distancia, mi señora. Entonces él estaba más erguido." El segundo centinela frunció el ceño, mirando hacia el camino como si la fuente de la aflicción de Garrett pudiera entender allí.

"Es muy extraño", coincidió Annelise. "Debo ir a buscar a Isabella. Ella sabrá qué hacer."

"Muy sabio, mi señora", asintió el primer centinela.

Annelise liberó su mano del agarre de Garrett y corrió hacia el salón, la preocupación dándole velocidad a sus pies.

Ella se detuvo conmocionada cuando Garrett gritó.

Annelise se giró, horrorizada al verlo retorcerse en el suelo entre los dos guardias, con las manos entrelazadas sobre su cabeza. Él gemía con una angustia tan obvia que Annelise no supo qué hacer. Garrett murmuró para sí mismo, pero no tenía sentido, luego rodó por el suelo.

Él podría haberse convertido en un hombre diferente.

Un loco.

"¿Quién es él y qué le pasa?" Preguntó Isabella, tocando el hombro de Annelise por detrás.

"No sé qué está mal. La enfermedad se apoderó de él tan de repente."

"¿Lo conoces?" Murdoch exigió desde su otro lado.

"Es un cazador", dijo Annelise. "Su nombre es Garrett MacLachlan".

"El que conociste en el claro," dijo Isabella. "Quién mató al lobo".

"Sí", estuvo de acuerdo Annelise. Ella se dio cuenta de que todavía sostenía la piel y miró fijamente a su hermana, bajando la voz a un susurro. "Este lobo".

"¿Este es el hombre que insiste en que mató al lobo?" preguntó Orson con evidente desdén. A Annelise no le gustó que él también hubiera llegado. Él se rio, lo que le pareció muy inapropiado a Annelise. "¡Bravo! Tendremos una reunión de asesinos de lobos aquí en la Fortaleza Seton. Suponiendo que tu valiente héroe pueda ponerse de pie."

Isabella contuvo el aliento y entrecerró los ojos en una señal de que compartía la opinión de Annelise sobre el caballero.

Orson bebió un sorbo de un cáliz de vino, con expresión escéptica. "Debo señalar, mi señora, que parece incapaz de matar una mosca." Él se rio de nuevo, su compañero caballero riendo junto con él.

Murdoch estaba mirando a Annelise, su expresión sombría, y ella se dio cuenta de que sabía que había huido de su habitación. Ella había desobedecido su orden de que ni ella ni Isabella debían dejar la Fortaleza Seton sin acompañamiento, y ella había acusado a su invitado de mentiroso. Annelise sintió que se ruborizaba, pero no retrocedió.

"Él mató a este lobo, de todos modos", replicó Annelise. "Estuve allí y vi la acción".

Los labios de Orson se tensaron. "Debes estar equivocada, mi querida señora", dijo, sus palabras apretadas. "Como pueden estar las doncellas con tanta frecuencia". Él mordió las palabras. "Debe haber sido un lobo diferente, porque yo maté a aquel cuya piel claramente atesoras."

Annelise quería discutir con él, pero Garrett gimió entonces, atrayendo su atención hacia el tema más importante.

"Está enfermo", dijo ella, escuchando la súplica en su voz. "Lo iba a traer para que lo conocieras y se enfermó. Espero que Isabella pueda ayudarlo."

Isabella le dio a Murdoch una mirada, una que Annelise reconoció bien, luego fue al lado de Garrett. Los labios de Murdoch se tensaron brevemente y Annelise supo que hubiera preferido negarle a Garrett la admisión a la fortaleza. Claramente también conocía el significado de la expresión de Isabella, y que ella no se detendría cuando estaba decidida.

Murdoch intercambió una mirada con Stewart, su hombre de armas de mayor confianza. Su mirada pasó rápidamente por los centinelas y los hombres de su casa. Annelise se dio cuenta de que a Murdoch no le gustaba tener tantos extraños en su salón, fueran quienes fueran, y a Stewart le gustaba aún menos. Murdoch le dio a Annelise una mirada atenta, sin duda indicándole que debía permanecer donde estaba, y se alejó para hablar con los centinelas. Las puertas se cerraron entonces y se aseguraron, Murdoch murmurando en voz baja con sus hombres.

Annelise permaneció en su lugar, aunque deseaba desesperadamente ir a Garrett. Ella no deseaba volver a desafiar a Murdoch, no cuando él se esforzaba por defenderla, y confiaba en Isabella. De todos modos, ello observó con ansia cómo Isabella se agachaba junto a Garrett, con los dedos en su garganta.

Orson tomó un sorbo de vino de su cáliz mientras consideraba la escena, luego se estremeció ante su acidez. Annelise se preguntó si él se daba cuenta de que bebía del único barril de vino en las bodegas de la Fortaleza Seton, uno que se había abierto como un gesto de hospitalidad para él. Aunque era evidente que pensaba poco en el mérito de la cosecha, ella no dudaba de que tendría mucho que decir cuando lo hubiera consumido todo. Él parecía haber avanzado rápidamente en esa búsqueda, a pesar de su opinión sobre el vino.

"Entonces, ¿la caridad es de gran importancia en la Fortaleza Seton?" dijo arrastrando las palabras.

"No entiendo lo que quieres decir", dijo Annelise con frialdad.

Orson se encogió de hombros. "Él es un paria, obviamente, o uno que ha rendido su ingenio. Quizás incluso sea un delincuente. Sin embargo, aquí está, dentro de las puertas de la Fortaleza Seton. La caridad de la dama no tiene límites." Él dijo esto con un sarcasmo que indicaba que pensaba que Isabella era una tonta.

"Creo que es un mérito que una dama se preocupe por algo que no sea ella misma y su propia frivolidad", espetó Annelise. "¿Preferirías que mi hermana se sentara en su habitación y se peinara, en lugar de ayudar a los demás?"

"Por supuesto, debería hacer lo que quiera, pero..."

Annelise no pudo soportar más. Haciendo caso omiso de la mirada atenta de Murdoch, fue hacia su hermana y se agachó a su lado.

"Su pulso se acelera", dijo Isabella, aparentemente confundida por esto. "Como si hubiera corrido lejos".

"No lo hizo."

"Entonces es un veneno que ha consumido", dijo Isabella. "Una reacción tan repentina y violenta puede venir de poco más. ¿Qué ha comido?"

"Yo no lo sé."

"Qué abnegación", reflexionó Orson. Aparentemente, la había seguido y ahora estaba detrás de Annelise, bebiendo vino. "Y la dama con su hijo". Sonrió fríamente a Murdoch, quien también se unió a ellos.

"Mi esposa es una curandera", replicó Murdoch. "A menudo se preocupa más por su arte que por su seguridad".

"¿Pero qué hay de ti?" Preguntó Orson. "¿Qué es lo que más te importa a ti?"

Murdoch no respondió, simplemente desvió la mirada de Orson y le habló a Isabella. Annelise tomó nota de su elección y temió su importancia. ¿Por qué Murdoch no estaría dispuesto a ofender a Orson?

A menos que Garrett y ella hubieran adivinado correctamente la misión de Orson.

Y Murdoch sabía que él estaba destinado a tener éxito. La ira inundó a Annelise, porque Alexander había prometido a sus tres hermanas menores que elegirían su matrimonio.

"¿Bien?" preguntó Murdoch a su esposa.

"Creo que está envenenado", dijo Isabella, luego lo miró. "Debemos ayudarlo. El tiempo será de suma importancia."

"¿Puedes ayudarlo sin saber la causa?"

Isabella hizo una mueca. "Solo de la manera más básica. Supongo que lo ha ingerido..."

"Así que te asegurarás de que sus entrañas estén vacías", concluyó Murdoch. "Lo suficientemente justo." Él levantó la voz, gritando por Fionn y Helga, las dos que más solían ayudar a Isabella.

Orson levantó levemente la voz. "¡Qué grandes riesgos corres cuando hay hombres tan indeseables! Tal vez traiga una enfermedad a tus puertas, y su presencia los verá a todos enfermos."

"Piensa en la plaga", asintió Andrew, su tono era duro. "Ningún alma sabe cómo llega ni por qué se va, pero es evidente que algún alma la lleva sin saberlo de ciudad en ciudad".

"Y miles quedan muertos a su paso", coincidió Orson. Él hizo una mueca y se estremeció. "¿Has oído hablar de las pústulas que se forman en sus cuerpos?"

"Una forma horrible de morir", coincidió Andrew, miró a Garrett y dio un paso atrás.

"No muestra signos de peste", dijo Isabella con firmeza. "Se dice que esa enfermedad comienza con la hinchazón en el cuello y la ingle, con los bubones. Él no tiene tal cosa."

"Pero siguen las convulsiones", insistió Orson. Él parecía creer que el consumo de vino lo protegería.

"Y fiebre." Andrew asintió con la cabeza, como si él fuera el sanador.

"Y muerte a todos los que hayan tocado a la víctima", concluyó Orson con una floritura. "¿Por qué no arrojar este indeseable por las puertas y ver la salud de todos nosotros asegurada?"

"No están ayudando en esto", dijo Isabella con severidad.

"¡No es indeseable!" Annelise espetó.

Las cejas de Orson se levantaron e intercambió una mirada significativa con su compañero caballero.

"Quizás sería mejor que regresaran al salón," dijo Murdoch, su manera suave, incluso cuando llegaron Fionn y Helga.

Annelise no podía creer cómo había cambiado su cazador y lo enfermo que se veía.

"Garrett", susurró ella y se arrodilló más cerca de él. Sus ojos se abrieron de golpe y su mirada se clavó en ella. Él la tomó de la mano tan rápidamente que ella se asustó. La mano de Murdoch agarró la empuñadura de su espada, pero Isabella lo detuvo con un toque. Annelise no se atrevió a soltar la mano de Garrett, porque vio que parte de la angustia desaparecía de su expresión.

En cambio, ella cruzó ambas manos alrededor de las de él. Su piel se sentía húmeda, sudorosa y fría, y ella podía sentirlo temblar profundamente por dentro. Sin embargo, cuando su mano estuvo completamente dentro de la de ella, exhaló y sus ojos se cerraron una vez más.

Esta vez pareció sentirse aliviado.

"Tu toque lo consuela", dijo Isabella casi en voz baja. "No puedo explicar eso tampoco, porque ningún veneno que conozca responde al tacto, pero debes aferrarte a él".

Annelise asintió con la cabeza, más que feliz de hacerlo.

"Quisiera llevarlo a la cabaña detrás de las cocinas". Isabella dirigió una mirada de apelación a Murdoch, cuyos labios se tensaron incluso mientras asentía.

Orson agitó una mano y apuró su cáliz, como si fuera a descartar su locura, luego se volvió para caminar de regreso al salón. Su compañero caballero comenzó a hablar de caballos con él, y aparentemente se olvidaron de Annelise, Garrett y sus temores a la peste.

A Annelise no le importaba la vista de los caballeros. Solo estaba Garrett y su dolor. Él la había salvado una vez; ella haría todo lo que estuviera en su poder para ayudarlo ahora.

LA SUYA ERA una aflicción curiosa, en verdad.

Isabella miraba al cazador mientras dormía. La violencia de su reacción había pasado antes de que ella pudiera mezclar una poción para vaciar su estómago, por lo que ella había optado por no administrar el vomitivo. Una vez que su color hubo regresado y él estuvo respirando normalmente, ella había insistido en que Annelise la dejara a solas con Helga y Fionn. Helga tenía sus propias habilidades curativas, y Fionn era joven y fuerte. Ella sabía que tendría que hacer que Fionn desnudara al cazador para buscar pistas sobre su dolencia, y no era apropiado que Annelise viera su desnudez.

No había sido fácil convencer a su hermana de que dejara a Garrett, ni liberar el propio apretón convulsivo de él sobre los dedos de su hermana. Isabella había estado intrigada por la forma en que él se había desmayado tan pronto como se rompió la conexión, como si su enfermedad lo hubiera superado nuevamente en ausencia de Annelise.

Parecía que el toque de Annelise le había ayudado a mantenerlo a raya.

O tal vez, simplemente él luchaba contra eso con más fuerza en su presencia.

De cualquier manera, Isabella nunca había visto algo parecido en su condición. Ahora él dormía como un niño exhausto, su piel se enfriaba bajo su mano y su respiración se volvía más uniforme, y eso sin ninguna intervención de su parte. Él podía haber soportado una prueba, pero Isabella no podía imaginar lo que podría haber sido. Ahora ella podía creer que él era capaz de matar a un lobo, porque parecía fuerte y saludable, aunque cansado.

"El caballero tiene razón", dijo Helga con su habitual rigor práctico.

"¿Cómo es eso?"

"Él debe estar loco o es un criminal. ¿Por qué más elegiría vivir en el bosque?" Preguntó Helga.

"Él no sería el primer hombre que tuviera buenas razones para evitar la compañía de los hombres".

Helga resopló y puso los ojos en blanco. "Nadie con sentido común elige tal curso".

"Tu señor hizo lo mismo", dijo Isabella con firmeza. "¿Llamarías loco a Murdoch?"

"No, mi señora."

"¿Un criminal?"

"No, mi señora."

"Sin embargo, él era un paria de todos modos". Isabella miró a Garrett dormir, considerándolo. Ella era consciente del ceño fruncido de Helga, pero estaba más interesada en la enfermedad del cazador. ¿Qué le afligía realmente? ¿Él estaba afligido por la voluntad de las Hadas como lo había estado Murdoch? ¿O había una explicación más mundana?

"¿Por qué, mi señora?"

La pregunta de Fionn le recordó a Isabella su conversación, aunque ella no entendió la pregunta. Ella se encontró con la mirada del muchacho, confundida.

"¿Por qué mi Señor Murdoch era un paria?"

"Él estaba maldito por las Hadas", admitió Isabella. "Él se había aventurado en su reino y se había ganado su liberación, pero la Reina Elphine no deseaba entregarlo".

"¡Maldito!" El joven se santiguó.

La sirvienta puso los ojos en blanco. "Una excusa justa para que un hombre eluda su deber", dijo ella, medio en voz baja y se ganó una mirada dura de Isabella por su pensamiento.

"Hay más cosas en esta tierra de las que nunca entenderemos", dijo Isabella con firmeza.

Helga bajó la mirada pero la expresión de sus labios no cambió. "Sí, mi señora."

"Nuestra preocupación es la dolencia de este hombre. Otra posibilidad es que fuera mordido por alguna criatura", dijo Isabella. "Una toxina en la sangre podría causar un resultado tan rápido y devastador."

"Sin embargo, ahora parece bastante sano", señaló Helga. "¿Cómo se recuperó tan rápido como cayó?"

Isabella no lo sabía, pero primero descartaría las causas mundanas. "Su cuerpo podría haber sido capaz de vencer la toxina. Sus botas, Fionn, por favor. Lo más probable es que una serpiente le mordiera la pierna o el tobillo..."

"No a través de ese cuero", contribuyó Helga. "Son botas buenas y pesadas y le deben haber costado bastante dinero."

Ella tenía razón en eso. ¿De dónde sacaría un paria unas botas tan finas? O no era un marginado en verdad y las botas revelaban sus orígenes, o se las había robado a una víctima y era un criminal, después de todo.

"O sus manos," Isabella continuó con impaciencia. Ella se dio cuenta de que todo el atuendo de Garrett era fino y resistente, aunque sin adornos. ¿Dónde estaba su casa? ¿Cuál era su historia? ¿Cómo había llegado a estar en los bosques de la Fortaleza Seton? ¿Qué quería él? Por mucho que a Isabella le disgustaran las insinuaciones del caballero, no podía negar que tenían algún sentido. Garrett había entrado en la Fortaleza Seton bajo la apariencia de enfermedad y ahora que estaba dentro de las puertas parecía haberse recuperado. Eso alimentó las sospechas de Isabella sobre sus motivos.

No la tranquilizó que Annelise estuviera dispuesta a defender su lado a cualquier precio.

Isabella tenía que aprender la verdad sobre ese cazador y su ataque. Su cuerpo podría decirle más de lo que él estaba dispuesto a compartir por su propia elección. Ella le quitó los guantes y le subió las mangas, mirando la carne en busca de una mordida. No encontró ninguna, ni allí ni en su cuello ni en sus tobillos.

"Él podría haber ingerido algo", continuó. "Una fruta o una raíz que no le resultara familiar, que fuera venenosa".

"Entonces habría vomitado", dijo Helga. "O peor."

Fionn puso los ojos en blanco.

"Todavía hay tiempo para eso", le dijo Isabella al joven y él hizo una mueca.

"Puedo manejar todo menos eso", murmuró y Helga se rio de él.

"—Entonces, ten cuidado de no convertirte en padre" —bromeó ella. "Los bebés arrojan de un extremo o del otro durante la mayor parte de sus primeros años."

Fionn parecía apropiadamente horrorizado. Su mirada se posó en el vientre redondeado de Isabella y respiró hondo para estabilizarse.

Mientras tanto, Isabella miraba a Garrett. Él tenía los ojos cerrados y respiraba profundamente. Él podría haber estado durmiendo pacíficamente, pero ella tenía la clara sensación de que algo se había acelerado en él.

Como si se hubiera despertado, pero fingiera estar dormido todavía.

Escuchando.

¿Qué clase de hombre no confiaba en aquellos que lo querían ayudar? La elección hacía poco para tranquilizar sus preocupaciones. Ella comprobó su pulso en la garganta, pero no hizo ningún comentario sobre su ritmo ligeramente acelerado. Se había asentado pero ahora saltaba de nuevo.

Él tenía un secreto, apostaría ella.

"Le haré un remedio", dijo ella, mirándolo con atención. "La receta vaciará sus entrañas con bastante rapidez, lo que garantizará que ningún veneno tenga la posibilidad de actuar más profundamente." Ella exhaló un suspiro. "Lamento que haya que provocar una reacción tan violenta, pero no hay otra forma de estar seguro de que esté a salvo."

Él no dio ninguna indicación de haberla escuchado, pero Isabella no estaba convencida.

"Fionn, tendrás que soportarlo".

"Sí, mi señora."

Helga se aclaró la garganta. "En cambio, debería echarlo de las puertas, mi señora, y ponerles barreras contra él. Es un cazador; que se cure en el bosque que tan bien conoce."

"Puede que no sea seguro tenerlo aquí, mi señora", asintió Fionn.

Isabella no podía ignorar su sensación de que él estaba escuchando cada palabra de ella. "Me temo que cualquier posibilidad de seguridad ha quedado atrás", dijo enérgicamente. "Miren a su alrededor. La Fortaleza Seton es una pequeña propiedad que gana su seguridad por el aislamiento. Ni siquiera está completamente amurallada."

"El bosque proporciona defensa", dijo Fionn con lealtad. "No es fácil atravesarlo por la parte trasera de la fortaleza".

"Pasar por el bosque es el oficio de este hombre", dijo Helga con voz dura.

Isabella asintió. "Si este hombre hubiera querido entrar a nuestro salón, podría haberlo hecho antes de este día y no a través de las puertas".

"De manera similar, si él deseaba regresar", concluyó Helga, cruzando los brazos sobre el pecho.

"Es mejor conocer su deseo primero", dijo Isabella y la mujer mayor asintió.

"Entonces, ¿quieres dejar que se quede?" Murdoch preguntó desde la puerta.

Isabella se giró para encarar a su marido, viendo un eco de su propia curiosidad en su rostro. Él estaba apoyado en el umbral de la puerta, con expresión vigilante. Isabella sabía que él se movería con la velocidad del rayo para defender a cualquiera de ellos, en caso de que el cazador atacara inesperadamente.

"Quiero saber por qué vino", dijo ella. "Quiero saber qué le aflige. Cuando despierte, como sin duda lo hará después de mi remedio, podemos preguntarle por la verdad."

La mirada de Murdoch se detuvo en el hombre dormido. Isabella envió a Helga a buscar las hierbas que necesitaba, y a Fionn a sus tareas habituales en la cocina. Con la llegada de los caballeros, esa noche habría más en la mesa y se necesitaría preparar más comida.

"¿Qué le aflige?" Murdoch preguntó en voz baja.

Isabella se encogió de hombros. "No estoy completamente segura de la causa o la cura, pero me recuerda a ti."

Murdoch sostuvo la mirada de Isabella durante un largo momento, luego cruzó la pequeña cabaña con pasos rápidos. Él desabrochó el cordón del cuello de la camisa de Garrett y extendió la tela. Isabella sabía que estaba buscando marcas en la carne del cazador, las marcas oscuras en espiral como las que habían adornado su propia piel e indicaban la posesión de un mortal por parte de las Hadas. La carne del pecho del cazador estaba bronceada, pero por lo demás era normal. Murdoch miró hacia arriba, una pregunta en su expresión.

"La suya no es una enfermedad normal, o al menos no una que yo reconozca", dijo Isabella en voz baja. Ella era consciente de que el cazador escuchaba con atención, incluso mientras fingía dormir. "Creo que sufre de algún tipo de maldición, que es lo que me recuerda tu situación. Y de alguna manera, Annelise le ayuda."

"No", dijo Murdoch, enderezándose con vigor. "No puede haber venido por Annelise. Lo prohíbo."

Isabella, sin embargo, había visto la expresión de su hermana cuando el cazador había sido vencido. "Hay cosas que no puedes cambiar, esposo".

"Hay cosas que no permitiré", respondió él, su tono resuelto.

"¡Ella puede ser de ayuda para él, como yo lo fui para ti!"

"No, Isabella. Annelise es gentil y tan tímida que es doloroso verla en sociedad. Ella necesita protección más que cualquier doncella que haya conocido." Él debió haber visto la duda de Isabella porque su voz se elevó. "¡Le he hecho una promesa a Alexander!"

Isabella se mordió el labio. Ella sabía muy bien cómo había salvado a Murdoch cuando ninguna otra persona, hombre o mujer, se habría atrevido siquiera a intentar ayudarlo. ¿Podría Annelise hacer lo mismo por ese cazador?

Isabella era sanadora. Si Annelise podía curar o incluso disminuir los efectos de la enfermedad de Garrett, Isabella no creía que pudiera obstruir la elección de su hermana.

Murdoch vio claramente la dirección de sus pensamientos. Él sacudió un dedo delante de ella. "Annelise no eres tú, Isabella. Ella no tiene tu entereza ni tu naturaleza."

"Somos igualmente tercas. No la subestimes en ese sentido."

"No arriesgaré su futuro".

"¿Ni siquiera si ella misma desea arriesgarse?"

"Ni siquiera así. Este hombre, maldito o no, no es una pareja adecuada para ella." Los ojos de Murdoch brillaron e Isabella supo que el pensamiento de su marido no cambiaría fácilmente. "El cazador se va al amanecer, si no antes, para no volver nunca a esta morada." Sin esperar su reconocimiento, Murdoch abandonó la cabaña y se dirigió hacia la mansión. Isabella se quedó mirando al hombre enfermo.

Quien ya no parecía estar enfermo. Parecía un hombre dormido, pero Isabella lo sabía mejor.

Ella también conocía a su hermana. Annelise era callada y rápida para acomodar a los demás, pero había hierro dentro de ella. No era frecuente que se fijara en algún objetivo, pero cuando lo hacía, Annelise era más firme y decidida que cualquier alma que Isabella hubiera conocido. Su convicción, una vez ganada, era inquebrantable, e Isabella había notado su preocupación por este cazador. Ella temía que Annelise hubiera decidido, y que el mandato de Murdoch no hiciera ninguna diferencia.

"¿Estoy en lo cierto?" susurró ella.

Los ojos de Garrett se abrieron de golpe, su mirada se fijó inmediatamente en la de ella. Él habló en voz baja, tan tranquilo que Isabella apenas escuchó sus palabras, y realmente sus labios ni siquiera parecían moverse. "Yo moriría defendiéndola", dijo con una convicción que se hacía eco de la de Murdoch. "Porque tienes más razón de lo que puedes imaginar".

"¿Me lo contarás?"

Él sacudió la cabeza. "La narración tiene un alto precio". Su mirada sostuvo la de ella y ella le creyó. "No puedo confesar la verdad a nadie".

Isabella asintió. Entonces era una maldición. Su mano cayó a la curva madura de su vientre mientras consideraba sus opciones. Ella tenía mucho más que perder de lo que había sido el caso una vez: un marido que la adoraba, un hogar confortable, un bebé en camino. Ella no podía arriesgarse por Annelise como lo había hecho antes, pero al mismo tiempo, no podía negarle a su hermana favorita la oportunidad de ser feliz.

"¿Conoces la cura?" Isabella preguntó en voz baja.

Él encontró su mirada. "Creo que la doncella Annelise tiene la clave".

"No me interpondré en el camino que ella elija", juró Isabella en un susurro. "Pero Annelise debe elegir por sí misma."

Garrett asintió, su determinación pareció crecer ante sus ojos.

Isabella le tocó el hombro. "Deberías dormir mientras puedas".

Garrett sonrió, la imagen de un hombre preparando un plan. Entonces cerró los ojos, como para seguir su consejo, pero Isabella no se imaginó que realmente durmiera.

Al menos no antes de que ella lo dejara solo.

GARRETT ESTABA TUMBADO en el colchón de la pequeña cabaña de la Fortaleza Seton y trataba de tranquilizar su cuerpo. Él podía escuchar los pensamientos de esas personas en el salón, pero estaban lo suficientemente distantes como para no inhabilitarlo.

O tal vez era el estanque de serenidad que sentía de Annelise lo que le permitía soportar el sonido de esos pensamientos.

El que lo despreciaba había acallado sus pensamientos, lo que también hacía que el estruendo fuera más fácil de soportar.

Garrett estaba exhausto más allá de lo imaginable, pero temía que descansar en ese lugar pudiera ser una elección tonta. Él estaba expuesto en ese salón y no podía esconderse. Había pasado semanas rastreando al lobo, durmiendo poco mientras perseguía a su presa, y ahora se sentía perseguido. La falta de sueño fomentaba tales extravagancias, pero esa punzada de malicia en sus pensamientos dejó a Garrett sin estar preparado para arriesgarse a dormir dentro de los muros de la Fortaleza Seton.

En cambio, sus pensamientos volaban. Él no se había atrevido a tomarse el tiempo para llorar por todo lo que había perdido meses atrás, y había pensado aún menos en las noticias y eventos que precedieron a esa horrible mañana.

Él aún no se atrevía a entregarse a sus recuerdos, pero volvió a pensar en la historia de Mhairi.

¿Cómo podía ser él hijo de un Señor de una Fortaleza?

¿Cómo podía un Señor de una Fortaleza negar a su propio hijo y no buscarlo en veinticinco años? La historia desafiaba toda creencia, por lo que Garrett había ido en busca de la verdad. Mhairi había nombrado a su padre como Señor de Killairig, por lo que Garrett había viajado a esa fortaleza.

Solo para ser burlado, ridiculizado y expulsado de las puertas por la vergüenza. Incluso su maldición había sido más vehemente en ese lugar que nunca, como si su propia mente se burlara de lo que deseaba creer.

¿Y si la historia de Mhairi fuera cierta?

Quizás Garrett había abandonado la batalla demasiado pronto. En verdad, no había tenido la intención de abandonarla por completo, sino que había regresado a casa en busca de más detalles, solo para encontrarse con otra búsqueda más lúgubre.

Annelise le traía claridad. Garrett sabía lo que quería. Él quería tener a Annelise a su lado para siempre. Él quería beber un sorbo de sus labios y sentir esa agradable marea de deseo y alivio mezclado fluir a través de su cuerpo. Él quería sentirse vigorizado y ser fuerte, y quería asegurarse de que la trataran con el honor que ella se merecía.

Él sabía que Mhairi y Seamus también la habrían amado.

Garrett quería dejar la Fortaleza Seton con Annelise como esposa. Ese era el enigma. Por un lado, él sabía que la historia familiar de Annelise era lo que le permitía a ella considerar una elección poco convencional. Incluso ella podría hacer las paces con su maldición, o descubrir sus síntomas sin que él se lo dijera. Ella aliviaba enormemente su enfermedad, tanto si podía curarla por completo como si no. El consuelo era suficiente para Garrett.

Sin embargo, ella había nacido en la nobleza y tenía al menos un caballero buscando su mano. Ningún hombre sensato elegiría a un cazador antes que a un caballero como esposa de una doncella a su cuidado. Él no culpaba a Murdoch por sus dudas y, de hecho, admiraba que el Señor de la Fortaleza Seton asumiera tanta responsabilidad por el bienestar de la hermana de su esposa.

Pero si Garrett realmente era el heredero de Killairig y podía demostrarlo con Annelise a su lado, su sueño tenía muchas posibilidades de éxito. La idea se hacía más atractiva cuanto más pensaba en ella, dejándolo demasiado emocionado para descansar.

¿Cómo podría probar la identidad de su padre? Parecía que era la palabra de un hombre contra la de Mhairi y la opinión del Señor sin duda prevalecería en su propia propiedad.

¿Cómo podría él ir a Killairig con Annelise, si tenía que ir allí para ganar el derecho a pedir su mano en primer lugar? Él dudaba potencialmente que Murdoch permitiera voluntariamente que ella lo acompañara, sin importar cuán noble fuera la causa, y Garrett no deshonraría a su doncella robándola.

Era un acertijo sin solución.

Fue cuando las sombras de la tarde se alargaban cuando Garrett se dio cuenta de que no era el único preocupado dentro de esos muros. Él escuchaba los pensamientos de las criaturas no lejos de su cabaña.

Las cabras no habían sido ordeñadas. Garrett centró su atención en su malestar e impaciencia. Él estaba acostumbrado a escuchar los pensamientos de las cabras, aunque esa comprensión le provocó un recuerdo desagradable.

Tenía sentido que el ordeño se hubiera retrasado. Había invitados que habían llegado al salón. La Fortaleza Seton era una pequeña fortaleza, y Garrett adivinaría que los sirvientes eran pocos. Quien ordeñara las cabras cada noche debía tener otros trabajos que realizar en ese día.

Él podría ayudar.

No era un hombre al que le gustara estar ocioso, y era posible que el Señor de la Fortaleza lo mirara más favorablemente si se mostraba útil.

Garrett solo podía imaginar que le vendría bien tener a Murdoch Seton como aliado en lugar de como enemigo.

CAPÍTULO 5

*E*lizabeth extrañaba a sus hermanos.

Ella nunca lo hubiera imaginado posible. Como la menor de ocho hermanos, Elizabeth había pasado la mayor parte de su vida anhelando un momento a solas.

Ahora que tenía mucha soledad, la encontraba menos deseable de lo que siempre había imaginado.

Ella y sus cuatro hermanas habían compartido habitación toda su vida, al menos hasta que sus hermanas mayores se casaron y dejaron Kinfairlie. Como la muchacha más joven, así como la más joven de todos, Elizabeth había perdido todas las batallas y todos los reclamos por la supremacía. Madeline era la mejor amazona, Vivienne la más atrevida, Isabella era la más complacida cuando insistía en quedarse en cama las mañanas frías y Annelise hacía los mejores bordados.

Alexander era el mayor y el heredero, aunque nunca se hubiera imaginado eso en su juventud. Él siempre había sido el primero en hacer una broma y en quien se podía confiar para animar incluso el día más tedioso. En estos días, parecía que su vida no era más que tedio, porque él mismo era Señor de la Fortaleza. Para sorpresa de

Elizabeth, Alexander parecía disfrutar de sus responsabilidades, ya que incluso se había dispuesto a dedicar tiempo a sus libros de contabilidad. Eso agradaba mucho a Anthony, el castellano, pero a Elizabeth le parecía una elección aburrida.

La esposa de Alexander, Eleanor, era una mujer excelente y una que a Elizabeth le gustaba mucho, pero sus dos hijos pequeños consumían gran parte de su tiempo. Ella también era una sanadora, que le había enseñado a Isabella sus habilidades, y estaba muy preocupada por el bienestar de todos en la aldea de Kinfairlie. Elizabeth ayudaba a Eleanor en ocasiones, pero incluso eso era un asunto solitario. Cuando entregaba un remedio al panadero por la señora de la fortaleza, se expresaba mucha gratitud pero no mucha conversación. Ella pertenecía a la familia de Kinfairlie y, por tanto, debía ser tratada con respeto y deferencia.

Cuando lo que más deseaba Elizabeth era hablar.

O incluso chismorrear.

Sus dos hermanos restantes se habían ido al extranjero y ella incluso los extrañaba a ellos. La habitación que una vez habían compartido todas las hermanas parecía grande y vacía, resonando con el silencio y ensombrecida por los recuerdos. Alexander estaba tan absorto en el asunto del regreso del rey, que también había pocos invitados en el salón en esos días. Los únicos invitados que habían visitado habían sido un par de caballeros, en una misión del conde. Orson Douglas había estado buscando a Annelise, y Elizabeth sentía lástima por su hermana si el caballero en cuestión pudiera encontrarla. Ella no confiaba en él ni en lo más mínimo, ni tampoco Alexander, aunque él no había podido evitar decirle al caballero la ubicación de Annelise. El compañero de Orson, Andrew, había sido aún peor. Él imaginaba que halagaba a Elizabeth, pero ella era muy consciente de que él solo le hablaba a sus pechos. Ella se había alegrado de verlos partir de Kinfairlie y deseaba que no volvieran nunca más.

A pesar de su aburrimiento.

Sin embargo, en una semana, su estado de ánimo se había deteriorado hasta el punto de que hubiera dado la bienvenida a una rana en su colchón.

Incluso echaba de menos a la spriggan, Darg. Esa hada le había proporcionado una gran molestia a Elizabeth, pero al menos estaba animado el lugar. Desde el segundo colapso de Ravensmuir el invierno anterior, no había señales de los spriggan en el salón de Kinfairlie.

Elizabeth estaba empezando a temer que pasaría aburrida toda su vida.

Y así fue como le suplicó a Eleanor una tarea en una soleada tarde de junio. A ella no le importaba lo que fuera, siempre que la alejara del salón y del pueblo. Ella esperaba que pudiera prometerle compañía y que Eleanor pudiera enviarla en una búsqueda a otra aldea, pero la esposa de su hermano la entendió mal. Eleanor claramente creía que Elizabeth simplemente necesitaba un soplo de aire, ya que la envió a recolectar fresas del bosque de Kinfairlie.

"Deberías ir a donde estaba el fuego", dijo Eleanor. "Donde los árboles se quemaron, la tierra está clara para el sol. Se dice que las hadas siembran fresas primero cuando la tierra debe ser sembrada nuevamente. Una canasta de bayas sería una adición muy bienvenida a la comida de esta noche."

Elizabeth sonrió y asintió, sintiéndose como si la hubieran enviado a una misión como una niña problemática. Isabella habría sido enviada por una hierba adecuada, confiando en ella para cosecharla adecuadamente e identificarla correctamente. Pero no Elizabeth. No, ella no tenía talentos, salvo el don de poder ver a las hadas, aunque eso también parecía perdido en esos días. Obedientemente, ella fue a buscar una cesta, se puso las botas y la capa y salió del salón de Kinfairlie hacia el bosque.

Más soledad. El bosque ofrecía exactamente lo que Elizabeth no deseaba. Incluso la luz del sol y el parloteo de los pájaros no pudieron consolarla. El ligero viento del mar no le levantó el ánimo como solía hacerlo, y la silueta de Ravensmuir destrozado solo le dio ganas de llorar. Elizabeth caminó penosamente hasta el claro donde el bosque había sido arrasado y, efectivamente, vio pequeñas plantas verdes que crecían allí. Ella cogió algunas, confirmó que eran fresas y se comió muchas antes de ponerse a trabajar.

Había recogido quizás la mitad de una canasta de la pequeña fruta y se había quitado la capa bajo los ojos brillantes del sol, antes de darse cuenta de que la estaban observando. Elizabeth se enderezó con cuidado, su curiosidad encendida y se giró en su lugar. Ella no estuvo realmente sorprendida de ver al hombre sentado al otro lado del claro, tocándose la barba, pero su corazón dio un vuelco al verlo.

Finvarra.

El rey de las Hadas le sonrió levemente a Elizabeth, completamente a gusto mientras esperaba que ella lo viera y lo reconociera. Ella lo había visto por primera vez cuando él había montado en su caballo dentro del salón de Kinfairlie, un gran caballo de color carbón con campanillas plateadas en su melena oscura. Elizabeth había sabido desde el principio que era un caballo poco común, no solo porque nadie en el salón lo veía excepto ella, sino porque sus ojos brillaban de una manera muy antinatural.

Como antes, Finvarra tenía anillos en los dedos y una corona dorada en la cabeza. Su barba era tan oscura como la medianoche y fluía por su pecho, donde la tocaba, sus anillos brillaban. Elizabeth podía ver incluso a esa distancia que sus ojos eran tan oscuros como su barba. Ese día, él vestía una túnica de color verde esmeralda, adornada con bordados dorados, que se mezclaban notablemente bien con los tonos del bosque. Sus botas estaban hechas de cuero dorado, flexible y reluciente.

Como antes, un grupo de criaturas aladas revoloteaban a su alrededor, como una nube de libélulas doradas. Sin embargo, eran hadas, diminutas criaturas perfectas al servicio de su amo.

Elizabeth recordó sus palabras, las que él había pronunciado en sus propios pensamientos esa noche y que todavía resonaban en sus sueños. *Un día, bella Elizabeth, vendrás a verme. Ya me impaciento.*

Era como si ella lo hubiera estado esperando, aunque se hubiera olvidado de haberlo visto. Su boca se secó y su corazón se estremeció. Su canasta de fresas cayó a sus pies, porque ella sabía y temía lo que Finvarra quería.

Cuando él sonrió, ella se enderezó. Ahí estaba la aventura y de sobra.

Cuando él la llamó con un dedo, Elizabeth solo pudo obedecer. Ella cruzó el claro rápida decisivamente, más que dispuesta a que algo cambiara en su vida, y se detuvo ante el rey.

Siguiendo un impulso, se inclinó. Como todos los niños que alguna vez habían escuchado un cuento, Elizabeth sabía que no era prudente ofender a las poderosas hadas, y Finvarra era el más poderoso de todos los de su especie. "Es un gusto verte, mi señor Finvarra."

Él sonrió con placer e hizo un gesto hacia el tablero de ajedrez que tenía delante. "Busco otro jugador, Elizabeth. ¿Me acompañarás a un juego en este buen día?"

"¿Pero qué hay en juego, mi señor?" preguntó ella, sabiendo que uno no se enfrentaba al rey de las hadas sin saber lo que estaba en riesgo.

Podría ser todo.

Podría ser nada en absoluto.

Podría ser la risa de un niño, el peso de una pluma, un rayo de sol a través de las nubes. Podría ser el destino de un hermano o el destino del amor verdadero.

"Esta vez, juguemos, para entendernos mejor".

Era una invitación que Elizabeth no podía rechazar. Ella se sentó, notando que él tomaba el lado negro mientras que a ella se le otorgaba el blanco. Él hizo un gesto hacia ella con gracia, las hadas asistentes volaron más cerca para mirar, y Elizabeth eligió mover un peón.

De hecho, ella se alegraba de que Anthony se hubiera complacido mucho en enseñarla a jugar al ajedrez, aunque no dudaba de que Finvarra fuera un jugador más experimentado.

Como rey de las hadas, había tenido siglos para perfeccionar su juego.

ERA INDIGNANTE.

Annelise hervía a fuego lento, muy consciente de que su hermana y su marido la estaban apartando de Garrett. Ella se había visto obligada a sentarse junto a Orson en la comida del mediodía y ahora escuchaba sus interminables historias sobre su maravilloso yo y sus muchas hazañas de valor. Ella estaba segura de que no eran más ciertas que aquella de que había matado al lobo, pero la mirada reprimida de Murdoch la había silenciado.

Por ahora. Ella apretaba los puños en su regazo y ni siquiera se esforzaba por sonreír o alentarlo, una elección que no tenía ningún efecto obvio en la determinación de Orson de cortejarla.

Annelise estaba disgustada. Simplemente porque él se había ganado sus espuelas y tenía una cuna noble, Orson se sentaba en la mesa alta y se le había concedido una habitación en la fortaleza, aunque una para compartir con su caballero compañero. Él era tratado con la mayor cortesía, a pesar de que era un completo extraño para todas las almas de la Fortaleza Seton.

Todo lo que Annelise sabía de él era que había mentido sobre la piel de lobo, y eso no era un elogio.

Garrett, por otro lado, le había salvado la vida de ese mismo lobo. Él había actuado con valor y fuerza, pero al llegar a las puertas, había sido enviado a una cabaña más allá de las cocinas, apta solo para un cabrero. Él también era un extraño, pero cuyas acciones hablaban poderosamente de su naturaleza.

Sin embargo, él era un cazador, no un noble, y ahí estaba la diferencia.

Eso estaba mal. Era injusto. En términos de su mérito como

hombre, su honor, su naturaleza y su moral, él era un verdadero príncipe en comparación con Orson, a quien solo le importaba su propia importancia y comodidad. Annelise no podía creer que ella fuera la única en el salón que viera la verdad.

¿Era eso una señal de cómo se trataría cualquier elección de su parte? ¿La obligarían a casarse con Orson u otro hombre de su tipo, solo por su rango? A Annelise le importaba poco la comodidad y la riqueza, al menos no en contraste con la felicidad y el amor. Dentro de ella crecía una convicción obstinada de que ella tendría a Garrett y a nadie más, incluso si se viera obligada a vivir sus días en el bosque.

Ella estaría a su lado, lo que sería una compensación suficiente.

Ella se habría disculpado tan pronto como hubiera terminado la comida, pero Isabella pensaba más rápido. Se le pidió a Annelise que llevara a Orson a los establos, para que pudiera mostrarle su yegua, Yseult. Cuando finalmente se completó esa tarea, porque Orson hacía un festín con un bocado, había otra tarea asignada a ella. Isabella invitó a Orson a admirar el bordado de Annelise. La tarde resultó ser una prueba increíble, y una que no mostraba signos de llegar a su fin.

Finalmente, Annelise logró excusarse para cambiarse de atuendo para la cena. Una vez en su habitación, no tenía ninguna duda de que Isabella la contralaría. Una mirada por la ventana demostró que Stewart estaba sentado ociosamente detrás de la cocina. El fiel sirviente de Murdoch lanzaba una mirada ocasional a su ventana, demostrando por qué había tomado esa posición y con qué propósito. Murdoch estaba al tanto de su ruta de escape anterior.

Annelise cruzó los brazos sobre el pecho con irritación. ¿Qué les pasaba a todos ellos? Alexander había estado de acuerdo en que ella, e Isabella y Elizabeth, podían casarse cada una por elección propia. Isabella se había casado con Murdoch antes de que nadie supiera que él tendría el sello de la Fortaleza Seton. Ella no podía entender por qué Murdoch estaba tan decidido a mantenerla alejada de Garrett por la cuestión de la propiedad.

Eso solo significaba que ella tendría que crear su futuro por elección propia, en lugar de quedarse sentada y dejar que otros eligieran su destino por ella. No había estado en la naturaleza de Annelise hacer tales demandas, pero su audacia ya había sido recompensada.

Simplemente, ella tendría que ser más atrevida. Annelise esperó una eternidad, luego se arrastró para presionar su oído contra la puerta.

Silencio en el pasillo.

Ella abrió la puerta y escuchó. Las voces del salón de abajo se silenciaron, e Isabella dijo algo sobre regresar a la capilla. Annelise escuchó y resolvió que Orson se había ido con Isabella.

Annelise se arrastró hasta lo alto de las escaleras y se detuvo para escuchar de nuevo. Ella descendió lentamente, un paso a la vez, alerta a cualquier sonido. Escuchó un perro ladrando en la puerta y otro roncando en el salón. Escuchó a Andrew hablando con el mozo de cuadra en el patio y a Orson riendo, probablemente de su propia broma, a lo lejos. Escuchó a las doncellas chismorrear en las cocinas y el ruido de las ollas.

Annelise respiró hondo y se apresuró a bajar el último escalón. El salón estaba vacío por el momento. Annelise huyó por el pasillo que conducía más allá de las cocinas y hacia la cabaña donde habían llevado a Garrett.

Si alguien le preguntaba, ella diría que quería comprobar su enfermedad.

Pero cuando Annelise llegó a la cabaña, su respiración estaba acelerada, ella se sintió consternada al encontrar la puerta abierta. El interior estaba oscuro, sin señales de nadie. ¿Seguramente Garrett no podría haberse ido? Seguramente, Murdoch no podía haberlo echado fuera.

Ella giró en su lugar, angustiada sin comparación, cuando escuchó las palabras bajas de un hombre.

"Ahí, ahora", dijo en voz baja. "Un momento y todo irá mejor".

¡Garrett!

Annelise corrió hacia el sonido de su voz. Ella dobló la esquina hacia el corral donde se guardaban las cabras y sonrió al verlo ordeñando una de las cabras de cría. Sus movimientos eran seguros y suaves a pesar de su tamaño y fuerza, la leche chorreaba en el cubo a intervalos regulares. Él estaba sentado en un taburete, su tartán se levantaba sobre sus rodillas y ella admiró la fuerza de sus piernas esbeltas. La propia cabra masticaba y miraba a su alrededor, aparentemente contenta. Las otras cabras del rebaño se arremolinaban a su alrededor, amamantando a sus propios cabritos, comiendo heno y balando.

La cría de la cabra estaba agachada debajo de su otro lado y estaba agarrada a una de sus otras tetinas, como si temiera que Garrett tomara toda la leche. "Hay suficiente para compartir", murmuró Garrett en voz baja y la cabra baló, como si estuviera de acuerdo. La cabra acarició a la cría con un afecto que hizo que el corazón de Annelise se encogiera, luego volvió una mirada amarilla fija hacia Annelise.

Garrett miró por encima del hombro a Annelise y sonrió. Ella sabía que su presencia no lo había sorprendido y supuso que la había oído acercarse.

Annelise sonrió. "No sabía que podías ordeñar cabras".

"Una vez que tienes el ritmo, no es tan difícil y se sienten incómodos si se llenan demasiado. He ordeñado muchas cabras en mi tiempo."

"Hay una chica que las ordeña. Bess ".

"Ella debe estar ocupada en el salón, con tantos invitados".

"¿Y tenías sed?"

Garrett negó con la cabeza. "No. Decidí hacerme útil."

Annelise caminó hacia él, sorprendida por la diferencia en sus modales de esa misma tarde. Él tenía el mismo aspecto que tenía en el bosque. Resuelto y fuerte. Sano. "¿Te sientes mejor, entonces?"

Garrett asintió una vez.

Ella se detuvo a su lado, vaciló y luego puso las yemas de los dedos en su hombro. Perdió el ritmo con el ordeño por un momento, y Annelise sonrió diciendo que él debería estar tan conmovido por su presencia como ella por la suya. "¿Fue porque no estás acostumbrado a estar con gente?"

Él miró hacia arriba, aparentemente sorprendido.

"Parecías alarmado". Annelise se mordió el labio, tratando de encontrar una manera de explicar lo que quería decir sin compararlo con un animal. Garrett estaba mirando su boca, como fascinado por sus labios, y la intensidad de su mirada hizo que Annelise se sonrojara al recordar su beso. ¿Él también anhelaba otro?

"Mi familia cría caballos", continuó ella y se sorprendió al escuchar su propia falta de aliento. "Cuando se lleva un potro al pueblo por primera vez, puede que responda de la misma manera. No está acostumbrado al sonido y los olores de un pueblo, el ruido o la actividad. Puede confundirse o asustarse."

Garrett sonrió. "¿Me comparas con un caballo?" Su tono era burlón, pero aun así Annelise se sonrojó más.

"—No, pero me pareció que podría ser similar después de que un hombre haya vivido durante mucho tiempo en el bosque. Incluso un lugar pequeño como la Fortaleza Seton puede resultar abrumador."

Sus ojos brillaron mientras la miraba. "¿Pensaste que yo estaba abrumado?"

"Por algo. Simplemente intento adivinar por qué."

"¿Y crees que la Fortaleza Seton es pequeña?"

"Muy pequeña." Annelise se rio. "Cabría en el patio de Kinfairlie."

Aunque ella había pensado que él podría compartir su diversión, él parecía más sombrío y decidido. Annelise se agachó a su lado. "¿Dónde vivías antes del bosque?"

"En una pequeña morada."

"Con cabras".

Garrett asintió una vez y continuó con su tarea.

"¿Solo?"

Él sacudió la cabeza. ¿Él estaba casado? ¿Tenía familia? Annelise tenía muchas ganas de saber pero permaneció en silencio. "¿Me dirás qué te molestó antes?"

Su mirada de reojo fue rápida y ardiente, lo suficientemente penetrante como para hacer que su corazón se detuviera. "No me atrevo, mi señora, porque no la pondría en peligro."

"¿Ni siquiera para que pueda entenderte mejor?"

Él sonrió. "Pero lo haces. Ya habrás adivinado que prefiero la compañía de los animales y la soledad del bosque a los hombres y sus aldeas."

"¿Me dirás por qué?"

Él apretó los labios. "Porque los animales no mienten. No fingen que otra cosa que no sea la verdad lo sea. Estas cabras estaban llenas y sus ubres doloridas. Necesitaban ser ordeñadas. Cuando vine a ordeñarlas, no estaban seguras, porque no me conocían, pero en cuanto comencé mi tarea, entendieron. El intercambio es simple."

"Pero no todos los intercambios son así. Un lobo es engañoso."

Garrett negó con la cabeza. "No, mi señora. Un lobo es lo que es. Él es un depredador. Caza, luego mata para sobrevivir. Yo puedo estar en desacuerdo con lo que mata y dónde, pero él es lo que es. No finge lo contrario."

"Nunca lo había pensado de esa manera".

"En contraste con un lobo, un hombre que es depredador nunca estará satisfecho con lo que ha reclamado para sí mismo; siempre anhelará más." Garrett la miró fijamente. "No hay maldad en los animales, por eso prefiero su compañía a la de los hombres".

Annelise no supo qué responder a eso. Ella miró a Garrett a los ojos, medio segura de que él le estaba contando algo de sí mismo y de su pasado, pero no estaba segura de cómo preguntarle por la plenitud de la historia.

Él sonrió levemente. "—No te hablaré de mi maldición, dulce Annelise, incluso si me lo pides. La audiencia tiene un precio demasiado alto."

Si sus palabras estaban destinadas a disuadir su curiosidad, tuvieron exactamente el efecto contrario. Había mucho interés en un hombre que actuaba con tanta valentía y honor, pero que se llamaba a sí mismo maldito. Annelise estaba segura de que había soportado una gran injusticia y ella solo quería resultara bien. "¿Puedo intentar adivinarlo?"

"Por supuesto."

"¿Mi presencia lo disminuye?" Ella colocó la yema de un dedo en su brazo y él contuvo el aliento.

"Sí", susurró él.

Ella pasó las yemas de los dedos por su brazo, mirando cómo tragaba mientras ella lo tocaba. Su piel era cálida e incluso esa ligera caricia envió un estremecimiento a través de ella. Su mirada se cruzó con la de ella, su intensidad hizo que su corazón latiera con fuerza y su boca se secara. Ella lo ayudaba.

Ella deseaba ayudarlo aún más.

La mirada de Annelise se posó en su boca. Ella se inclinó más cerca, pensando solo en el poder de su beso. Garrett inhaló bruscamente pero no se movió, simplemente esperando a que ella lo besara. Annelise no podía creer su propia audacia, pero no tenía ganas de detenerse. Ella se apoyó en su brazo, separó los labios...

El grito de la muchacha de las cabras la hizo retroceder sorprendida.

"¿Quieres robar la leche?" gritó Bess consternada, su voz elevada hizo que las cabras corrieran al otro lado del corral.

Annelise se enderezó molesta. ¿Era necesario que todos creyeran mal de Garrett? "Deberías agradecerle por ayudarte en tu tarea", dijo ella con una aspereza poco común en ella.

Garrett le dirigió una mirada, le guiñó un ojo y luego se puso de pie para llevar el cubo a la muchacha. "La dama habla bien. Simplemente comencé tu labor por ti. Lleva esto a la cocina para el cocinero."

Bess vaciló, su mirada volando entre Garrett y Annelise. "Pero tú eres el hombre que tuvo un ataque en las puertas..."

"El mismo", dijo Garrett con firmeza y le ofreció el cubo.

"Tómalo," ordenó Annelise con un tono que asombró incluso a ella misma. "Yo llevaré el resto a la cocina cuando termine el ordeño. Es probable que el cocinero necesite que tú te prepares para la comida de esta noche. Parece que tenemos invitados a los que ningún honor es suficiente."

La muchacha los miró boquiabierta por un momento, luego agarró el cubo e hizo una reverencia tan baja que casi derramó su contenido. "Sí, mi señora", dijo, luego se apresuró a la cocina.

"Todos sabrán de tu acto en unos momentos", dijo Annelise, todavía luchando contra su molestia.

"Lo que es peor, sabrán que estás a solas conmigo". Garrett le dedicó una sonrisa que hizo que el corazón de Annelise saltara. Ella miró su brazo de nuevo, tranquilizada al ver cómo su toque lo había ayudado.

"No me importa. Elijo estar aquí." Annelise sintió que sus labios se apretaban. "Tengo prohibido salir del recinto de la Fortaleza Seton. Me veo obligada a sentarme al lado de ese hombre y se espera que yo lo entretenga. Cuando logre evadir esa responsabilidad, estaré donde quiera dentro de la Fortaleza Seton." Ella se encontró con la mirada de Garrett. "Preferiría tener un beso".

Él parecía encontrarla divertida, pero también había admiración en sus ojos. "¿Alguna vez has ordeñado una cabra, mi señora?"

Annelise negó con la cabeza, decepcionada de que él no hubiera actuado según su sugerencia.

"Entonces, ven aquí y aprende. Es una habilidad útil para cualquier alma, independientemente de su posición o rango." Él le ofreció la mano y le gustó cómo le brillaban los ojos. "Sin embargo, tendrás que abandonar tu aflicción, porque a ninguna cabra le gusta que la ordeñen con ira.

Annelise respiró hondo y exhaló, reuniendo su habitual estado de ánimo tranquilo. Quizás ese sería su destino; vivir simplemente con Garrett y leche de cabras.

Sonaba muy atractivo.

Ella puso su mano en la de él, y le gustó cómo sus dedos se cerraron protectoramente sobre los de ella. Su piel estaba caliente y su agarre era firme. Ante el gesto de Garrett, Annelise se sentó en el taburete que él había abandonado. Él guio a otra abra hacia ella y sus intentos de mantener firme a la cabra los hicieron reír a ambos. Finalmente, la cabra se paró ante Annelise y Garrett se agachó detrás de ella.

"Esto sí que es una tentación", murmuró, abanicando su piel con el aliento. Annelise sonrió. Ella podía sentir sus muslos contra los suyos y el calor de su pecho contra su espalda. Sintió sus brazos alrededor de los de ella y su aliento en su cabello.

"Así es", estuvo de acuerdo en voz baja. Annelise cerró los ojos, emocionada por la sensación. A ella no le importaba quién la encontrara así. No le importaba quién lo viera.

De hecho, ella deseaba que no hubiera tanta ropa entre ellos, porque anhelaba sentir el calor de su piel contra la suya. La sola idea era tan audaz que la hizo sonrojar, pero Annelise aún no se movió.

Y cuando Garrett le tocó el cuello con los labios, cualquier vestigio de resistencia que tuviera hacia él se desvaneció.

Ella era suya para que él la tomara, y a ella no le importaba si él lo sabía.

ANNELISE OLÍA A CAMPO DE VERANO.

Garrett estaba agachado detrás de ella mientras ella estaba sentada en el taburete que él había ocupado. La rodeó con los brazos y le guio las manos hasta dos de las tetinas de la cabra. Sus dedos eran pequeños y delicados, su piel tan suave que debería haberle recordado la diferencia de su situación.

En cambio, él estaba encantado. Su garganta estaba tan cerca de su mejilla áspera, su olor tan tentador que él no pudo resistirse a colocar un casto beso debajo de su oreja. Ella se estremeció y suspiró, luego se recostó contra él.

Invitando a más.

Ella era la hija de un noble, hermana de un Señor de una Fortaleza y estaba bajo la custodia de otro.

Garrett recordaba la advertencia de Murdoch, pero no podía negar el encanto de la dama. De hecho, él recordaba su solicitud con más claridad que cualquier advertencia. Un beso. Su cabello era como la seda contra su mejilla, su dulce aroma femenino lo excitaba como ninguna otra mujer lo había hecho. Ella había visto su maldición en acción y, sin embargo, aún lo deseaba.

Él le puso el cubo entre los pies y luego le subió el dobladillo de la falda.

"Verás mis piernas", susurró ella. Annelise parecía escandalizada, pero no lo detuvo.

"No hay otra manera, a menos que empapes tus prendas".

Annelise le lanzó una mirada traviesa y luego se subió la falda hasta dejar las rodillas descubiertas. Sus piernas eran finas y bien formadas, hermosas y fuertes. Garrett no pudo evitar mirar, luego la encontró mirándolo. Ella sonrió cuando sus miradas se encontraron, su expresión juguetona enviaba deseo a través de su cuerpo. Su mirada se posó en su boca por un momento, luego separó sus propios labios.

"He recordado tu beso a menudo", dijo ella, su propia audacia hizo que sus mejillas se pusieran rosadas.

"Como yo he recordado el tuyo", susurró Garrett. "El recuerdo me ha mantenido caliente muchas noches". Entonces él se inclinó y rozó los labios con los de ella, tragándose su dulce jadeo. Era embriagador compartir hasta el más mínimo toque, aunque estaba tentado de tomar más y más. "Quizás deberíamos compartir otro como recompensa por una tarea completada".

Los ojos de Annelise bailaron. "Quizás deberíamos compartir otro para comenzar la tarea".

Garrett no podía resistirse a ella cuando sus ojos brillaban tanto, aunque sabía que debía hacerlo.

Sin embargo, Annelise tenía otras ideas. Ella abandonó la cabra y giró en el taburete, su rodilla chocó con la excitación de Garrett y lo hizo recuperar el aliento. Antes de que él pudiera recuperarse y alejarse, ella había entrelazado sus brazos alrededor de su cuello y levantado su boca hacia la de él.

En el momento en que sus labios tocaron los suyos, se perdió. La tranquilidad de sus pensamientos caía en cascada sobre él como una lluvia primaveral, o un bálsamo para una herida que había olvidado que soportaba. Annelise deslizó sus dedos por su cabello para acercarlo más, su silenciosa demanda lo inflamaba. Ella arqueó la espalda, presionando sus senos contra su pecho, casi con certeza inconsciente de la tentación que le ofrecía, luego abrió la boca para él.

Garrett estaba completamente abrumado. Él atrapó a Annelise más cerca e inclinó su boca sobre la de ella, profundizando su beso. Su sonido de satisfacción lo dejó hambriento de más, y pudo oler su excitación. Él deslizó su lengua entre sus dientes, amando la forma en que ella se estremecía y se apretaba contra él. Ella era completamente dócil y confiada, tan acogedora que él podría haberla tomado en ese momento. Él tomó su rostro en su mano y la abrazó, besándola con creciente demanda. Para su deleite, ella respondía de la misma manera, aprendiendo de cada uno de sus gestos, imitándolo y exigiendo más pasión en respuesta.

Él podía imaginarla en sus brazos, en su cama, debajo de él todas las noches y también a horcajadas sobre él. Él quería tomarla a la luz del sol y la luna, en la oscuridad y a la luz del día, desde todos los ángulos posibles y de todas las formas posibles. Él quería escucharla jadear con su liberación y tragarse cualquier grito de alegría. Él quería llenarla y honrarla y hacerlo todos los días y noches de su vida.

Ella daba tanto y lo daba de buena gana; Garrett estaba tentado de deleitarse con ella todo el día y la noche. Él pasó su mano sobre sus delgadas curvas, ahuecando su seno en una mano y tragándose su gemido de placer. Su pezón ya estaba tenso y él lo tocó a través de la tela, provocándolo hasta un pico mientras ella susurraba su nombre. Él la miró y sonrió ante el rubor en sus mejillas y el brillo en sus ojos. Ella lo consideró y tragó, luego se estiró para besarlo de nuevo.

"Qué forma tan inusual de ordeñar una cabra", dijo Murdoch, con tono irónico.

CAPÍTULO 6

Garrett se puso de pie, instando a la dama detrás de él. El propio Señor de la fortaleza estaba de pie al lado del recinto, apoyado en la valla. Aunque su postura lo hacía parecer tranquilo, Garrett no se dejaba engañar. Los ojos de Murdoch brillaban de ira. Ese hombre lo castigaría por tomar más de lo que le correspondía.

Él era consciente de la agitación de Annelise, incluso cuando ella se enderezaba la falda y se ponía de pie detrás de él. Su corazón latía con fuerza cuando ella deslizó su pequeña mano en la de él, y Garrett supo por el ceño fruncido que se apoderó de su frente, que Murdoch también había notado el gesto.

"Buen comportamiento de un invitado." El Señor de la Fortaleza cruzó los brazos sobre el pecho y los miró.

"No pretendo deshonrar a la dama. Yo quiero pedir su mano." Garrett escuchó la rápida toma de aire de Annelise y la sintió apretar levemente sus dedos.

"Y yo me negaría", dijo Murdoch rotundamente.

"¡Murdoch!" gritó Annelise, pero el Señor de la fortaleza la ignoró.

"¿Tienes una propiedad?" Murdoch le preguntó a Garrett.

"No." Él no reclamaría lo que podría llegar a ser suyo, no hasta que él mismo mantuviera el sello.

"¿Una casa?"

"Podría hacer mía una cabaña modesta".

La opinión de Murdoch al respecto era clara. "¿Una fortuna?"

"No."

"¿Una ocupación u oficio? Tan complacido como estoy de que aparentemente hayas matado a un lobo cerca de la Fortaleza Seton, esa no es forma de que un hombre se ocupe de una dama ".

"Ningún otro", admitió Garrett.

"Aparentemente," dijo Annelise, su desdén era claro.

El Señor de la Fortaleza respiró hondo ante su descaro, pero siguió dirigiéndose a Garrett. "Parece que no tienes medios para mantener a una esposa acostumbrada a la vida de una mujer noble, y tu forma de conducta desde que llegaste aquí no te da crédito".

"¡Murdoch!" Gritó Annelise. "Te pediría que le dieras una oportunidad a Garrett. Ahora está recuperado."

Murdoch miró entre los dos y luego cuadró los hombros. "Una comida", estipuló él, aunque Annelise se apresuró a mostrar su alegría. "Él está invitado a unirse a nosotros en la mesa esta noche, como invitado de la Fortaleza Seton."

La misma perspectiva envió horror a Garrett, pero él sabía que tenía que sobrevivir a esa prueba para ganar a su dama. Él se recordó a sí mismo que eso ofrecería una buena práctica para el desafío que le esperaba en Killairig.

"Él se sentará conmigo en la mesa alta", dijo Annelise.

Garrett solo tuvo un momento para sentir alivio antes de que Murdoch negara con la cabeza. "Él no la hará. Se sentará debajo de la sal, como corresponde a un cazador sin rango, en la base misma de la mesa, donde yo pueda observarlo."

"¡Murdoch!" Annelise protestó, pero el Señor de la Fortaleza mantuvo la mirada fija en Garrett.

"Por debajo de la sal estará bien", dijo Garrett, su manera estoica.

"Te agradezco la invitación. Me alegrará contemplar a mi dama desde esa posición ventajosa."

"Garrett", susurró Annelise. "No es justo."

"Annelise", dijo Murdoch. "Isabella te busca."

Su dama no estaba segura de qué hacer. Garrett apreciaba que ella no quisiera dejarlo solo con el Señor de la Fortaleza, pero sabía que poco se lograría si se hiciera enemigo de Murdoch. "Ve", susurró él. "No hagas esperar a la dama".

Annelise le dedicó una mirada escrutadora y luego se apartó de su lado. Ella vaciló junto a Murdoch, pero el Señor de la Fortaleza mantuvo la mirada fija en Garrett. Annelise lanzó una última mirada a Garrett y luego se apresuró hacia el salón. Garrett observó su progreso, seguro de que nunca había visto a una doncella tan hermosa o tan dulce. Él sintió que el refugio que le ofrecía su presencia se alejaba y el descontento del Señor de la Fortaleza lo abrumaba.

"Garrett MacLachlan", dijo Murdoch en voz baja. "¿Qué quieres?"

"Casarme con mi dama Annelise y honrarla como mi esposa."

Los labios de Murdoch se tensaron. "Debes ver que es imposible."

"Debes adivinar que tengo esperanzas de que sea posible".

"¿Me hablarás de eso?"

Garrett negó con la cabeza. "Solo si se hace realidad."

El Señor de la Fortaleza asintió con la cabeza y luego entró en el corral de las cabras, considerando a Garrett con cuidado. "No quisiera tener a Annelise esperando por algo que puede no ser. Si te preocupas por ella, debes aceptar que sería injusto engañarla o ponerla en peligro."

"Sí", dijo Garrett, viendo la sorpresa de Murdoch.

"Cenarás con nosotros esta noche y te irás después de la comida. No tengo miedo de que un leñador como tú pueda sobrevivir en el bosque por la noche y, de hecho, es posible que lo prefieras a cualquier hospitalidad que podamos ofrecer."

Era una oferta justa de un hombre que preferiría que él se fuera de inmediato, y Garrett respetaba que Murdoch eligiera ser amable. "¿Y Annelise?"

"Nunca volverás a ver a la hermana de mi esposa."

Garrett no podía aceptar esa orden judicial. "Ningún hombre puede comandar al Destino o al futuro. ¿Quién puede decir si nuestros caminos se volverán a cruzar?"

La expresión de Murdoch se endureció. "Ninguno, pero no los obligarás a cruzarse. No la buscarás." Murdoch caminó hacia Garrett, de modo que se pusieron cara a cara. "Ella es mi responsabilidad y pretendo defenderla. Hay un aire de peligro en ti, Garrett MacLachlan, y no quiero ver a Annelise atrapada en su telaraña. ¿Me entiendes?"

Garrett asintió. De hecho, se sentía animado, porque veía que Murdoch actuaba por un deseo de ver a Annelise a salvo, el mismo deseo que motivaba a Garrett. "De hecho, lo hago. Pero te pido que me comprendas, señor, y reconozcas que no descansaré hasta que me haya ganado el derecho a pedir la mano de la dama. Cuando lo haga, volveré para pedirla en matrimonio." Sus miradas se cruzaron y se mantuvieron durante un momento potente, el escepticismo del Señor de la Fortaleza presionando los pensamientos de Garrett.

Garrett creía que, con el tiempo, Murdoch estaría convencido, y sostuvo la mirada del Señor de la Fortaleza, mostrando su determinación.

Fue Murdoch quien desvió la mirada primero, fue Murdoch quien dio un paso atrás para inspeccionar el atuendo de Garrett. "Te sugiero que te laves antes de la comida. Mi esposa tiene un salón impecable."

Con eso, giró y se alejó, dejando que Garrett considerara cómo podría sacar ventaja de la noche. Animado por el potente beso de Annelise, él podría soportar la comida sin hacer un espectáculo de sí mismo.

Pero, ¿podría aprender más sobre quiénes se oponían a él?

¿Y podría encontrar la manera de ganar a Annelise para sí

mismo? Ninguna deidad podría ser tan cruel como para mostrarle un destello de su salvación y luego arrebatársela.

Lo que significaba que Garrett simplemente tenía que encontrar la solución al acertijo, antes de que Orson Douglas reclamara la mano de Annelise como suya.

"POR SUPUESTO, la clave para garantizar la calidad del servicio de los esbirros de uno es reforzar su lealtad", dijo Orson. Él se inclinó cerca de Annelise mientras le confiaba su brillantez en todos esos asuntos y ella deseaba de todo corazón que simplemente dejara de hablar. "Los pequeños obsequios son de gran valor para gestionar esta hazaña. Incluso las baratijas que tenemos en poca consideración pueden ser de gran utilidad para construir el vínculo de un sirviente."

"En efecto." Annelise descubrió que su mirada se posaba en Garrett, que estaba sentado al pie de la mesa. En cierto modo, ella se sentía aliviada de que Stewart se sentara frente a Garrett: la presencia de ese hombre de armas de confianza al pie de la mesa disminuía la mala sensación de que Garrett estuviera sentado allí. Por otro lado, Annelise no dudaba de que Stewart estuviera allí para vigilar a Garrett de cerca. Ella vio que el hombre mayor intentaba entablar conversación con Garrett, sin éxito.

En el salón de la Fortaleza Seton la mesa alta estaba en realidad al mismo nivel que la principal. Estaba colocada en la pared del fondo, y la mesa baja estaba colocada en ángulo recto, extendiéndose hacia la puerta. El plato de sal se colocaba en la unión de las dos mesas. Había muchas menos almas viviendo en la Fortaleza Seton que en Kinfairlie, y la mayoría comía en el salón del Señor de la Fortaleza para la comida diaria principal. Esa comida se servía por la noche, porque había mucho trabajo por hacer durante el día. Era una rutina diferente a la que Annelise había conocido en Kinfairlie, y una que promovía una mayor intimidad. Una semana después de su llegada, ella podría haber nombrado a todas las almas que trabajaban bajo la mano de Murdoch, mientras que todavía había algunas en la aldea de Kinfairlie de las que ella sabía poco.

Garrett parecía tranquilo pero desconcertado. Incluso desde esa distancia, Annelise podía ver que no estaba del todo a gusto, aunque se esforzaba por ocultarlo. ¿Era simplemente que no estaba acostumbrado a la compañía de los hombres? ¿O había algún otro problema en cuestión? De cualquier manera e incluso en su condición, era fácilmente el hombre más atractivo del salón: el más alto, el más ancho, el más fuerte y Annelise estaba segura, el más noble.

Murdoch estaba sentado por encima de la sal en la mesa alta, Isabella a su izquierda y Annelise a su derecha. Ella no dudaba de que él estuviera escuchando su conversación con Orson. Orson estaba sentado a la derecha de Annelise y el otro caballero visitante a la izquierda de Isabella. El sacerdote estaba al otro lado del segundo caballero. Las velas ardían en lo alto, en la mesa y en las antorchas montadas en la pared. En un clima más fresco, se encendía un fuego en la chimenea a la derecha de los que estaban sentados en la mesa alta, pero esa noche, el calor ambiental de las cocinas de atrás era suficiente. Los sabuesos estaban desparramados por todos lados, observando con interés cómo se servía la comida.

Garrett se inclinó para acariciar a un perro y la cola de la bestia golpeó contra el suelo. Annelise sonrió, y le agradó cómo él podía ser a la vez gentil y fuerte. Él miró hacia arriba en ese momento y sus miradas se encontraron, Annelise sintió ese extraño calor subir dentro de ella incluso a tal distancia.

Era como si él hubiera despertado algo con su beso, un fuego que ardía más en su presencia y con su aliento. Annelise tenía muchas ganas de saber qué tan caliente podía arder ese fuego.

Orson se aclaró la garganta y Annelise se sobresaltó, dándose cuenta de que había sido demasiado obvia al observar a Garrett. Él chasqueó los dedos a su escudero. Díselo a la dama, Percy. ¿Qué te di por última vez? Lo he olvidado."

El muchacho se quedó inmóvil y miró fijamente a su caballero.

O estaba aterrorizado por su maestro, o el último regalo era uno que no convenía recordar.

"Ven, Percy", dijo Orson con impaciencia. "Si vas a estar en silencio en presencia de una mujer hermosa, nunca ganarás la mano de una dama para ti." Él se rio entre dientes de su propia sabiduría, incluso cuando Annelise se preguntaba si la estaba reprendiendo por su propia falta comparativa de conversación. "¿Qué era?"

"Um, un cuchillo pequeño, señor." Percy buscó a tientas en su cinturón y sacó un cuchillo para comer. "Este, señor."

Orson lo miró con los ojos entrecerrados. "¿De verdad?" Él se encogió de hombros y luego volvió a sonreír a Annelise. "—Una baratija tan tosca que ni siquiera recuerdo haberla tenido jamás" — murmuró, y luego le guiñó un ojo como si conspiraran juntos.

Annelise fijó la mirada en sus manos y no dijo nada.

Luego se arriesgó a mirar a Garrett, solo para encontrarlo mirando al escudero de Orson. Parecía sorprendido y estaba pálido de nuevo. Ella podría haberse puesto de pie, pero Murdoch la detuvo con un gesto.

El escudero de Orson dio un paso atrás cuando trajeron el estofado de las cocinas, dejando paso para que el plato fuera llevado al Señor de la Fortaleza. Se les sirvió a Murdoch e Isabella, luego se ofreció el plato a Annelise y Orson. El escudero extendió la mano para echar una porción en la bandeja. Para consternación de Annelise, se había visto obligada no solo a sentarse junto al caballero visitante, sino a compartir un plato con él. Se consideraba que la media barra de pan que se usaba como fuente tenía el tamaño suficiente para compartirla, y ella sabía muy bien que algunos aprovechaban esa oportunidad como medio de cortejo.

Ella no se sorprendió realmente cuando Orson hizo eso mismo.

"Ese es un buen trozo de venado, Percy", dijo Orson, su tono untuoso. "Es un plato adecuado para los labios de una dama." Él cogió el trozo de venado elegido con los dedos y se lo ofreció a Annelise. Sus ojos brillaron con anticipación y le sonrió.

Él no parecía más que un lobo hambriento. Annelise se preguntó por qué ese hombre estaba tan decidido a cortejarla cuando la mayoría de los hombres de la cristiandad podían pasar por alto sus encantos con tanta facilidad.

Ella respiró hondo, buscando una medida de su audacia. "—No es necesario que me alimente como a un bebé, señor. Soy bastante capaz de ocuparme de mi propia comida."

"Pero qué éxtasis me daría sentir el más mínimo roce de tus labios en mis dedos", dijo Orson en un susurro que cualquier alma en el pasillo podría oír.

Annelise se ruborizó ante su atención no deseada y muy consciente de que muchos la estaban mirando.

"Qué desafortunado entonces que no tenga apetito esta noche".

Orson acercó aún más el trozo de venado. "Seguramente puedo tentarte, mi señora." Sonrió, evidentemente pensando que su apelación no podía ser negada.

"Seguro que no", dijo Annelise.

Los ojos de Orson se entrecerraron brevemente, luego se comió la carne él mismo. "No más que eso, Percy," le espetó al muchacho. "No hay necesidad de desperdiciar la generosidad de nuestro anfitrión, si la dama no tiene ganas de comer."

Él tenía bastante menos que decir sobre la hospitalidad de Murdoch cuando extendió su copa para más vino y Percy negó con la cabeza. "Se ha consumido todo, señor", susurró el muchacho.

La conmoción de Orson fue tan completa que Annelise estuvo tentada a reír, pero no se atrevió a hacerlo. "Ellos preparan una buena cerveza aquí en la Fortaleza Seton", dijo. "Y nuestro anfitrión es igualmente generoso con eso."

"¿Cerveza inglesa?"

"Sí. Creo que es mejor que el vino, a decir verdad ".

"Eso no sería una hazaña", murmuró Orson, haciendo una mueca de dolor cuando su copa se llenó de cerveza. Él bebió un sorbo, hizo una mueca y luego apuró la copa. Para cuando terminó la comida, había tomado tres tazas más de cerveza y su rostro se estaba ruborizando.

Annelise esperaba que la indulgencia asegurara que durmiera mal.

De hecho, ella no recordaba que un hombre le disgustara más que ese, y ciertamente no al conocerlo tan poco. Ella lanzó otra mirada a Garrett para encontrarlo bebiendo de su cerveza y prestando atención al perro a sus pies. Él no parecía estar cómodo, pero al menos no estaba atormentado.

Annelise miró hacia abajo de la mesa para encontrar a Murdoch mirando a Garrett, su expresión inescrutable, luego vio que Orson y Andrew intercambiaban una rápida mirada.

"¡Andrew!" gritó Orson, como si hubiera olvidado que su compañero estaba en la misma mesa. "Después de una comida tan excelente, solo podemos agradecer a nuestro anfitrión y anfitriona su generosidad."

Annelise dudaba que Orson quisiera agradecer a Murdoch por el vino o la cerveza. Ella miró entre los dos caballeros con sospecha.

"¡En efecto!" respondió su compañero caballero con tanta alegría que Annelise supo que algo estaba en marcha. "Pero, ¿qué regalo podríamos traer a este salón que fuera adecuado?"

"¡Un cuento!" Declaró Orson.

"DILE A LA DAMA, Percy. ¿Qué te di la última vez?"

"Un moretón, mi señor."

Los pensamientos del escudero entraron en la mente de Garrett, llenos de una mezcla de terror y asombro. Él miró hacia arriba, notando cómo el muchacho miraba a su caballero.

¿Un moretón?

Garrett se había aferrado a la quietud de la mente de Annelise, usándola como ancla para sí mismo en el salón. A pesar de que el salón era comparativamente pequeño y el número de personas dentro de él bastante reducido, el despiadado tumulto de sus pensamientos era desconcertante. Garrett trataba de parecer sereno, sabiendo muy bien que el ojo de Murdoch estaba sobre él y que esa era una prueba que no podía fallar.

No si quería tener alguna esperanza de ganar a Annelise.

Él no podía comer. No podía conversar con sus vecinos en la mesa. Apenas respondía a las preguntas del viejo guerrero frente a él. Él necesitaba de todo dentro de él para permanecer en su lugar, evitar temblar y parecer cuerdo. Garrett conocía muy bien las preguntas en la mente de sus compañeros, su curiosidad y sus dudas sobre él.

La única ventaja de su ataque anterior era que no persistían en entablar conversación con él. Cuando él no respondió, sino que prestó atención al perro, se volvieron hacia sus compañeros. Él escuchó sus conclusiones fácilmente. Varios decidieron que era tímido, incluso más tímido que la dama Annelise. Otros decidieron que tenía una vista elevada de sí mismo, aunque no tan alta como la que tenía el caballero Orson de su propia magnificencia.

Él estaba convencido de que podría soportar la prueba, hasta eso. *Un moretón.* Y eso no era lo menos importante. Los pensamientos del escudero estaban tan llenos de miedo que casi se clavaron en la mente de Garrett. Él escuchó cómo el muchacho hojeaba sus recuerdos de las palizas de Orson, llenando a Garrett de temor por su dama.

¿Ese era el hombre que cortejaría a Annelise?

Tanto si ella elegía a Garrett como si no, él no podía dejar que Orson ganara su mano.

El dilema del muchacho era que el moretón era claramente una respuesta inapropiada para dar a conocer a todo el salón. Garrett sintió el pánico del muchacho de que la verdad no fuera suficiente. De todos modos, el muchacho no tenía don para el engaño y Garrett sintió su conciencia de eso, su miedo de que nunca cumpliría las expectativas de ese caballero. Escuchó la creciente convicción del muchacho de que lo dejarían por muerto o lo matarían en algún rincón remoto de la cristiandad por no compartir la naturaleza oscura de su caballero.

Cuando el escudero entró en pánico, sus pensamientos siguieron el curso del día. Sus recuerdos volaron tan rápido que la mente de Garrett se inundó de ellos. Él vio al muchacho despachado y su descubrimiento de la piel. Sintió la administración posterior del moretón en cuestión, sintió el corazón del muchacho latir con fuerza y escuchó la orden en voz baja del caballero.

Encuéntrala. Debo saberlo todo.

A través de los ojos del muchacho, Garrett vio a Murdoch en el recinto de las cabras. Escuchó su propio nombre en la lengua del Señor de la Fortaleza cuando se le advirtió que se alejara de la dama, luego vio al muchacho huir hacia su caballero con noticias de Annelise.

¿Por qué Orson deseaba tanto a Annelise como esposa? Garrett consideró el mérito de escuchar los pensamientos de ese caballero con un propósito, pero antes de que pudiera hacerlo, esa malicia creció como una sombra oscura. Él no se atrevió a buscar su fuente, porque era perversa hasta la médula.

¿Cómo sería el que lo pensaba? Él se inclinó para acariciar al perro de nuevo, su bilis subió y el temblor comenzó profundamente dentro de él. Él escuchó los pensamientos quietos del perro, su interés por la carne restante, su preocupación por un picor en la oreja. De todos modos, se estremeció cuando Orson levantó la voz al final de la comida.

"¡Un cuento!" Declaró Orson. "¡Debemos tener un cuento! Tengo entendido que a mi dama Annelise le encantan los cuentos, y nadie cuenta uno tan bien como tú, Andrew. ¿Ha escuchado una historia de mérito que puedas compartir, para favorecer los oídos de mi dama?"

Esa marea de malicia aumentó con repentino vigor, duplicándose y redoblándose, llenando la habitación con su mancha antes de que Garrett pudiera adivinar su origen. Él temía que la sala estallara con su poder o que su propia mente se desquiciara.

O que fuera envenenado.

Él escaneó el salón de forma encubierta en busca de la fuente, incluso cuando el caballero más joven se puso de pie.

Había algo familiar en él. Garrett estaba seguro de que nunca se habían conocido. Quizás algo en sus rasgos le recordaba a Garrett a otra persona que había conocido, pero el tumulto en su mente era tal que él no pudo establecer la conexión.

La verdad flotaba, más allá de su alcance, atormentándolo con una solución lista que no podía discernir.

Mientras tanto, Andrew se inclinó profundamente. "De hecho la tengo, señor, y estaría encantado de entretener a las damas con el relato". El caballero miró a Isabella, quien asintió con ánimo. Él cruzó las manos a la espalda y levantó la voz, incluso cuando el odio golpeaba la mente de Garrett, tan despiadado como las olas rompiendo en una orilla rocosa. "Es una historia de las tierras salvajes de Escocia, la historia de un hombre que escapó de la trampa de una tentadora hada y reclamó la verdadera felicidad para los suyos."

La marea de odio se redobló en el mismo momento, agrediéndolo como una docena de mercenarios en la noche, como si estuviera decidido a ponerlo de rodillas. Garrett podía sentir que la fuerza que Annelise le había dado se desvanecía, erosionada ante el ataque de esa malicia. Sin embargo, estaba decidido a no humillarla en la casa de su hermana.

Él respiró hondo y cuadró los hombros. Aunque le costó hasta el último vestigio de fuerza que le quedaba, Garrett se puso de pie e hizo una reverencia a su anfitrión, luego dio media vuelta y salió con paso firme del vestíbulo de la Fortaleza Seton.

Garrett estaba temblando y sudando mientras su corazón latía salvajemente. ¿Quién lo despreciaba tanto en ese salón y por qué? ¿Orson creía que un cazador era una gran amenaza para su plan para ganar a Annelise? ¿Hasta dónde llegaría Orson para lograr su fin?

Garrett temía esa verdad, pero tenía que defender a su dama.

Él recuperó su ballesta, carcaj y cuchillo de los centinelas en las puertas e hizo todo lo posible por aparentar que dejaba la Fortaleza Seton para siempre. Caminó por el camino, sabiendo muy bien que lo observaban, escuchando sus especulaciones sobre él, ya sea que le dieran voz o no. Esa extraña malicia se desvaneció con la distancia, haciéndole más fácil continuar.

Después de la curva del camino, cuando ya no estaba a la vista, Garrett se metió en el bosque. Respiró hondo y luego regresó a la Fortaleza Seton. El bosque estaba quieto, las nubes ya se estaban acumulando en lo alto. Esa noche habría una tormenta y las criaturas del bosque ya estaban buscando refugio. Él vio un destello blanco en el bosque a un lado, pero cuando volvió la cabeza, ya no estaba.

Garrett no confiaba en sus sentidos en ese momento, porque casi se había sentido abrumado. Él solo podía confiar en su extraña habilidad, su maldición, que en esta noche podría resultar una bendición. Por primera vez en todos sus días, escuchó deliberadamente los pensamientos de los demás, dirigiéndose directamente hacia la malicia que lo atacaba. Prestó atención a todo lo que emanaba del salón de la Fortaleza Seton.

Y lo hacía por Annelise.

ANNELISE SE HABÍA PREGUNTADO qué estaba realmente en marcha. Había algo extraño en la forma en que Orson había pedido la historia. Lo había hecho sonar como un capricho, pero ella tenía la sensación de que se había arreglado algún plan de antemano. Andrew había dirigido a su compañero caballero una pequeña sonrisa, una que a Annelise le pareció conspiradora, y ella había tratado de averiguar qué habían planeado esos dos.

A su lado, Orson estaba reclinado y bebió un sorbo de cerveza, tan contento como un gato esperando que un ratón mordiera el anzuelo.

Annelise se había vuelto a mirar a Andrew, tratando de ocultar sus sospechas sobre los motivos de los caballeros.

Andrew había comenzado, su voz fluía fácilmente sobre la compañía. "Es una historia de las tierras salvajes de Escocia, la historia de un hombre que escapó de la trampa de una tentadora hada y reclamó la verdadera felicidad para los suyos."

Annelise notó la mirada intercambiada entre Murdoch e Isabella. En verdad, su historia era de un triunfo similar sobre los deseos de una reina hada. ¿Era por eso que Andrew había elegido su historia? Sin embargo, ¿cómo podía Andrew conocer la historia de Murdoch? Incluso ella no conocía toda la historia, salvo que su hermana había sido clave para su salvación.

Ella no podía descartarlo como una coincidencia, no con Orson luciendo tan engreído.

En ese momento, Garrett se puso de pie, luciendo como un hombre que hubiera visto un fantasma. Su rostro estaba pálido y le temblaban las manos cuando volvió a dejar la copa en la mesa.

"Una vez más, se muestra a sí mismo menos vital", reflexionó Orson. "Realmente sería una mujer tonta quien uniera su destino a un hombre tan enfermizo". Annelise apretó los puños en su regazo para no golpear a este fastidioso caballero.

Ella podría haber seguido a Garrett, pero Murdoch volvió a detenerla. "Quédate aquí", dijo, su tono autoritario. Annelise se dio cuenta de que otros la estaban mirando, incluida su hermana. Isabella negó con la cabeza una vez en advertencia, muy rápidamente, y Annelise volvió a sentarse en su lugar.

Mientras tanto, Garrett se retiró hacia la puerta. Él se inclinó ante Murdoch, como para agradecerle por la comida, y ella pudo ver tensión en la línea de sus labios. Él ni siquiera la miró y ella se sintió decepcionada. Su enfermedad había regresado, fuera lo que fuera, y ciertamente consumía sus pensamientos.

Garrett giró y se fue rápidamente, casi corriendo en su prisa por irse.

"Es un hombre en el que ninguna dama puede confiar", señaló

Orson con cierto regocijo. "Mira su inconstancia. Deberías considerarte afortunada de que se haya ido, mi dama Annelise.

Annelise no lo hacía. Ella estaba pensando en cómo Garrett se había enfermado al entrar en la Fortaleza Seton y luego de nuevo en el salón. ¿Cuál era su aflicción? Era más que una incomodidad con la compañía de otros. Él parecía estar sufriendo.

Ella estaba segura de que si podía descubrirlo, podría curarlo.

Mientras tanto, Stewart miró a Murdoch, quien negó con la cabeza. Annelise se alegró de que Murdoch no hubiera enviado al guerrero mayor tras Garrett. Stewart levantó su copa, aparentemente a gusto. "Pensaba que íbamos a escuchar un cuento", dijo y la empresa aplaudió la idea con entusiasmo.

"Andrew, si continúas," dijo Murdoch y el caballero asintió.

"Érase una vez, un hombre llegó a la costa de Escocia para dejar su huella y su futuro. Era un guerrero valiente y poderoso, un hombre apuesto y valeroso, y alguien que podía blandir una espada con fuerza. Él juró servicio a un rey y luchó al lado de ese hombre, defendiéndolo de cada golpe con tal valor que pronto todos los hombres y doncellas de la tierra lo conocieron. Su nombre era Ruaraidh, un nombre que llegó a significar todo lo bueno en un hombre."

Andrew tenía una excelente manera de contar una historia. Se mantenía erguido y alto, con las manos cruzadas detrás de él, y su voz se escuchaba fácilmente por el salón. Annelise no le había prestado mucha atención antes, pero notó que era un hombre finamente formado, si bien Orson lo eclipsaba fácilmente.

Quizás era porque no llamaba la atención sobre sí mismo. Quizás era tímido, como ella misma. Si ella no hubiera conocido a Garrett, podría haber encontrado atractivo a Andrew. No era así, pero sintió una nueva bondad hacia él, porque sentía que compartían esa tendencia a retroceder. Empujado hacia adelante, sin embargo, manejaba la atención mejor de lo que ella lo habría hecho.

"Ahora, el rey había deseado durante mucho tiempo asegurar un punto de tierra en particular, pero nunca había logrado hacerlo. Era un punto estratégico que le permitiría dominar un puerto natural muy favorecido por su gente, así como proteger el acceso occidental a esa ensenada por mar. Sin embargo, las tierras eran salvajes y los bosques estaban llenos de lobos feroces. La gente susurraba que las Hadas dominaban ese territorio salvaje. Ningún hombre había sobrevivido jamás a un intento de establecer una fortaleza allí."

"El rey le ofreció un desafío a su leal guerrero. Él dijo que si Ruaraidh podía construir una casa en la punta y sobrevivir allí durante un año y un día, entonces casaría al guerrero con su propia hija. Ella era una belleza de gran reputación, y el rey sabía que con tal matrimonio, podría confiar en el poder del guerrero para siempre. No había mejor manera, según el pensamiento del rey, de asegurar la lealtad de un hombre que convertirlo en pariente."

"Es un pensamiento claro", dijo Murdoch, levantando su copa y todos en el salón brindaron por la sabiduría de este rey. Orson tocó su copa con la de Annelise, dándole un guiño malicioso, y ella se preguntó por sus propias alianzas. ¿Era por eso que había ido tan lejos para cortejarla?

¿Adónde se había ido Garrett?

¿Realmente había dejado a la Fortaleza Seton y a ella atrás?

Annelise tenía muchas ganas de perseguirlo, pero no se atrevía a abandonar la mesa mientras Andrew contaba su historia. ¿Seguramente no podría ser muy larga?

"En pleno verano, Ruaraidh fue al lugar en cuestión, sin más que un hacha, su espada, su capa y una barra de pan. La compañía del rey le deseó buena suerte y la hija del rey incluso le dio un beso en la mejilla. Él fue en esa época del año para asegurarse de que hubiera tiempo para construir una morada antes del invierno. Y la primera noche que estuvo allí, durmiendo bajo las estrellas, un lobo grande lo atacó. Ruaraidh había anticipado eso y había permanecido despierto, esperando. Él saltó de su aparente sueño para derribar al lobo de un solo golpe. Cuando el lobo murió, encendió un fuego. Le quitó el corazón al lobo, lo asó y se lo comió todo. La madre de Ruaraidh había contado la historia de un hombre que había ganado la fuerza y la astucia de su enemigo al comerse el corazón de ese hombre, por lo que creía que esta acción lo ayudaría a derrotar a los otros lobos. Mientras se asaba, él despellejó al lobo y dejó curar su piel. Dejó la carne para las criaturas salvajes. Cuando se hubo comido todo el corazón del lobo, apagó el fuego con los pies, se envolvió en su capa y durmió profundamente hasta la mañana."

"Un descanso bien merecido", murmuró Orson.

Annelise se estremeció, recordando bastante bien al lobo que la había atacado y la derrota de Garrett. Aunque estaba aterrorizada, no podía imaginarse comiéndose el corazón del lobo. Parecía un acto bárbaro.

"Al día siguiente, Ruaraidh comenzó a construir su morada, pensando todo el tiempo en lo que a la hija del rey le gustaría ver más en su nuevo hogar. Y así, sus días y sus noches siguieron un patrón. Todos los días trabajaba en la casa. Cada noche, un lobo lo atacaba. Cada noche, el guerrero se defendía, y cada noche, se comía otro corazón de lobo y estiraba otra piel de lobo. Ya fuera porque la historia de su madre era cierta o porque vivir solo en la tierra lo hacía pensar como un lobo, el guerrero se volvió más hábil para anticiparse a los lobos.

"Y sucedió que al cabo de un año, el rey y sus hombres hicieron una visita al punto de tierra. A medida que pasaban los meses, el rey había llegado a lamentar su elección y a temer haber sacrificado a su mejor guerrero en una búsqueda que no podía ganar. Su deleite fue completo cuando se dirigió al mejor lugar ventajoso del punto, solo para descubrir que Ruaraidh no solo había sobrevivido, sino que había prosperado en el desierto. La morada era simple pero completa, una estructura sólida con un pequeño salón en la planta baja y una habitación para dormir arriba. El piso de esa habitación estaba lleno de pieles de lobo, curadas y suaves, lo que hacía una cama digna de una reina."

Orson se inclinó más cerca de Annelise, bajando la voz. "Y

entonces debería imaginarte, mi dama Annelise, durmiendo sobre la piel que te traje."

"Oh, pero no deberías", protestó Annelise, sintiendo que se sonrojaba.

Orson sonrió. "Estoy de acuerdo en que no es del todo apropiado, al menos no todavía".

Él se demoró en esta última palabra, dándole una importancia que hizo que el corazón de Annelise se detuviera.

"Pero con el tiempo, será más adecuado", concluyó.

"Pero no es posible", respondió Annelise con calma. Orson la miró confundido, pero ella sonrió incluso mientras mentía. "Ya no tengo la piel. No deseo insultarte, pero olía mal."

Orson respiró hondo. "¿Cómo puede ser esto? ¡No olía mal esta mañana!" "Quizás solo necesitaba calentarse". Annelise se encogió de hombros. "Se lo di a mi doncella, porque no podía soportar el olor." Ella le ofreció al caballero una sonrisa alegre. "Quizá ella duerma sobre la piel."

Orson palideció y se sentó, sus labios dibujados en una línea de desaprobación. "Todo esto por una doncella", murmuró y tomó un gran trago de su cáliz.

CAPÍTULO 7

ndrew continuó, mientras Annelise reprimía su sonrisa. "Había una gran alegría en la compañía, porque sus compañeros habían extrañado a Ruaraidh y el rey no había sido el único que había temido su destino. Ruaraidh era más fuerte de lo que había sido antes y, de hecho, incluso parecía ser más alto. Había un nuevo brillo en sus ojos, uno que insinuaba que no podía sorprenderse fácilmente, y se movía con un nuevo silencio, incluso en los helechos más secos. La hija del rey lo miró con ojos brillantes."

"Cuando le preguntaron a Ruaraidh sobre los lobos, admitió que no quedaba ninguno. Le contó al rey lo que había hecho y, a partir de ese momento, lo llamaron Ruaraidh el Lobo. El rey mantuvo su voto y casó al guerrero con su hija. No solo vivieron mucho tiempo en esa morada y mantuvieron su lealtad con el rey, sino que tuvieron muchos hijos y prosperaron en ese lugar. Criaron una línea de guerreros, hombres que no podían ser desafiados. La gente decía que se debía a la tradición familiar."

"Andrew hizo una pausa y Orson levantó la voz. "Cuéntanos de la tradición, Andrew".

"A medida que cada hijo alcanzaba la mayoría de edad,

emprendía una cacería para demostrar su valía como heredero de la propiedad. Solo cuando un hijo había acechado y matado a un lobo, se lo consideraba un candidato adecuado para el puesto de Señor. No dudo que muchos se comieran el corazón del lobo asesinado, porque siguieron siendo una familia valiente."

A Annelise le parecía un detalle algo desagradable, pero la mayoría de los que estaban en el salón miraban a Andrew con una sonrisa de aprobación. Podrían haber saboreado su melodiosa voz por sí misma, o tal vez eran demasiado educados para desafiar cualquier detalle de su historia. Quizás tenían poco afecto por los lobos, pero Annelise pensó en el lobo blanco llorando en su sueño.

"Pasaron los años, y así continuó la buena suerte de los parientes del Lobo. Los hijos se casaron con mujeres tan llenas de belleza y valor como la hija del rey, y fueron bendecidos con tantos hijos que la línea del Lobo continuó a lo largo de los siglos, ininterrumpida. Por su servicio al rey, fueron hechos terratenientes por derecho propio, dominando la lealtad de todo ese rico valle." Andrew hizo una pausa para tomar un sorbo de su propio cáliz y la compañía esperó sus siguientes palabras en silencio.

"Entonces todo salió mal", dijo Andrew, en tono bajo. La compañía se inclinó hacia adelante. "Una hermosa primavera, no hace mucho tiempo, le nació un hijo al entonces Señor de la Fortaleza. Era el primer hijo de este Señor, y tanto él como su esposa estaban encantados de que hubiera nacido tan sano y guapo. Sin embargo, la anciana partera que había introducido al niño en el mundo era una vidente, y advirtió a la madre. "Las Hadas buscarán vengarse de éste", decretó. La madre estaba inquieta y deseaba confinar al niño para garantizar su seguridad. Sin embargo, el Señor descartó la advertencia como una tontería de una anciana. No creía en las hadas, porque nunca había visto ninguna, e incluso si hubiera hadas, no veía ninguna razón por la que quisieran vengarse de él."

"Y así fue como este hijo, llamado Coinneach, creció hasta la edad adulta. Era un buen muchacho y un hombre muy fino, más alto y más fuerte de lo que cualquier padre hubiera esperado, tan honorable y guapo como cualquier madre pudiera desear. Que su madre nunca tuviera otro hijo era menos preocupante de lo que podría haber sido, porque nadie dudaba de que Coinneach tenía el futuro en sus manos. Algunos decían que era el Lobo que había regresado, porque su valor y poder no podían negarse. Una curandera llegó al salón de Coinneach en esos días. Su nombre era Rowena y era hermosa y amable. A ella le gustaba mucho Coinneach y le habrían gustado sus avances, pero él era orgulloso y creía que ella era demasiado humilde para un hombre con su destino. Su orgullo abrió el portal al reino de las hadas e hizo posible su destrucción."

"Llegó el día en que el padre de Coinneach yacía moribundo en su cama. Él llamó a su hijo y le dio un arco y una espada, pidiéndole a su hijo que cazara un lobo para demostrar su valor. Coinneach sabía la importancia de esto y le dio un beso de despedida a su padre con el corazón apesadumbrado. Rowena deseaba darle una pieza, pero él la rechazó y luego marchó hacia el bosque que rodeaba el salón. Viajó muchos días y muchas noches, buscando un lobo para cazar, pero no encontró ninguno. Una noche, cuando había luna llena, escuchó a una mujer cantando con la voz más maravillosa y clara. Coinneach estaba cautivado y sabía que debía ver a la dama que cantaba tan bellamente. Que ella cantara sobre un noble caballero luchando por el amor de su dama parecía ser una invitación destinada a sus propios oídos. Él se las arregló para rastrear el sonido hasta un claro y casi se congeló en el lugar con asombro cuando la vio."

"Ella era hermosa, más hermosa que cualquier doncella que Coinneach hubiera visto jamás, y podría haber sido forjada a la luz de la luna. Pueden creer que se frotó los ojos para volver a mirarla, tan grande fue su asombro. Su cabello era largo, cayendo hasta las rodillas, y era de un rubio tan rubio que parecía blanco. Sus ojos eran de un azul muy claro, su rostro más hermoso aun y sus labios tan rojos como la sangre. Su kirtle estaba hecho de una tela reluciente y gruesa con bordados en los dobladillos, su corte revelaba que su figura era exuberantemente curvada y esbelta. Ella pareció descubrir su presencia de inmediato, porque se volvió hacia él y le cantó directamente."

"O tal vez lo había estado esperando", murmuró Orson sombríamente. Cuando Annelise lo miró, él sonrió, pero su sonrisa era hambrienta y la hizo temblar.

"¿Qué quieres decir?"

"Escucha", siseó Orson, con los ojos brillantes. Annelise se volvió hacia Andrew, sintiéndose temerosa. ¿Por qué Andrew había elegido ese cuento?

Los reunidos en el salón de la Fortaleza Seton estaban absortos, su atención fija en Andrew mientras relataba su historia. Las antorchas estaban bajas y era tarde, la oscuridad fuera del salón era casi completa. Pero nadie se atrevió a irse antes de escuchar el final de la historia.

"Coinneach estaba absolutamente encantado. Esa noche se enteró de que la señora se llamaba Florine y, mejor aún, agradeció sus atenciones. Cada mañana, ella desaparecía, pero cada noche volvía a cantar para él. Coinneach olvidó su búsqueda por completo, tan cautivado estaba por su dama Florine y su canción. El dulce calor de sus besos alejó todo lo demás de su mente excepto ella. Y así fue que la luna estuvo llena de nuevo cuando Florine accedió a ser su esposa. Él regresó a casa con su dama y se casó con ella ante todas las almas del salón. Coinneach estaba seguro de que era el hombre más feliz del mundo."

"La única tristeza era que su padre había muerto en su ausencia. Si bien esto fue una pérdida para llorar, Coinneach se convirtió en Señor por derecho propio y pudo ofrecer más a su Florine. Para su consternación, a su madre le desagradaba mucho su nueva esposa y culpaba a Florine por el hecho de que Coinneach no hubiera podido cazar un lobo en su viaje. Ella profetizó la perdición de esa elección, alimentando susurros y rumores en la fortaleza, antes de morir ella misma. Coinneach lamentó la muerte de su madre, pero esperaba que su ausencia dejara que los susurros se desvanecieran. También esperaba que su esposa estuviera más contenta. Porque el hecho era que Florine no estaba contenta y Coinneach no podía saber la razón. Ella pasaba mucho tiempo sola y él la encontraba a menudo en el bosque fuera del salón. Ella se negaba a hablar con él de lo que fuera que la afligiera, pero no cantó más, sin importar cuanto él le suplicara."

"La sanadora Rowena vino a Coinneach y le dijo que su esposa era un hada y estaba empeñada en su destrucción. Ella insistió en que debía ver a su nueva esposa quemada, pero Coinneach creía que la sanadora estaba celosa. Rowena incluso culpó a Florine por la muerte de la madre de Coinneach, una acusación a la que Coinneach se negó a dar crédito. Ella le confesó a Coinneach que las Hadas tienen la habilidad de escuchar los pensamientos de otros mortales, hombres y bestias, y que Florine había usado sus propios deseos para asegurarse de atraparlo. Coinneach descartó esto como una tontería. Él concentró su atención en entretener a Florine. Tuvo cierto éxito, porque ella estuvo embarazada de su hijo en el Yule, y Coinneach se atrevió a creer que todo estaría bien cuando naciera el bebé."

Andrew hizo una pausa para tomar un sorbo de cerveza y luego continuó. "El hijo de Coinneach nació durante una extraña tormenta que sucedió en junio, cuando la nieve voló contra las paredes del torreón y el primer brote de cultivos se congeló en el suelo. Incluso el viento era antinatural, soplaba más fuerte y más frío de lo que cualquier alma pudiera recordar, luego giró alrededor de la torre de modo que estuvo casi oculta a la vista. Rowena declaró que el portal al reino de las hadas estaba abierto y que las Hadas tenía la intención de robar tanto a su esposa como a su hijo, pero nadie le hizo caso. Florine trabajó días y noches para dar a luz a su hijo, y hubo quienes temieron que el clima fuera un presagio de su desaparición."

"Para alivio de Coinneach, el niño nació robusto y su esposa sobrevivió. Si bien se podría haber dicho que Florine era obra de la luz de la luna, su hijo era tan dorado como la luz del sol. Los ojos del niño eran del mismo azul claro que los de su madre, y su padre estaba seducido por su hijo. Cuando él sostuvo a su hijo en sus brazos y se sentó al lado de su esposa dormida, una vez más Coinneach se atrevió a creer que todo iría bien. Él sabía que llegaría el verano. Descartó las supersticiones de quienes tanto dudaban y les mostró a su hijo con orgullo."

"Pero el verano no llegó ese año, no a las tierras reclamadas por el Lobo. El viento seguía siendo amargo y el granizo caía a intervalos. La semilla no creció y la enfermedad plagó a los que estaban comprometidos con la mano de Coinneach. Hubo susurros sobre la profecía y la venganza de las hadas. Algunos susurraban que Florine era un hada como insistía Rowena, y que les traería la ruina a todos. Cuando él escuchó la difamación contra su amada esposa, Coinneach supo que no podía dejar el asunto en paz. Él creía que la culpa era suya, por no mantener la tradición de cazar un lobo y se dispuso a arreglar el asunto. Él metió a Rowena en una prisión, donde no pudiera hablar con nadie. Luego se armó con un hacha y su espada, se puso su capa y salió de su torreón por la noche para cazar al lobo. Su objetivo era repetir la hazaña de Ruaraidh para asegurar el futuro."

Andrew sonrió, claramente gozando de tener a la compañía esclavizada.

"Coinneach cazó durante días y cazó durante las noches. Encontraba evidencia de un lobo, pero nunca veía a la criatura en sí, no hasta la noche de luna llena. Pues fue entonces cuando entró en un claro y vio un lobo, un lobo tan blanco como la nieve nueva. Era una loba, porque estaba amamantando, aunque ya era tarde para eso. Aunque no podía ver al cachorro con claridad, Coinneach vaciló. Su propio padre le había enseñado que ningún bebé de ningún tipo debería quedarse sin su madre antes de que pudiera cuidar de sí mismo. La loba miró hacia arriba y él vio que tenía los ojos azules."

Annelise se enderezó ante este detalle.

"Él también vio que no amamantaba a un cachorro, sino a un niño humano", continuó Andrew. "Esa farsa fue demasiado para Coinneach. Él lanzó su cuchillo al lobo y se enterró en el hombro de la bestia. El lobo blanco huyó, dejando un rastro de sangre y abandonando al niño. Coinneach fue a recuperar al niño, solo para notar su parecido con su propio hijo. Él pensó que el asunto era muy extraño, pero se llevó al niño con él y luego siguió al lobo."

"El camino de la sangre conducía a su propia fortaleza. No se podía negar la verdad de eso. Coinneach comprobó su curso una y otra vez, llegando a casa poco después del amanecer. Siguió las gotas de sangre a través del salón y subió las escaleras, su corazón latía con fuerza mientras se acercaba a la habitación de su dama. El rastro de sangre desapareció debajo de la puerta."

La compañía se inclinó hacia adelante con los ojos encendidos. Annelise se encontró a sí misma haciéndolo también, queriendo saber qué sucedió después.

"Coinneach tocó, luego abrió la puerta de la habitación de Florine, no queriendo darle la oportunidad de rechazarlo. Su dama estaba en la cama y había sangre en las sábanas. El niño en sus brazos se despertó y gritó, lo que provocó que la dama se despertara. Fue entonces cuando Coinneach vio que la cuna estaba vacía, luego se dio cuenta de que sostenía a su propio hijo, no uno muy parecido a él. Florine sonrió a Coinneach y alcanzó a su hijo, como si nada estuviera mal, pero solo con un brazo. El otro hombro estaba vendado y su propio cuchillo estaba medio escondido en la mesa junto a su cama."

La compañía se quedó sin aliento ante esta revelación.

"Coinneach comprendió en ese momento que Rowena y su madre tenían razón. Ellas habían intentado advertirle, pero él había sido atrapado por el hechizo de la voz de Florine. Su esposa era un hada, un hada que podía tomar la forma de un lobo blanco, un hada que lo había atrapado al poder escuchar sus pensamientos. Su hijo era mitad hada, si es que el bebé era su hijo, y quién sabía cuál sería el legado del niño de su madre."

Annelise sintió una repentina certeza de que no le gustaría el final de ese cuento.

"Con furia y miedo, Coinneach arrojó al bebé a Florine, luego cerró la puerta de su habitación contra ella. Se metió una tela en los oídos incluso cuando ella comenzó a llamarlo, sabiendo que tenía que protegerse de su voz. Él obligó a todos sus hombres a salir de la torre y liberó a Rowena de la prisión. Florine cantó, incluso cuando la pira se construía alrededor de la torre, y su canción detuvo los esfuerzos de muchos hombres. Esos hombres permanecieron como golpeados contra una piedra, impotentes para destruirla o ayudar en su destrucción. Al final, fue Coinneach quien prendió fuego a la torre de su propio salón, Coinneach con un paño en los oídos el que pudo ignorar su hechizo, Coinneach quien se aseguró de que la engañosa hada fuera reducida a cenizas."

Annelise jadeó horrorizada ante la elección de Coinneach. ¿Y su hijo?

Coinneach se apartó de la vista de su casa en ruinas para ver a Rowena, con lágrimas de alegría en las mejillas, Rowena, que le había servido fielmente desde el principio. Ella cayó de rodillas ante él en agradecimiento por haber hecho lo correcto por su fortaleza, y la gente vitoreó que el hechizo de Florine sobre su Señor se había roto."

¡No! Annelise no podía creer esa farsa de cuento. A Florine no se le había dado la oportunidad de defenderse ni de explicar su elección. Era injusto.

Pero Andrew continuó la historia con una especie de regocijo y Orson asintió con aprobación a su lado. Ella vio que Isabella agarró la mano de Murdoch y recordó el cautiverio de Murdoch por la Reina Elphine. Quizás ellos también pensaban mal de las hadas, pero Annelise deseaba defender a Florine.

Andrew continuó, su tono lleno de satisfacción. "Coinneach se sintió humillado por su error y su precio, y sabía que tenía que hacer que todo saliera bien. Cuando el fuego se hubo consumido y la torre ya no existía, Coinneach caminó hacia las cenizas. Encontró el cuerpo de un lobo blanco donde debería haber estado la cama de su esposa. Él cortó el corazón del lobo y lo hizo asar para su comida. Él había cumplido la tradición y nunca más lo engañarían. De su hijo, no había señales, y Rowena dijo que el niño debía haber sido reclamado por las hadas. El clima cambió después del incendio, todo volvió a la normalidad, y Coinneach estaba convencido de que el portal al reino de las hadas estaba cerrado."

"Así que todo podría ir bien", reflexionó Orson. "Se restauró el orden".

"Coinneach tomó a Rowena por esposa, porque su consejo había sido verdadero, y juntos vieron prosperar la propiedad. Ella le dio un hijo, un hijo tan bueno y fuerte que todos sabían que sería un excelente heredero de su padre." Andrew sostuvo su copa en alto. "Y así debe ser que estén felices todavía, que las cosechas prosperan y el clima es bueno, que las hadas fueran desterradas y los lobos cacen en otros lugares, porque no he escuchado lo contrario."

La compañía levantó sus copas con un rugido de aprobación, saludando a Andrew por su historia. El caballero hizo una reverencia, su placer era claro, luego el mayordomo llenó su copa hasta el borde.

"Así que escuchamos sobre el valor de una buena elección matrimonial", dijo Orson suavemente junto a Annelise, y ella se dio cuenta de que la había estado observando de cerca. "Porque la suerte de su propiedad cambió cuando Coinneach se casó con una mujer que no era de su propia especie".

Annelise se atrevió a decir lo que pensaba. "No dice mucho que él condene a su esposa sin darle la oportunidad de explicarse".

Orson se rio. "Una mujer tan engañosa simplemente habría mentido".

"¡Pero no le dio ninguna oportunidad! ¿Y si ella lo amaba de verdad? ¿Y si su hijo se hubiera podido salvar?" La sonrisa de Orson se desvaneció incluso cuando Annelise se enderezó. "Creo que no es una buena señal de su carácter que haya sido tan rápido en dejar de lado sus votos matrimoniales".

"¿La desaparición del niño no indica que Coinneach tenía razón sobre su naturaleza?"

"Él podría haber sido salvado. Su madre podría haber asegurado su escape, ya fuera hada o no. Una madre arriesgará mucho por sus hijos, según tengo entendido."

El labio de Orson se curvó. "¿Podrías llamar madre a una criatura así?"

"Lo hago." Annelise habló con una decisión que era inusual para ella. "También la llamo la legítima esposa de Coinneach, y me horroriza que cualquier hombre pueda encontrar crédito en tal decisión."

"Quemar es la antigua forma de garantizar que una mancha no se propague a otros".

"No creo que un hombre de mérito condene a ninguna criatura sin una audiencia justa."

Orson bebió un sorbo de su cáliz. "Su suave corazón le da crédito, Dama Annelise." Él sonrió, sus ojos brillaban mientras la miraba. "Serás para un señor o un caballero, una buena esposa".

"Eso espero, señor. No sería mi intención recompensar la promesa de un hombre de defenderme convirtiéndome en una esposa pobre o infiel." Annelise respiró hondo. "Así como esperaría que cualquier hombre que tomara mi mano en la suya me diera una audiencia justa si se hicieran acusaciones en mi contra".

Sus miradas se cruzaron y se sostuvieron por un momento, uno en el que Annelise sabía que podría haber dicho demasiado. "No debería tolerar ningún secreto en mi esposa", dijo Orson rotundamente. "Y ningún desafío a mi voluntad".

Annelise volvió a vislumbrar una resolución en él, una que la hizo temblar. "Entonces será mejor que busques una doncella dócil que te tome de la mano", dijo, antes de que pudiera detenerse.

"De hecho lo haré". Orson volvió a tomar un sorbo de su cáliz. Él parecía estar muy satisfecho consigo mismo, aunque Annelise no podía estar segura de por qué. Ella había estado segura de que él no sentiría ningún afecto por una mujer que desafiara sus puntos de vista, pero parecía descartar su perspectiva por considerarla irrelevante.

Para ella, eso no era una buena señal.

Para mayor consternación de Annelise, Orson se dirigió a su anfitrión. "Mi señor Murdoch, ¿podría exigir un momento de tu tiempo?"

Annelise podría haber deseado que Murdoch se negara, pero él no lo hizo.

Los dos hombres abandonaron la mesa, sus modales solemnes. Annelise los vio irse y temió lo que Orson quisiera decir. Isabella se acercó para hablar con ella, pero Annelise apenas podía concentrarse en los comentarios de su hermana.

Cuando Orson regresó al salón mucho tiempo después, su humor claramente exultante, el corazón de Annelise se hundió en el suelo. Pasaron largos momentos antes de que apareciera Murdoch, y cuando lo hizo, su semblante sombrío no la animó.

Cuando el Señor de la Fortaleza Seton la llamó con una mirada, Annelise se levantó de inmediato. Ella tenía que saber la verdad.

DESPUÉS DE SU discusión con Orson Douglas, Murdoch se paseó a lo largo de la pequeña habitación que contenía sus registros y sellos. Él dudaba que alguna vez se le hubiera encomendado una tarea más delicada que la que tenía ante él, salvo quizás ganar la mano de su dama en matrimonio. Él deseaba haber sido mejor diplomático de lo que pensaba.

Pero sabía lo que era y lo que tenía que hacer. Le hizo una seña a Annelise, que parecía estar esperando su llamada. La pequeña habitación que guardaba para él estaba ubicada detrás del salón, no tan cerca de las puertas, y su puerta estaba fuertemente reforzada. En el lado de la cocina estaba la despensa, cerrada con llave con sus especias y provisiones. Solo aquellos que vivían dentro de la Fortaleza Seton sabían de la trampilla en el piso y la gran habitación debajo de ella. Allí, todas las almas de la fortaleza podrían refugiarse durante un asalto o un incendio.

En la habitación misma había un brasero encendido, ya que no tenía ventana y solía hacer frío. Murdoch le hizo un gesto a Annelise para que se sentara al lado del brasero, seguro de que ella tendría frío, pero ella se paró resueltamente ante él, con las manos apretadas.

"Dime lo peor", exigió ella.

Murdoch no vio ninguna razón para fingir que la verdad era diferente a la que era. "Orson Douglas ha pedido tu mano en matrimonio".

Annelise levantó la barbilla, mostrando una determinación nueva para Murdoch. "No me gusta él."

Murdoch estaba intrigado por la diferencia en los modales de la mujer más joven. Isabella le había advertido que Annelise podía ser terca, sin embargo, ese era su primer vistazo de ese lado de su naturaleza. ¿Qué había instigado el cambio? Él temía que pudiera haber sido el cazador y su beso, una perspectiva que no presagiaba nada bueno para la promesa que le había hecho a Alexander. "Sin embargo, le gustas", dijo Murdoch, manteniendo la voz tranquila.

Annelise se mostró indiferente ante esto. "Él no me conoce."

"A él le gusta tu apariencia, entonces, y el estado de tu familia". Murdoch trató de parecer persuasivo, aunque supuso que esa batalla estaba perdida. "Eso es suficiente para que muchos consideren una coincidencia".

"No puedo gustarle", insistió Annelise. "Acabamos de estar en desacuerdo sobre el final del cuento de Andrew". Ella apoyó las manos en las caderas y Murdoch tuvo que admitir que su vivacidad solo la hacía más atractiva. Aunque a Orson podría no importarle ninguna disidencia, bien podría sentirse seducido por el nuevo fuego en sus ojos.

Murdoch exhaló. "Él me lo admitió, porque noté tu intercambio. Él cree que con el tiempo, sus puntos de vista se reconciliarán con los suyos." Él no añadió el razonamiento de Orson de que una mujer era domesticada con una buena ropa de cama, porque dudaba que eso hiciera mucho por mejorar la visión de Annelise del caballero.

En verdad, el comentario tampoco había hecho mucho para ganarse el favor de Murdoch.

Los ojos de Annelise brillaron. "¡Dime que no aceptaste una oferta de él!"

"No, pero escuché una y me comprometí a considerarla". Murdoch observó a Annelise caminar a lo ancho de la habitación, su agitación clara. Ella era una doncella despierta. Donde antes había sido tan suave y callada que cualquier hombre podía haberla pasado por alto, ahora llamaba la atención. El cazador podría haberle facilitado a Murdoch encontrar un marido para la hermana de su esposa.

Suponiendo que ella aceptara a cualquier hombre que no fuera el cazador.

"Alexander prometió que las tres podríamos casarnos por amor", dijo Annelise cuando se detuvo de nuevo ante él. "Él dijo que podíamos elegir. Isabella eligió. Ella te eligió a ti."

"En efecto." Murdoch bajó la voz. "Pero piensa en su nombre".

"Douglas". Annelise estuvo a punto de escupirlo.

"En efecto. Y piensa en sus posesiones." Murdoch sostuvo la mirada de Annelise incluso mientras sus labios se apretaban desafiantes. "Las tierras de la familia Douglas casi rodean a Kinfairlie al sur y esa familia ciertamente controla cualquier paso en esa dirección. El propio conde de March es un Douglas."

Ella cruzó los brazos sobre el pecho y suspiró. "Y Alexander siempre está atrapado en la balanza de asegurar la satisfacción del conde sin ceder demasiado. Yo recuerdo eso." Dirigió una mirada ardiente a Murdoch. "Sé que son una familia poderosa. Eso no significa que pueda o quiera amarlo."

"Pero Orson está aquí. Él viajó esta distancia en busca de ti y ha manifestado su deseo de casarse contigo."

"Si él fuera el rey de Sicilia, no me importaría lo lejos que hubiera llegado para buscar mi mano", replicó.

"¡Annelise!" Murdoch siseó. "De manera similar, no me importa qué tan lejos haya llegado. Escúchame. Está claro por qué vino. Quien lo envió en busca de ti es lo que no lo está."

Annelise lo miró fijamente y él se alegró de haber dejado clara su preocupación. Su voz se convirtió en un susurro. "¿Crees que Alexander lo envió?"

"Yo no lo sé. Es posible que la familia Douglas tenga a Alexander y a Kinfairlie en desventaja. Alexander puede estar ganando tiempo. Él puede haber esperado que encontraras atractivo a Orson y que los asuntos se resolvieran simplemente. No puedo estar seguro hasta que tenga noticias del propio Alexander."

"No me casaré con Orson".

"Porque has elegido al cazador".

"¿Y si lo hice? Alexander me concedió el derecho a elegir. ¡Él debe cumplir su promesa!"

Murdoch hizo una mueca de dolor porque ella no negó su conclusión. "No es fácil para un cazador mantener a su esposa, y mucho menos a sus hijos. Debes ver, Annelise, que sería muy inapropiado para mí alentar la idea de que este cazador corteje tu mano..."

"Tú tenías poco en tu nombre cuando cortejaste a Isabella".

"Yo no tenía intención de cortejarla, no al principio. De hecho, se podría decir que ella me cortejó."

Annelise sonrió ante la verdad en eso.

Murdoch le tocó el brazo y bajó la voz. "Sé lo que deseas, Annelise, aunque me temo que esa elección no te haría feliz al final." Él levantó un dedo cuando Annelise habría discutido. "Todo lo que le pido es que esperes hasta que sepamos más de lo que está en juego. Habla con Orson. Permítele cortejarte."

"¡No ganará mi corazón!"

"Pero no necesita saber que ya ha fallado", dijo Murdoch en un susurro urgente. "No hasta que estemos seguros de cómo están las cosas en Kinfairlie."

"Me pides que mienta".

"Te pido que aún no digas la verdad de tu corazón". De hecho, Murdoch esperaba que la elección de Annelise pudiera cambiar. Ella era joven y, en ausencia del cazador, podría encontrar a Orson más atractivo.

"¿Y qué hay de Garrett? No lo olvidaré."

Murdoch frunció el ceño. "La pregunta, Annelise, es si él te olvidará o si aceptará el desafío de demostrar que es digno de tus afectos." Ella miró ante eso, su mirada estaba llena de una esperanza que él temía que solo se hiciera añicos. "Todo lo que te pido es paciencia. Una quincena tal vez, menos si el mensajero es rápido. Piensa en todos aquellos en Kinfairlie cuyo bienestar puede verse afectado por tus elecciones."

Annelise bajó la mirada en aparente concesión.

Murdoch no esperaba realmente un acuerdo entusiasta. Él temía que Annelise se estuviera volviendo más franca y decidida como su hermana, lo cual era tanto bueno como malo. Una vez ella había sido callada y dócil, y aunque él pensaba que eso era antinatural, él podría haberlo hecho sin el desafiarlo en ese asunto.

"Enviaré un mensaje a Alexander por la mañana", dijo, formando un plan para garantizar que Annelise se mantuviera a salvo. Él se preguntó si Isabella sería más fácil de convencer que su hermana. "Hasta que recibamos respuesta, te pido que seas cortés con Orson y finjas, al menos de vez en cuando, que sus atenciones no son desagradables".

Annelise suspiró. Luego asintió con la cabeza.

"Prométeme que cumplirás".

Annelise suspiró. "Prometo que lo intentaré". Ella lo miró, resolución en su mirada. "No deseo poner en peligro a Kinfairlie ni a ningún alma allí, pero no me casaré en contra de mi propia elección. Haré todo lo posible para esperar hasta que tenga una respuesta de Alexander."

Murdoch asintió con la cabeza. Con ese acero en la columna de Annelise, sabía que era mejor no esperar más. Él solo esperaba que eso fuera suficiente.

Aunque Murdoch sonaba muy razonable, Annelise no creía que él entendiera tan bien a su hermano mayor. ¿Kinfairlie en riesgo? Realmente no podría ser así. ¿Alexander acorralado? Ella no podía creerlo. Alexander se había vuelto muy bueno para equilibrar los poderes que rodeaban su propiedad y para asegurarse de que su soberanía no se viera comprometida.

En el fondo, Annelise no podía creer que Alexander insistiera en que ella se casara con Orson Douglas para asegurar una alianza, no cuando él le había prometido que podría casarse con el hombre de su elección. Ella podía creer que él podría haber enviado a Orson en esa dirección, en caso de que Annelise encontrara atractivo al caballero, pero su elección estaba hecha y Alexander la apoyaría. Él encontraría otra forma de saciar al conde, incluso si la noción de Murdoch era correcta.

Alexander nunca forzaría su mano. Además, ella no confiaba en Orson Douglas. Había algo oscuro dentro de él, algo que no presagiaba nada bueno para ningún alma bajo su mano. Ella veía la forma en que su escudero se encogía cuando Orson estaba molesto con él y no se había perdido el destello de miedo en los ojos del muchacho. A ella no le gustaba que Orson pensara que una esposa acusada de engaño debería ser quemada, sin que se le concediera la oportunidad de explicarse, o que un niño mestizo pudiera ser despedido y olvidado.

Él no le sentaría bien a Annelise.

De hecho, ella no estaba de acuerdo con la estrategia de Murdoch. Cuanto más tiempo permaneciera en compañía de Orson, más fijo se volvería sobre ella. En quince días, él no se dejaría convencer para que la abandonara, sin importar lo que dijera Alexander.

Cuanto antes lo dejara atrás, antes se iría tras otra novia complaciente de la familia adecuada.

Y cuanto antes podría ella encontrar a Garrett. Annelise sabía lo que deseaba y estaba preparada para asegurarse de que fuera suyo. Ella encontraría a Garrett y lo llevaría a Kinfairlie. Allí apelarían a Alexander, y Annelise sabía que su hermano no rompería su promesa.

A ella no le molestaría hacer lo que Murdoch no deseaba. Se había comprometido a hacer todo lo posible, no a seguir con precisión las órdenes de Murdoch.

Annelise estaba resuelta.

Después de hablar con Murdoch, Annelise regresó brevemente a la mesa y dio todas las indicaciones de seguir el consejo de Murdoch. Ella se rio de los comentarios de Orson, como si realmente lo encontrara divertido y notó cómo Murdoch observaba su respuesta. Luego fingió agotamiento, comenzando una campaña constante de bostezos de creciente vigor.

Cuando Orson sugirió que ella podría retirarse, Annelise le agradeció profusamente su consideración y luego subió las escaleras como si no pudiera llegar a su cama. Ella despidió a su doncella al pie de las escaleras, usando su aparente agotamiento para no despertar las sospechas de la muchacha, y subió a su habitación sola.

Ella sintió que Orson la miró hasta que se perdió de vista.

En la cima de las escaleras y fuera de la vista, Annelise se recuperó notablemente. Ella entró rápidamente a su habitación, planeando mientras cerraba la puerta detrás de ella. Ella hizo la bolsa apresuradamente, segura de que no volvería. Llevó una camisola a la cama y dobló la segunda mejor en la bolsa, junto con un kirtle más grueso. Ella llevaba su pesada capa y usaba sus botas en lugar de las pantuflas bordadas que usaba en el salón. También tenía un buen par de guantes resistentes. Un segundo par de medias aseguraría que no tuviera frío por la noche, aunque dudaba que Garrett la dejara resfriarse.

Annelise sonrió ante el recuerdo de sus besos y el calor que había inundado su cuerpo con su caricia. Ella se sentía cálida por dentro ante la perspectiva de intimidad por delante y sabía que todo iría bien. Ella se frotó la piel de lobo contra la mejilla y luego la metió también en la bolsa. Su cuchillo para comer era lo único que poseía que se parecía a un arma, así que tendría que tomarlo. Ella dejó sus joyas y su bordado sobre la mesa, como si tuviera la intención de volver a ellos a la mañana siguiente. Ella acababa de ocultar la bolsa debajo de su capa cuando la puerta de su habitación se abrió de golpe.

Isabella sonrió desde la puerta. Ella llevaba el pelo suelto y solo llevaba su camisola, una linterna en la mano. "¿Aún despierta?" preguntó alegremente, aunque claramente era así.

"En efecto. Aunque solo por ahora. Estoy muy cansada", mintió Annelise. En verdad, su corazón latía con fuerza en anticipación a lo que haría. "¿Algo anda mal?"

"Estoy tan inquieta con el bebé cada noche que temo mantener despierto a Murdoch", dijo Isabella con un elaborado bostezo. "En cambio, dormiré contigo y le daré al hombre una noche de paz al menos." Ella entró en la habitación, cerrando la puerta tras de sí, su sonrisa imperturbable. "Será como en los viejos tiempos. Nos reiremos y hablaremos y estaremos despiertas hasta casi el amanecer."

Annelise reprimió una risa ante el cuento de su hermana. La verdad era que Isabella podía dormir en cualquier lugar a cualquier hora. Ella dormía más y más profundamente que cualquiera de las otras hermanas de Annelise y difícilmente podía ser levantada en la mañana si ella deseaba quedarse en la cama, que era casi todos los días.

Annelise no dudaba de que Murdoch había enviado a Isabella a vigilarla.

Ella cerró las contraventanas contra el frío de la noche, notando que las nubes oscuras se estaban formando. Llovería durante la noche, lo que cubriría el rastro de su partida. Perfecto.

Annelise no dio ningún indicio de sus pensamientos mientras se cepillaba el pelo y lo trenzaba. "Eres bienvenida a quedarte, por supuesto, pero dudo que yo sea buena compañía," dijo ella y bostezó de nuevo. "Podrías saltar en el colchón y yo todavía seguiría rendida."

Isabella le dio una mirada afilada, pero Annelise ataba el lazo a su trenza calmadamente. Ella apagó las velas y se acostó en su colchón, cerrando sus ojos inmediatamente y suspirando con complacencia. "Ha sido un día muy largo," murmuró soñolienta.

Isabella se inclinó sobre ella con su linterna. "¿No deseas hablar un rato?"

"¿Sobre qué?"

"Garrett, el cazador." Isabella se acostó en el colchón junto a Annelise. Cuando Annelise miró, los ojos de su hermana bailaban con curiosidad. "Murdoch dijo que lo estabas besando en el corral de las cabras."

"Él me besó"

"¿Y?"

"Fue muy placentero." Annelise se giró y se acurrucó en el colchón, como si estuviera combatiendo el sueño.

"Aun así, el dejó la Fortaleza Seton ante la insistencia de Murdoch. Debes estar molesta con mi esposo, si no más."

Annelise sacudió su cabeza y bostezó de nuevo. "No. Murdoch tiene razón. Él me lo explicó después de la cena. ¿Qué vida puedo tener en el bosque con un nombre que no tiene nada excepto su nombre? Quizás yo esté mejor prometida a un caballero." Ella sentía a su hermana mirándola con sospecha y se atrevió a llevar su engaño un poco más lejos "Orson es muy apuesto, ¿no es así? Debe costar mucho dinero mantener un caballo así, tan finamente adornado."

Isabella entrecerró los ojos. "Me pareció que estabas muy aburrida cuando él te hablaba."

"Me dijeron una vez que fingir desinterés podría incentivar a un hombre a esforzarse más." Annelise le dio una mirada rápida a su hermana. "Debe ser verdad, porque Orson estaba muy determinado a entretenerme."

Isabella miró a Annelise, su expresión pensativa. Luego ella miró alrededor de la habitación. ¿Qué le pasó a la piel de lobo?"

Annelise carraspeó. "Olía mal, se la di a Bess, porque a ella le gustó. No creo que ella pudiera olerla, aunque era muy horrible." Ella suspiró mientras dejaba sus ojos cerrados. "Uno podría esperar que Orson no supiera como curar una piel de animal."

La voz de Isabella se agudizó. "Tú dijiste que Garrett había matado al lobo"

Annelise carraspeó como si fuera indiferente. "Quizás era un lobo diferente. Quizás yo me equivoqué. Quienquiera que curara la piel no conocía el arte, yo podría pensar que un cazador tendría habilidad en esa labor."

Con eso, Annelise fingió estarse quedando dormida. Ella dejó que su respiración se hiciera más profunda, consciente de que Isabella la estaba mirando de cerca. Finalmente, Isabella apagó la linterna y se acostó en el colchón junto a Annelise. Las dos hermanas acostadas en la oscuridad por largos momentos, incluso cuando Annelise escuchó el viento levantarse.

Estaba llegando una tormenta.

Pero ella estaría a salvo con Garrett.

CAPÍTULO 8

Fiel a su historia, Isabella estuvo inquieta un rato, dando vueltas y vueltas como si no pudiera encontrar una manera cómoda de dormir. Annelise respiraba constante y profundamente, rezando para que su hermana no pudiera escuchar el trueno de su corazón.

Pareció una eternidad antes de que la respiración de Isabella también se ralentizó.

Annelise esperó, escuchando el crujido de la fortaleza de madera en la noche, sus familiares sonidos y susurros. El trueno retumbaba en la distancia.

Annelise pensó en la historia del lobo blanco y su final. Se preguntó por qué Andrew había decidido contar esa historia. ¿Era porque presentaba la matanza de lobos y él y Orson afirmaban haber hecho lo mismo? ¿O era una mera ficción, como los cuentos de Ravensmuir y su Señor que hablaba con los cuervos? Quizás él deseaba mostrar el lugar que le corresponde a una esposa según sus cálculos, o suscitar una conversación entre ella y Orson sobre el tema. Annelise había sentido que había habido alguna connivencia entre los dos caballeros, aunque ella no sabía por qué. Era una historia macabra, en su opinión, una que la dejó insatisfecha y preocupada. Ella deseó poder hablar de eso con Garrett.

Y fue entonces cuando se dio cuenta de la importancia de lo que había oído. Las hadas podían escuchar los pensamientos de los demás, según Andrew, y ese había sido el talento que le había dado a Florine la capacidad de encantar a Coinneach. Ella había podido escuchar todos sus deseos y anticipar todas sus objeciones. Según el cuento de Andrew, incluso un niño mitad hada tendría alguna habilidad de las hadas.

El hijo de Florine era rubio de ojos azules.

Como Garrett. Annelise casi se sentó de golpe al darse cuenta. ¿Había sido esa una historia sobre Garrett? ¿Era la capacidad de escuchar a los demás lo que lo afligía cuando entraba en la Fortaleza Seton? Tenía mucho sentido, porque él parecía tener un dolor físico. Annelise estuvo tentada de saltar de la cama y encontrarlo, pero se obligó a esperar.

¿Sería él capaz de encontrarla a causa de sus pensamientos?

Ella tenía que saberlo.

Finalmente, Annelise no pudo soportar más la espera. Ella se levantó de la cama. Su corazón latía con fuerza y sus palmas estaban húmedas. Ella se apartó del colchón, con la mirada fija en Isabella y buscó bajo la capa su kirtle oscuro. Se lo puso y lo ató apresuradamente, se echó la capa sobre los hombros y se puso las botas. Ella caminó de puntillas hacia la ventana, haciendo una mueca cuando la contraventana crujió un poco. Ella miró a su hermana antes de arrojar su bolso sobre el alféizar.

Isabella seguía durmiendo.

Annelise le lanzó un beso a su hermana, pasó las piernas por el alféizar y se apresuró a cruzar el techo de la cocina tan silenciosamente como pudo. Su corazón latía aceleradamente por su propia audacia, pero ella estaba haciendo suyo su futuro.

Incluso mientras huía, Annelise se dio cuenta de que la audacia podía resultar un rasgo difícil de abandonar.

TAN PRONTO COMO ANNELISE SE deslizó por la ventana, Isabella abrió los ojos. Ella se mordió el labio, rezando por no estar equivocada. Un trueno retumbó por encima de su cabeza y ella se levantó para cerrar la persiana. El cielo estaba moviéndose con nubes oscuras, lleno de tal tumulto que ella miró el cielo durante un largo momento. Le recordaba la tormenta que se había desatado cuando Murdoch intentaba escapar de la Reina Elfina.

Ella miró hacia el patio y vio la figura de su hermana que huía y esperó haber elegido bien.

Un leve sonido hizo que Isabella girara en su lugar. ¿Había sido esa la puerta de la habitación? Estaba cerrado en ese momento, pero ella se arrastró por la habitación, escuchó y luego abrió la puerta. El pasillo estaba vacío y, una vez más, creyó que su imaginación la estaba engañando. La madera del edificio simplemente crujía con el viento.

Isabella cerró la puerta con firmeza justo cuando se oyó un gran trueno. Las nubes se rompieron y la lluvia comenzó a caer sobre el techo. Ella deseó que el brasero hubiera estado encendido esa noche, porque estaba húmedo, pero no quería volver al calor de Murdoch. Él pronto se enteraría de que Annelise había huido, e Isabella quería que su hermana tuviera tiempo para tomar su decisión.

Isabella también necesitaba más tiempo para decidir cuánto confesarle a su marido.

CUANDO GARRETT se acercó a la Fortaleza Seton, los pensamientos de los demás se hicieron más fuertes en su mente. Para su alivio, la malicia había disminuido, tal vez porque esa persona creía que él se había ido. Él escuchó mientras los centinelas especulaban sobre él, escuchando las dudas en sus pensamientos sobre su cordura.

Garrett se paró en las sombras del bosque y escuchó la historia que contaba Andrew. Él no podía escuchar la voz de Andrew, pero escuchaba las palabras del caballero resonando en los pensamientos de quienes escuchaban, mezclándose con sus preguntas, dudas y sospechas. La historia podría haber sido contada por un coro de voces, cada una ligeramente diferente, el resultado más caótico que armonioso. Aun así, Garrett entendió la esencia de la historia y reconoció su similitud con la que le había contado Mhairi.

¿Cuál era la verdad?

¿O qué partes de qué cuento eran verdaderas?

Garrett se preguntaba. Él escuchaba los pensamientos de quienes habían asistido al cuento de Andrew, a la mayoría de los cuales les había gustado. A varios les resultaba familiar y él consideró sus nociones, buscando un poco de verdad en todo. Era un ejercicio inútil, como checar un carro de grano en busca de un guisante, pero Garrett no podía evitarlo.

Cayó la oscuridad y los sonidos nocturnos del bosque lo rodearon. Se estaba gestando una tormenta, el viento agitaba la maleza y hacía que las nubes oscuras se acumularan en lo alto. Fue fácil acercarse a la mansión a medida que pasaba el tiempo, ya que la mayoría de las personas dentro de sus muros dormían. Sus sueños no eran tan coherentes como para preocuparlo, salvo por ese pulso de malicia. Ahora había disminuido, no era más que una corriente que corría profundamente por debajo de la superficie de los pensamientos murmurantes. Que se disfrazara no era un buen presagio, para su pensamiento.

Entonces escuchó un pensamiento que lo sobresaltó.

De una forma u otra, reclamo a mi novia esta noche.

Orson. La determinación y la ira se expresaron en esas pocas palabras, lo que hizo que fuera demasiado fácil recordar la inclinación del caballero a la violencia. Garrett escuchó una orden pronunciada al escudero y advirtió que el muchacho comprendía lo que haría el caballero.

Estaba claro que Orson sospechaba que Annelise huiría esa

noche. Como resultado, se tomó la decisión. El secuestro no era una forma infrecuente de reclamar a una novia renuente, por lo que Garrett entendía, pero lo encontraba ofensivo ya que la táctica generalmente incluía la violación.

Que Orson planeara hacerle eso a Annelise era horrible.

Garrett tenía que detenerlo. ¿Pero cómo? Los centinelas permanecían vigilantes en la puerta principal, charlando entre ellos sobre la historia de Andrew. Garrett sabía que no podía pasar junto a ellos. ¿Había otra forma de entrar en la Fortaleza Seton? Garrett escudriñó los pensamientos de los que estaban dentro de sus muros.

Escuchó a un carpintero lamentarse de que la puerta trasera no hubiera sido reparada ese día, y su convicción de recordar la tarea al día siguiente. Garrett ni siquiera se había dado cuenta de que había una puerta trasera en la Fortaleza Seton. El carpintero se quedó dormido, así que Garrett buscó pensamientos sobre ello. Escuchó a Bess, encerrando las cabras en el cobertizo, pensando en los lobos en el bosque y temiendo por las cabras. Ella maldijo en silencio al carpintero que repetidamente se había olvidado de la tarea de reparar la puerta. Se juró a sí misma que lo buscaría al día siguiente y se encargaría de que lo hiciera.

Cuando los pensamientos humanos se desvanecieron en el sueño, Garrett escuchó a los animales. Las cabras balaban suavemente, algunas durmiendo y otras acariciando el heno. Pocos pensaban en mucho más allá de sus vientres y ubres. A una no le gustaba el cobertizo y pensaba en su preferencia por los pastos que estaban más allá de las puertas. Garrett vio el pasto en la mente de la criatura desde su posición ventajosa.

El lobo lo había guiado por ese mismo prado. Estaba seguro de ello.

Garrett atravesó el bosque con pasos rápidos y silenciosos. La tormenta creció en lo alto, el viento se volvió más violento y las nubes oscuras se acumularon. La luna estaba oculta a la vista, el bosque parecía reflejar la agitación de Garrett. Él encontró el pasto y se parecía mucho a la memoria de la cabra. Garrett cruzó la pradera abiertamente, porque era más rápido y se arriesgaría a que ningún centinela vigilara tan lejos del salón. Él no pudo oír ninguno.

Tal como lo recordaba la cabra, había un pequeño sendero que salía del pasto en el lado opuesto. Garrett corrió tranquilamente por el camino, escuchando los pensamientos de aquellos en la Fortaleza Seton crecer en volumen. El camino corría junto a un arroyo, que conducía al estanque del molino en la parte trasera de la Fortaleza Seton. Él vio una abertura en una pared, una a la que podría faltarle una puerta rota. Con cautela ahora, Garrett se acercó más y escuchó.

El patio más allá de la puerta estaba en silencio. Él podía ver las cocinas, la cabaña donde lo habían llevado, la parte trasera de los establos. Los perros dormitaban fuera de los establos, con el estómago lleno de sobras de las cocinas. Uno roncaba contento, pero el segundo estaba parcialmente despierto. Garrett escuchó, sabiendo que los perros eran los más observadores. Era consciente de la convicción del perro de que todos estaban a salvo y sintió que aumentaba su cautela cuando se deslizó hacia el patio. El perro identificaba desapasionadamente los olores que pasaban mientras dormitaba: estiércol, caballo, paja, cáscaras de huevo y recortes de verduras arrojados a los cerdos, un extraño.

El perro levantó la cabeza, olfateando, y Garrett se sintió aliviado en el momento en que se dio cuenta de que lo conocía. Era el sabueso que había dormido a sus pies en el salón, y su cola golpeaba el suelo mientras se acercaba. Garrett hizo una pausa para rascarse las orejas antes de meterse en los establos.

Había al menos una docena de caballos en el establo y lo miraban con somnolienta curiosidad. Los caballos estaban más inclinados que los perros a interesarse por los que conocían, y estos caballos volvieron a adormecerse cuando se dieron cuenta de que no conocían a Garrett. Él reconoció que dos de los caballos pertenecían a los caballeros, así como un palafrén. Había otro par de caballos que no reconoció y supuso que pertenecían a Murdoch. También había dos grandes caballos negros, magníficas y orgullosas criaturas, una yegua y un semental. Llamaban la atención tanto por su tamaño como por su belleza. ¿Eran esos caballos de Murdoch? Las fosas nasales del semental se ensancharon mientras evaluaba a Garrett; la yegua negra resopló y regresó a su comedero.

Él la escuchó descartarlo en sus pensamientos, porque él no era Annelise.

Si Orson tenía la intención de secuestrar a Annelise, tomaría su caballo y ordenaría a su escudero que lo siguiera. Por mucho que Garrett no quisiera condenar al muchacho, tenía que proteger a Annelise. Él encontró la silla del caballero, ya que no solo estaba finamente hecha, sino que era extravagante. El cuero de una de las sillas había sido teñido para que coincidiera con la armadura de Orson. Garrett agarró las riendas para los caballos de ambos caballeros y también para el escudero, aunque no podía imaginarse fácilmente que Orson se agacharía para montar un caballo menor.

Garrett anudó las riendas repetidamente, creando un gran enredo de todas las riendas, por lo que tomaría un tiempo precioso desatarlas. Él quitó todas las partes de la silla de Orson que pudo, luego esparció armadura, estribos y correas por todo el establo. Dejó caer algunas partes en el depósito de agua provisto para los caballos más humildes, dudando que el caballero mirara allí. Quitó las bridas de los caballo, las arrojó al estiércol apilado detrás del establo y luego utilizó el tacón de sus botas para enterrarlas en el fragante montón.

Se metió en el establo con la yegua negra, muy consciente de su incertidumbre. La acarició con movimientos largos y firmes, calmándola con su toque, aunque sabía que el tiempo se estaba escapando. La había ensillado cuando un trueno retumbó en lo alto. La lluvia comenzó a caer sobre el techo, resonando con tanta fuerza que apenas oyó cómo se abría la puerta del establo.

Pero él sintió a Annelise. La serenidad de la naturaleza de su dama reveló su presencia, aunque estaba agitada esa noche. Garrett se giró para mirarla.

Él podría haber hablado, pero la furia se arremolinaba detrás de ella.

Garrett se escondió en las sombras del establo de la yegua, justo a tiempo.

~

ANNELISE LLEGÓ a los establos justo antes de que el cielo se abriera y la lluvia comenzara a caer. El corazón le daba un vuelco, pero estaba segura de que nadie la había visto. ¿Cómo encontraría a Garrett?

Ella iría primero al claro. Si él pudiera escuchar sus pensamientos, podría adivinar su destino y luego ir a encontrarla allí. Era un plan escaso, pero el único que poseía. Tendría que bastar. Luego podrían viajar a Kinfairlie para hablar con Alexander. Annelise sabía que su hermano no negaría su elección.

Una vez en el establo, Annelise caminó hacia el puesto donde Yseult estaba atada. Ella se dio cuenta de que todos los caballos la miraban atentamente. Deberían haber estado dormidos o adormilados, pero tal vez la tormenta los había despertado.

Aunque quizás era otra cosa.

Annelise oyó gruñir al perro que dormía junto a la entrada, luego la puerta del patio se abrió de nuevo. Ella reconoció a Orson, incluso recortado contra la lluvia plateada.

"Yo tenía razón", gruñó. "Tienes la intención de huir." Él avanzó hacia el establo y su escudero se deslizó dentro del edificio detrás de él. El muchacho tiró de la puerta para cerrarla detrás de él, haciendo las sombras más profundas.

Cuando el pestillo cayó en su lugar con un sonido metálico, Annelise se estremeció.

Orson se acercó y ella dio un paso atrás por la ira en su expresión. Ella se sintió helada hasta la médula, simplemente por ese vistazo.

Annelise temía que él la golpeara, luego se dijo a sí misma que no lo haría.

"Ya que es tan inconstante, mi señora, veremos que esto se resuelva aquí y ahora". Y Orson alcanzó el cordón de sus calzas, incluso mientras avanzaba hacia ella.

Annelise retrocedió, asombrada. "No lo creo", dijo ella. Ella no podía creer que Orson la obligara, pero él cerró la distancia entre ellos con un propósito.

En todo caso, su frente se oscurecía con cada paso. "Creo que sí." Sus ojos se entrecerraron. "Esta noche aprenderás, Annelise, que lo que yo pienso será lo que tú pienses".

"¡No!"

Los ojos de Orson brillaron ante su desafío. Annelise se dio cuenta de que eso no era una broma, ningún desafío que pudiera ganar con palabras.

Ella se abalanzó sobre el puesto de Yseult. Ella podía montar sin silla, en una crisis. ¡Ella tenía que huir en verdad!

Annelise no tuvo oportunidad de alcanzar el caballo. Orson la agarró por detrás y le tapó la boca con un guante de cuero. La sostuvo por encima del suelo incluso mientras ella luchaba contra su agarre. "¡Átale los tobillos, tonto!" ordenó a su escudero, y Annelise se dio cuenta de que no le importaba cuánto la lastimara.

Una fría resolución se instaló dentro de ella. Ella tenía que luchar contra Orson, en lugar de tener miedo. Ella solo tendría una oportunidad para sorprenderlo.

Esto era.

Annelise se dejó relajar, como si se rindiera. Orson se rio entre dientes y aflojó un poco su agarre. "Veo que se te puede enseñar. Eso es un buen augurio para nuestro futuro, Annelise."

Apenas había dicho tanto, Annelise se retorció y lo pateó con fuerza en la ingle con el talón. Ella nunca había hecho algo así, pero había visto a un hombre derribado por la patada de un caballo en ese lugar. No había ningún hombre al que deseara ver derribado más que a Orson.

Él aulló de dolor y la dejó caer. "¡Perra!" gritó y la habría agarrado de nuevo.

Pero Annelise estaba preparada para su movimiento. Ella había golpeado el suelo con fuerza, pero inmediatamente corrió hacia el establo de Yseult. El escudero le bloqueó el camino, por lo que ella cambió de dirección. Se atrevió a mirar hacia atrás y su corazón vaciló. El escudero sostenía la cuerda y la expresión de Orson era furiosa, los dos se acercaron a ella. Annelise estaba aterrorizada mientras retrocedía.

Annelise estuvo más aterrorizada cuando se dio cuenta de que estaba en una esquina. Entonces se puso de pie, temblando, incluso mientras trataba de imaginar cómo podría escapar de ese hombre.

Era como el lobo en su sueño. Ella sería devastada por él.

Pero a diferencia de su sueño, Annelise pelearía. Ella abrió la boca para gritar, solo para ser golpeada en la cara por el caballero. Annelise cayó de rodillas en estado de shock, luego lo miró con nuevo miedo.

Orson le ofreció la mano, la ira ardía a fuego lento en sus ojos. "Otra lección: si gritas, te golpearé hasta dejarte sin sentido."

Annelise mantuvo la boca cerrada, porque le creyó. Ella tomó su mano, porque sabía que él esperaba que ella hiciera lo mismo, y se puso de pie de nuevo. Le dolía la mejilla y su desafío se había multiplicado por diez.

Tenía que haber una forma de escapar de él.

Para alivio de Annelise, quedó claro un camino. La sombra de un hombre apareció detrás de Orson, y también era una silueta familiar. Fue todo lo que pudo hacer para mantener su expresión igual cuando el alivio estaba debilitando sus rodillas. Garrett había salido del puesto de Yseult. Él se movió silenciosamente detrás del caballero y ella supo que no podía revelar su presencia.

Garrett había acudido en su ayuda. Él no se veía del todo bien y ella sabía que él estaba experimentando la misma tensión.

Pero él lo soportaba por ella. Su corazón tronó ante la importancia de eso.

Entonces ella mantuvo su mirada fija en Orson, y su expresión era suave.

"Te enseñaré cuál es tu lugar, Annelise," juró Orson, liberándose del cordón de sus calzas. Annelise no era del todo inocente, ya que la cría de caballos era una empresa importante en Kinfairlie, y ella entendía más de esos asuntos de lo que Orson claramente esperaba. Ella dejó que sus ojos se abrieran como si estuviera asombrada y asustada.

Él sonrió ante su reacción. "Tu lugar está debajo de mí, con las piernas bien abiertas", continuó Orson. "Lo aprenderás esta noche." Él bajó la voz a un susurro. "Será más fácil para ti si haces lo que te dicen desde el principio".

"Entiendo", dijo Annelise en voz baja y él la alcanzó.

El escudero jadeó cuando Garrett lo agarró por detrás. El muchacho giró, pero Garrett lo apartó de un empujón. Orson giró, pero Garrett no fue tan amable con el caballero. Le dio un puñetazo en la cara, y Orson gritó cuando la sangre brotó de su nariz.

"¡Villano!" gritó el caballero y saltó hacia Garrett. Los dos lucharon duro, Garrett aterrizó golpe tras golpe sobre el caballero, incluso mientras ese hombre luchaba ferozmente.

"¡Huye, mi señora!" Ordenó Garrett.

Annelise se apresuró al establo de Yseult, solo para encontrar a la yegua ya ensillada. Agarró las riendas y se habría subido a la silla.

Pero el escudero saltó de las sombras para agarrarla del brazo. Annelise se liberó de su agarre y lo empujó con fuerza. Cayó hacia atrás, con expresión de asombro. Yseult pateó y relinchó, sin paciencia con el alboroto en su puesto. La yegua dio una patada hacia atrás y el escudero gritó de miedo. Tropezó con sus propios pies en su prisa por escapar. Annelise aprovechó su consternación y le arrebató la cuerda de las manos. Ella le había atado los tobillos antes de que él pudiera moverse, luego le ató las manos.

"¡No!" protestó.

"Cállate, no sea que todos se den cuenta del crimen intencionado de tu amo", instruyó Annelise. El muchacho la miró con rebeldía pero se mordió la lengua. Annelise se giró al darse cuenta de que alguien se cernía detrás de ella.

Se volvió para encontrar a Garrett sujetando las riendas de Yseult, una sonrisa curvando sus labios. "Bien hecho, mi señora", murmuró y Annelise miró más allá de él para ver a Orson inconsciente en el suelo del establo. A ella le gustó mucho que se hubiera caído en un montón de estiércol.

Garrett le entregó las riendas y luego pasó junto a ella para meter un paño en la boca del escudero. "Estará lo suficientemente cómodo aquí", dijo, luego se giró para colocar sus manos alrededor de la cintura de Annelise. Él comenzó a subirla a la silla, pero Annelise vio las líneas de tensión alrededor de su boca y la forma en que sus ojos se entrecerraron.

Ella lo detuvo con un toque, enmarcando su rostro entre sus manos mientras lo miraba a los ojos. "Estás sufriendo de nuevo", susurró. "No deberías haber venido".

Garrett negó con la cabeza. "No podía mantenerme alejado, no cuando sabía lo que se proponía hacer".

Annelise sonrió. "Puedes escuchar los pensamientos de los demás, al igual que las hadas en el cuento".

Garrett solo sostuvo su mirada. Él no confirmó ni negó su suposición, pero Annelise estaba segura de que tenía razón. Ella le habría hecho más preguntas, pero él se movió para subirla a la silla de nuevo. "Mi señora, estás en peligro. Debes salir adelante."

"No me iré sin ti".

"Te irás sin mí, porque esta batalla no ha terminado".

Annelise lo estudió, sabiendo que confiaba plenamente en él. "Iremos a Kinfairlie", dijo ella. Y hablaré con Alexander. Él juró que yo podría casarme por mi propia elección, y te elijo a ti."

Garrett parecía no haberla escuchado. "¡Debes huir!"

Pero Annelise aún no estaba preparada para irse. "Primero te quiero agradecer", dijo, luego tocó sus labios con los de él. Garrett contuvo el aliento, luego su boca se inclinó sobre la de ella en silenciosa demanda. Su beso fue rápido y hambriento, un abrazo posesivo y potente a pesar de su brevedad.

Demasiado pronto, la subió a la silla. Annelise sintió que el fuego se encendía dentro de ella una vez más y supo que estaba sonriendo. ¿Era su imaginación que Garrett pareciera estar mejor? Ella se atrevió a esperar que su beso pudiera ser de ayuda para él.

Incluso si no fuera así, quería su beso de nuevo. Yseult brincaba impaciente por alejarse de ese caos, y parecía compartir el deseo de apresurarse de Garrett.

Garrett agarró las riendas y condujo a la yegua a la lluvia. Yseult resopló y sacudió la cabeza, descontenta con el clima, y Annelise se alegró de que Garrett los estuviera guiando. Para su sorpresa, él llevó a la yegua a una puerta trasera, la que solía llevar a las cabras a pastar. Ahora recordaba que la puerta en sí se había roto la semana anterior. Ella apenas podía ver el camino en la oscuridad más allá, pero sabía que conducía a un prado. Yseult se resistió, porque no le gustaban la oscuridad ni la soledad.

Garrett la condujo a través de la abertura en la pared, luego tomó la mano de Annelise debajo de la suya y le apretó los dedos. Su mirada se clavó en la de ella de nuevo. "Te encontraré, donde sea que vayas", juró él y su corazón se emocionó.

Se oyó un grito desde el interior de la Fortaleza Seton y ambos miraron hacia atrás. Garrett golpeó los flancos de Yseult y el golpe hizo que Yseult eligiera. La yegua empezó a trotar por el estrecho sendero, incluso cuando Annelise se dio la vuelta para echar un último vistazo a Garrett. Él ya había desaparecido, pero sabía que lo volvería a ver. Annelise se preguntó qué pensaba hacer él y rezó por su seguridad.

El camino se estaba enlodando rápidamente, por lo que Annelise dejó que el caballo eligiera su propio ritmo. Atravesaron un oscuro bosque y se adentraron en un prado. Yseult corrió por los pastos incluso cuando la lluvia caía sobre ellos y el trueno estallaba en lo alto. Destellos de relámpagos iluminaron el claro y Annelise se alegró cuando volvieron a sumergirse en la cubierta del bosque. Ella ya estaba empapada hasta la piel.

Un poco más adelante estaba el sinuoso camino que conducía a la Fortaleza Seton, y Annelise sabía que Yseult correría más rápido por esa superficie. Ella instó al caballo a que aumentara la velocidad incluso en el bosque, temiendo ser perseguida. Yseult saltó al camino, contenta con una superficie tan familiar, y Annelise la obligó a huir de la Fortaleza Seton. Cuando la yegua empezó a galopar, Annelise se agachó sobre la silla.

Ella ya no podía ver a Garrett, pero confiaba en que él mantendría su promesa. Annelise sabía que él garantizaría su seguridad.

Mientras cabalgaba, muy a su derecha, vio destellos de blanco en el bosque. Al principio, pensó que era un reflejo, pero siguió su ritmo, desapareciendo de la vista y luego apareciendo una vez más. Nunca se acercaba lo suficiente al camino para que ella pudiera verlo bien, ni desaparecía en el bosque.

Alguna criatura igualaba su ritmo al de ella.

Una criatura blanca que podía correr tan rápido como un caballo. Annelise agarró las riendas mientras recordaba su extraño sueño.

PERCY TROPEZÓ en su prisa por llegar a la habitación que Orson y Andrew habían compartido. Le habían dicho que tenía una pequeña oportunidad para evitar una paliza, y aunque sabía que su caballero podría estar mintiendo sobre esa oportunidad, aún tenía que aprovecharla.

Todo lo que tenía que hacer era ir a buscar a Andrew y convencer a la familia de la explicación inventada de Orson. Percy rezó para poder manejarlo.

Él ni siquiera intentó guardar silencio, porque Orson había dicho que sería mejor si toda la casa se despertaba. Sus pasos golpearon las escaleras mientras corría, y abrió la puerta de la habitación con tanta fuerza que golpeó la pared de atrás.

Las contraventanas estaban abiertas, admitiendo algo de luz, y la lluvia entraba oblicuamente a través de la ventana y se acumulaba en el suelo. Andrew roncaba suavemente en su colchón, ajeno a la tormenta. La habitación olía a cerveza.

Percy sacudió al caballero por el hombro, al principio suavemente y luego con mayor fuerza cuando Andrew no se despertó. "¡Señor! ¡Debes despertar! ¡Debemos salvar a la dama Annelise!"

Andrew abrió los ojos y luego hizo una mueca. "¡Oh, mi cabeza!" Se dejó caer sobre la almohada y miró a Percy como si no supiera quién era. "Es mitad de la noche", dijo con cuidado.

"— ¡De hecho, lo es, señor, pero han secuestrado a la dama Annelise! Percy comenzó a colocar las ropas del caballero, le temblaban las manos. "¡Debemos darnos prisa!"

"Lamentablemente, nos divertimos", se quejó Andrew y Percy miró para encontrar que los ojos del caballero se habían cerrado de nuevo.

"¡Señor! Mi señor Orson me pidió que viniera a buscarte con toda prisa. Él saldrá a defender a la dama."

Andrew bostezó. "Porque él se casaría con ella por encima de todas las demás", dijo, con un tono somnoliento. "Lo sé, Percy, pero no tiene nada que ver conmigo".

"Debes viajar con él, señor, para defender el honor de la dama y asegurarse de que se haga justicia".

Andrew abrió un ojo. "Supongo que hay un villano en esta historia."

Percy asintió y se acercó más. "El cazador, señor. ¡El forajido! "

Andrew parecía escéptico. "¿Ese inválido?" Al asentir de Percy, se dio la vuelta y dio forma a la almohada. "En ese caso, estoy seguro de que Orson puede derrotarlo solo. No puedo entender por qué cree que el hombre es una amenaza para su plan."

"¡Pero, señor!"

"Será una mejor historia para los de Kinfairlie, Percy", concluyó Andrew, luego bostezó con fuerza.

Para consternación de Percy, este argumento tenía algún sentido, aunque dudaba que su caballero viera el asunto de esa manera. Para Orson, el hecho de que Percy no trajera a Andrew sería simplemente un fracaso.

Para mayor consternación de Percy, Andrew empezó a roncar de nuevo. Él sacudió el hombro del caballero una vez más, pero fue en vano.

Pero lo que hizo que la desesperación de Percy fuera completa fue el sonido de un hombre aclarándose la garganta detrás de él. Él se giró para encontrar al propio Señor apoyado en la puerta, sus ojos brillando con sospecha. "¿Qué es esto?" preguntó en voz baja, y Percy supo que este hombre no sería engañado fácilmente.

"La dama Annelise ha sido secuestrada, señor."

La dama Isabella pasó junto a su esposo, su cabello rubio suelto y su expresión llena de preocupación. "¿Por quién?" —preguntó ella, con la mirada fija en el colchón vacío que había ocupado Orson. Sus labios se tensaron y Percy dio un paso atrás.

"Por el cazador, mi señora." Inmediatamente vio que no les importaban estas noticias y detectó su escepticismo. Antes de que pudieran hacer una pregunta, soltó la única cosa que sabía que era verdad. "Ella dijo que irían a Kinfairlie, que podría pedirle a Alexander su aprobación."

La dama de la Fortaleza Seton sonrió ante eso. "¿Secuestrada?" repitió ella. "Suena como si mi hermana hubiera tomado una decisión". Ella se inclinó más cerca. "¿Quién te ha pedido que digas que fue secuestrada, Percy?"

Percy miró entre la dama y su marido silencioso y tragó. "Mi señor caballero, señora, porque interrumpió al demonio en los establos".

"¿Supongo que tiene la intención de perseguirlo?" preguntó el señor.

Percy asintió, aliviado de que no hubiera engaño en esa parte del cuento. "Sus riendas han sido muy enredada, mi señor, pero tan pronto como la haya arreglado, él cabalgará para salvar a la dama".

"Salvar", repitió la dama en voz baja, pero un gesto de su esposo le impidió decir más.

"Te pediría que regresaras a la cama, Isabella", dijo, con resolución en su tono mientras sostenía la mirada de Percy. Percy sintió que la verdad surgiría de su interior por voluntad propia e insistiría en ser escuchada por el Señor. "Y yo mismo iré a los establos para hablar con Orson. Él hizo un gesto a Percy. "Ven, Percy."

Lo último que quería hacer Percy era ir a ver a Orson, sin haber completado sus instrucciones. "Voy a traer al Señor Andrew, señor".

El caballero en cuestión estaba roncando fuerte de nuevo, aparentemente demasiado ebrio para ser despertado pronto. Percy tuvo un momento para temer la represalia de Orson por no cumplir con su capricho, luego la mano del señor aterrizó en su hombro.

"Dudo que eso sea posible". Murdoch sonrió levemente. Le explicaré la situación a tu señor caballero, Percy. No todos los hombres pueden aguantar su cerveza."

Percy le dedicó una última mirada al caballero dormido y se atrevió a esperar que el señor pudiera calmar la furia segura de su caballero. Él no tenía muchas opciones, de cualquier manera, por lo que hizo lo que se le ordenó y esperó lo mejor.

CUANDO LA PUERTA se cerró de forma segura y el sonido de las botas en las escaleras se desvaneció, Andrew dejó de roncar. Él rodó sobre su espalda y consideró el techo, formulando su plan.

Garrett no iría a Kinfairlie. Él cabalgaría a Killairig, para hacer su patética súplica de soberanía de nuevo, porque ganar esa posesión le permitiría pedir la mano de Annelise.

Lamentablemente para Garrett y Annelise, Andrew tenía demasiado que perder para permitir que los dos llegaran a esa morada.

~

HABÍA brujería en el beso de Annelise.

Como antes, una marea de tranquilidad se había apoderado de Garrett con su toque, persistiendo incluso después de que él rompiera su beso. Su beso lo había fortalecido y había despejado su mente, haciendo retroceder los pensamientos de los demás con temible fuerza. Garrett se sentía sano cuando ella lo besaba, revitalizado y convencido de la verdad de la historia de Mhairi.

No había sido fácil dejarla en el camino y confiar en que todo saldría bien, pero él no se atrevía a dejar la Fortaleza Seton sin conocer el plan de Orson. Él esperaba que el escudero recordara lo que había dicho Annelise, porque todavía no tenía intención de dejarla cabalgar a Kinfairlie.

Él tenía que ganar el derecho a pedir su mano primero, y ese objetivo solo podía lograrse cabalgando hacia el oeste en lugar de hacia el este.

Garrett se arrastró hacia la mansión mientras ella cabalgaba hacia la noche, escuchando con atención. Ella escuchó a Orson regañar a su escudero y entrecerró los ojos ante el engaño planeado por el caballero. Él no esperó a escuchar la reacción de la familia, sino que se apresuró a perseguir a su dama.

Su ventaja podría no durar mucho y él la aprovecharía al máximo.

Debido a que la Fortaleza Seton estaba enclavada en las colinas que se elevaban en el lado este de las Tierras Altas, el camino tanto hacia el este como hacia el oeste tendía a volver sobre sí mismo. Un camino a través del bosque, el tipo de camino que podría tomar un lobo, sería mucho más directo y tomaría menos tiempo. Las nubes hacían imposible consultar las estrellas, pero Garrett conocía suficientemente bien la forma de esa tierra, así como el viento. Se adentró en el bosque con determinación. Cuando hubo cruzado el prado y llegó al camino, notó las hendiduras de los cascos de Yseult en el barro del camino.

La lluvia sería su aliada en esta noche, porque las huellas de la yegua se oscurecerían cuando Orson lograra perseguirla. Garrett tuvo tiempo de sentir un momento de satisfacción antes de escuchar consternación desde las puertas de la Fortaleza Seton.

Él escuchó y se sorprendió.

Orson cabalgaría con indumentaria prestada por Murdoch.

Y lo haría en unos momentos.

Ante eso, Garrett se corrió hacia el bosque al otro lado del camino. Corrió por la ladera de la colina, escuchando el sonido de los cascos, tanto por delante como por detrás. Saltó troncos caídos y chapoteó a través de arroyos; él estaba empapado por la lluvia que caía y era golpeado por hojas y ramas mojadas. Cada vez, cruzaba el borde el camino y escuchaba, y su miedo crecía a medida que pasaba el tiempo y él no sentía a su dama. Garrett no disminuyó su paso, temiendo solo por Annelise.

¿Había cabalgado ella en una dirección diferente? ¿Había ella cambiado de opinión sobre ir a Kinfairlie? Él solo sabía que ella no había dado la vuelta para regresar, porque se habría cruzado con ella. ¿Cuán rápido podía correr Yseult? Parecía imposible que ella hubiera llegado tan lejos, entonces su miedo se detuvo de pronto.

Ella estaba justo adelante a su izquierda. Garrett se acercó al camino, corriendo hacia el próximo punto donde se cruzara en su paso. Él se apresuró al camino más adelante, corriendo en la misma dirección en la que Annelise estaba cabalgando. Había una bifurcación más adelante y él corrió a toda prisa para llegar ahí antes que su dama.

CAPÍTULO 9

$\mathcal{A}$nnelise vio al hombre de pie más adelante en el camino. El corazón le dio un vuelco de miedo, pero él simplemente le señaló a la derecha como indicando el camino que ella debía tomar. Annelise ya sabía que debía tomar ese camino, era la ruta más grande y la que finalmente la llevaría a Kinfairlie.

¿Era un villano? ¿Cómo había adivinado que alguien viajaría por ese camino a esa hora? Él era alto y parecía fuerte. Estaba de pie al otro lado del camino, medio ensombrecido por el bosque, con las botas en la maleza.

Cuando habló, ella se dio cuenta de que era Garrett.

¡Él la había encontrado! Él estaba jadeando por la carrera y estaba incluso más mojado que ella. Su cabello se veía oscuro y estaba aplanado en su cabeza, y toda su ropa parecía ser oscura también. Ella se dio cuenta de que él fácilmente desaparecería en las sombras.

"No ralentices el paso del caballo", le gritó. "Porque el cambio se mostrará en sus huellas y alguien querrá saber por qué."

Yseult apenas le dedicó una mirada cuando pasó a su lado y giró. La yegua galopaba con el cuello arqueado y las pezuñas volando alto, las fosas nasales dilatadas por la indignidad de correr de noche, sola, bajo la lluvia. Yseult prefería la luz del día, el consuelo de la compañía y el sol.

Garrett comenzó a correr a su lado. "En cien pasos, llévala a este lado del camino", ordenó.

Annelise asintió e hizo lo que le habían dicho. Cuando Yseult trotaba en la maleza al lado del camino, con los flancos mojados por la lluvia y el sudor, Garrett le indicó a Annelise que detuviera el caballo. Ella lo observó mientras inspeccionaba el camino detrás de ellos, luego asintió con la cabeza.

"Las huellas se habrán desvanecido cuando lleguen. Asumirán que continuaste en este curso."

"Pero no lo haré", supuso Annelise y Garrett sonrió. Él tomó las riendas y condujo a Yseult a la cobertura del bosque. Si él seguía un camino, Annelise no podía verlo. Yseult, a pesar de su disgusto por la oscuridad, evidentemente confiaba en Garrett. Ella resopló solo una vez y movió la cabeza, pero permitió que Garrett la llevara al bosque en sombras. Ella era más complaciente de lo que Annelise recordaba.

¿Podía también él oír los pensamientos de un caballo? ¿Era así como sabía cuál era la mejor manera de calmarla?

Annelise tenía mil preguntas, pero antes de que pudiera pronunciar una palabra, Garrett la miró y se llevó la yema del dedo a los labios. Annelise comprendió que ya los perseguían.

Ella nunca hubiera adivinado eso sin su advertencia. Era pacífico en el bosque y era bueno estar fuera del asalto total de la lluvia. El dosel de hojas en lo alto los protegía de la caída del agua, convirtiéndola de un torrente a un goteo. Annelise se echó hacia atrás la capucha y se secó la lluvia de la cara. Ella se sentía extraordinariamente aliviada de que Garrett la hubiera encontrado y confiaba en él para garantizar su bienestar. Por su parte, Garrett se movía rápida y silenciosamente, claramente decidido a algún destino. Continuaron en silencio y sombras, y Annelise podría haber creído que el tiempo se había detenido, o que eran las únicas almas en toda Escocia.

Mucho más tarde, Garrett llevó a Yseult de regreso al camino. Annelise sabía que él los había conducido hacia el oeste por un camino arqueado, y supuso que estaban bien al oeste de la Fortaleza Seton. Esa sección del camino no le resultaba familiar y tenía una pendiente más pronunciada. Garrett permaneció en el borde del camino durante más tiempo, aparentemente escuchando.

Annelise pudo ver que el cielo se estaba volviendo más claro en el este. La lluvia había disminuido hasta convertirse en una llovizna gris constante y las nubes se estaban volviendo plateado pálido en lo alto. Ella se estremeció dentro de su ropa mojada, sabiendo que ese sería un día largo y frío. Sin embargo, tener frío no era nada, al menos no en comparación con ser violada y reclamada por Orson. El recuerdo de su intención la hizo estremecerse.

Ella miró hacia arriba para encontrar a Garrett mirándola con preocupación. "Tienes frío", dijo él. Garrett usó un árbol caído como banco de montaje y se subió a la silla detrás de ella. "Sin embargo, me gustaría cabalgar todo este día, con tu permiso, porque me gustaría tener más distancia detrás de nosotros."

Annelise asintió, incluso cuando su calidez le tocó la espalda. Ella se acurrucó contra él instintivamente y él envolvió un brazo alrededor de su cintura. Garrett instó a Yseult, guiándola por el camino y dejándola encontrar su propio ritmo. El camino ascendía constantemente hacia las Tierras Altas, un camino más empinado que el que Annelise había tomado desde la Fortaleza Seton. Ella tenía la sensación de que éste se curvaba más hacia el norte.

"Te prometo un fuego y una comida esta noche, mi señora".

"Suenas como si tuvieras un destino en mente".

"Lo tengo."

"¿Me lo contarás?"

Garrett negó con la cabeza. "No puedo confiar en ti, porque la verdad te pondría en peligro".

Annelise lo estudió, sin hacer ningún esfuerzo por ocultar su insatisfacción con este plan. "¡Tengo muchas preguntas!"

"Pero no sabes el precio de preguntarlas". La yema de su dedo cayó a sus labios y su mirada era mortalmente seria. "No preguntes, mi señora. Te lo ruego."

"Dijiste que podría adivinar", respondió Annelise y luchó contra una sonrisa.

"Siempre y cuando no te importe si confirmo o niego su exactitud."

Annelise frunció los labios. "Sería parte de cualquier esfuerzo para crear nuestro futuro", dijo ella. "¿Me contarás tu plan?"

Garrett frunció el ceño por un momento, considerando su solicitud, luego negó con la cabeza. "Hay demasiado en riesgo".

"¡Sí, lo hay!" Annelise declaró, porque ya estaba harta de su misterio. "Porque no me iré sin alguna medida de la verdad".

"Te expliqué esto, Annelise. La confianza tiene un precio y no quiero que lo pagues."

"No te puedes imaginar que nuestro matrimonio saldrá bien si no hay confianza entre nosotros".

"¡Yo confío en ti!"

"Entonces dime."

"Annelise, esa no es la razón del asunto. El relato podría tener consecuencias nefastas... "

"No me importa. Insisto en saber."

Él la miró, su preocupación clara. "¿Y si te cuento una historia?"

"No como la que escuché anoche", dijo Annelise. "No me gustó mucho el final."

"Los dos cuentos tienen mucho en común, de hecho. Este es un cuento que me contó mi madre." Garrett le dio a Annelise una mirada atenta y Annelise comprendió que habría una verdad enterrada en eso. "Ella tenía un gran talento para contar una historia".

"Entonces cuéntamelo, por favor", dijo Annelise.

Y Garrett lo hizo.

~

STEWART ESTABA DISGUSTADO.

Aunque no estaba en su naturaleza estar alegre todo el tiempo, esa mañana en particular, el guerrero estaba más amargado de lo que solía. Él sabía que Murdoch tenía pocas opciones ante él, y que los recursos de su señor eran escasos.

Pero, aun así.

Stewart cabalgaba en la oscuridad y la lluvia, su caballo avanzando penosamente por el barro y el fango, en compañía del hombre más ofensivo que había encontrado en años, en una búsqueda que creía que estaba mal interpretada. Era un desperdicio abominable de una buena noche de sueño. Estaba empapado hasta los huesos y tenía más frío de lo que había tenido en años, pero se mordió la lengua y cabalgó.

A Stewart no le había gustado desde el principio que un par de caballeros hubieran llegado sin previo aviso a la Fortaleza Seton. Sin pensar en la incorporación de hombres armados cuyas alianzas se desconocían dentro de los muros de la propiedad. La Fortaleza Seton era pequeña y pacífica, pero los soldados juramentados confiaban en la protección del Señor de la Fortaleza. Dada la naturaleza de la propiedad, había pocos hombres de armas al servicio de Murdoch, menos aún en ese verano en particular. La corte del rey tenía un atractivo especial para los hombres cuyas espadas se podían comprar, y muchos habían viajado a Edimburgo para jurar lealtad al nuevo rey.

Tanto si tenían permiso para hacerlo como si no.

Orson y Andrew habían llegado a la Fortaleza Seton cuando las defensas estaban bajas y Stewart desconfiaba de eso. Él no era un hombre que creyera en la coincidencia o la intervención de las Parcas. Sin embargo, creía en las intrigas de los hombres. Que esos dos sonaran tan diferentes entre sí también era preocupante. ¿Cómo podía uno tener un acento de las cortes inglesas, mientras el otro se esforzaba por ocultar su acento? Que Orson sonara a Londres tenía sentido, dado su apellido, porque la familia Douglas pasaba mucho tiempo en el sur. Pero, ¿por qué aparecía y desaparecía la cadencia gaélica de Andrew? Era casi como si el caballero quisiera ocultar sus orígenes, lo que no le daba crédito según Stewart. ¿Cómo se habían conocido? No se había mencionado la alianza o las relaciones comunes, lo que alimentaba las sospechas de Stewart.

Además, ¿cuántos hombres de las Tierras Altas se habían entrenado para sus espuelas? Stewart estaba seguro de que los conocía a todos, pero no conocía a ese Andrew. La historia del caballero le recordó algo a Stewart, una historia que había escuchado hacía mucho tiempo y que permanecía fuera del alcance de la memoria de la manera más frustrante.

Ahora, cabalgaba en la oscuridad y la lluvia, acompañando a Orson en la persecución de Annelise, su presencia era el dictado de Murdoch. Aunque era bueno para uno de ellos vigilar a ese caballero, Stewart todavía no estaba contento. ¿Por qué Andrew no había acompañado a su compañero caballero? Era preocupante dejar a un hombre armado en la Fortaleza Seton, con una espada menos, la suya, sin estar preparado para ponerse del lado de Murdoch.

Peor aún, a Stewart no le agradaba Orson. El caballero era asertivo y dominante, un rasgo común a los caballeros pero que rara vez estaba presente con tanto vigor como en ese hombre. Orson parecía preocuparse solo por su propio objetivo, y Stewart creía que, si este hombre tenía que elegir entre sus votos y su deseo, la lujuria prevalecería. Que el escudero se estremeciera cada vez que el caballero simplemente miraba en su dirección decía mucho de la naturaleza del caballero, en opinión de Stewart. Que Orson hubiera tomado prestada la indumentaria de Murdoch para ir en pos de Annelise a toda velocidad era como sal en la herida. Stewart dudaba que Murdoch volviera a ver su indumentaria de montar, porque Orson era el tipo de hombre que pasaba por alto convenientemente todas las deudas con los demás.

Orson moriría joven con un cuchillo en la espalda, en opinión de Stewart, y con razón.

Lo que no lo convertía en un buen candidato para la mano de la Dama Annelise.

Finalmente, esta afirmación de Orson molestó mucho a Stewart. Stewart no creía que el cazador secuestrara a Annelise. Tal intención violenta no parecía estar en su naturaleza. Él no conocía la enfermedad que asolaba al cazador que había llegado a las puertas, y mucho menos cómo podía curarse, pero había visto la preocupación de la Dama Annelise por él. Él había visto cómo ese hombre luchaba con su dolencia para aparecer en la mesa, y Stewart creía que Garrett no deseaba decepcionar a la dama que admiraba. Ese era un buen impulso, en su opinión, y era prometedor.

También era incompatible con la idea de que Garrett había robado a Annelise por la fuerza. Stewart sospechaba que Orson había embellecido la verdad o mentido abiertamente, porque las miradas de la dama le daban motivos para creer que ella se habría ido de buena gana con el cazador.

¿Qué había visto Orson en los establos?

¿Qué había hecho?

Lo más importante, ¿estaba la dama Annelise a salvo de cualquier daño?

Stewart detuvo su caballo, incluso cuando la primera luz tiñó el cielo frente a ellos. Desmontó y miró el camino, insatisfecho con lo que veía.

Orson cabalgó de regreso hacia él, su caballo dio un paso alto mientras el caballero tiraba con fuerza de las riendas. Quizás él moriría con una huella de pezuña en la espalda, pensó Stewart, o mordido por un caballo muy maltratado. El caballo estaba descontento con su situación, estaba claro, y parecía lo suficientemente luchador como para tomar medidas al respecto.

"¿Por qué te detienes?" preguntó el caballero. "¿Debo dejarte atrás? ¿No ves que el tiempo es esencial en este asunto?"

"No veo ninguna señal de que algún caballo haya cabalgado por este camino últimamente".

Orson puso los ojos en blanco y negó con la cabeza. "Dijeron que cabalgaban hacia Kinfairlie, que se encuentra en esta dirección. ¡Percy! ¿No es así?"

"Sí, mi señor."

"Entonces, regresa a tu silla. ¡Cabalgamos, no sea que lleguemos demasiado tarde!"

Stewart consideró al caballero, incluso mientras el caballero se movía en su lugar. "Estás muy preocupado. ¿Tu oferta está tan mal favorecida que crees que el Señor de Kinfairlie casará a su hermana con un cazador sin dinero?

Orson se inclinó, sus ojos ardían. "Él la violará y forzará al Señor de Kinfairlie a darle su mano. Si los perseguimos con vehemencia, no tendrá oportunidad de hacer eso. ¡Me apresuro por Annelise!"

Percy desarrolló una fascinación por sus riendas, bajando la mirada tan rápidamente que Stewart se preguntó cuál era la razón. Él caminó hacia el muchacho y puso una mano en el pomo de su caballo. "¿Es eso lo que temes, Percy?"

El muchacho le lanzó una mirada, luego al caballero que escuchaba. "Temo por el bienestar de la dama, señor."

"¿Por qué, Percy? ¿Qué viste?"

La agitación del muchacho aumentó, pero él se miraba fijamente las manos.

"—Díselo, Percy" —ordenó el caballero.

El muchacho se sonrojó y Stewart supo que sólo diría una parte de la verdad. "La dama fue casi abusada, ante mis propios ojos."

"Pero alguien intervino", supuso Stewart.

El muchacho asintió con entusiasmo.

"Qué suerte que estuve allí", declaró Orson. Percy le lanzó a su caballero una rápida mirada de tal odio que Stewart adivinó la verdad. Orson se perdió esta mirada, tan ocupado estaba admirando sus guanteletes. "La señora me debe mucho, eso está claro, y solo puedo esperar que su hermano considere oportuno recompensarme. Ahora, monta tu caballo, Stewart. ¡El tiempo se está perdiendo!"

"Cabalgaron en sentido contrario", dijo Stewart en voz baja.

"No puedes saber esto", protestó Orson. "Cabalgan hacia Kinfairlie..."

"¿Por qué? Si eres una elección de esposo tan inevitable como para esperar la aprobación de Alexander de Kinfairlie, ¿por qué el cazador llevaría a la dama a la morada de su familia? ¿Por qué un hombre al que evidentemente le desagrada la compañía de otros cabalgaría hacia el sur, donde las tierras son más pobladas? Kinfairlie es una fortaleza considerable y muy poblada. ¿Por qué se apresuraría a ir allí?"

"Quizás el incentivo valga la pena el inconveniente", dijo Orson con firmeza. "Pero sin duda crees que él hizo lo contrario".

"Es un hombre del bosque. Es más probable que se la lleve al bosque y la esconda de todos nosotros, al menos hasta que su reclamo esté asegurado." Stewart asintió con la cabeza ante su propio razonamiento. "él podría llevarla a un refugio que conoce bien, un lugar donde se sienta seguro".

"Usted especula y su especulación nos cuesta tiempo..."

"Cabalgaron en sentido contrario", dijo Stewart con firmeza. "Volveré al último lugar donde vi señales de Yseult y miraré de nuevo, con más atención. Había una bifurcación en el camino justo antes de ese lugar. No dudo que se fueron al bosque para volver al otro camino." Se montó en la silla. Su preocupación por Annelise superaba cualquier posibilidad de que Orson pudiera acompañarlo. De hecho, Stewart creía que el caballero tomaría la ruta más fácil y continuaría hacia el sur.

"Puedes cabalgar como quieras, pero yo buscaré a la dama". Él no esperó la decisión de Orson, porque verdaderamente, le vendría bien que el caballero continuara hacia Kinfairlie. Stewart preferiría que lo dejaran seguir el mismo a la Dama Annelise, sabiendo que había un caballero menos en los alrededores de la Fortaleza Seton.

Pero eso no iba a ser. Su caballo no había galopado ni una docena de pasos cuando escuchó al caballero jurar antes de ladrarle una orden a Percy.

Luego, el sonido de dos caballos que cabalgaban por el camino enlodado resonó detrás de él. A Stewart no le importaba. Estaba demasiado ocupado examinando la vegetación a ambos lados del camino en busca de señales del paso de un caballo.

Solo él, de los tres, no se sorprendió cuando las encontró.

GARRETT ELIGIÓ sus palabras con cuidado. La advertencia de Mhairi estaba clara en su mente. Él apreciaba que Annelise tuviera curiosidad y no deseaba tener secretos con ella. El problema era que no estaba seguro de cuánta verdad podía decirle, no sin ponerla en peligro. Pero Annelise no era tonta: ya ella había adivinado la naturaleza de su maldición, y tal vez podría adivinar el resto si él contaba su historia correctamente.

Él se cuidó de no mencionar nada de las hadas, su papel o sus poderes.

Garrett se aclaró la garganta. "Una vez hubo un noble guerrero que se ganó una posición gracias a su valiente servicio a un rey. Esta propiedad estaba en Francia, en el bosque encantado de Broceliande, aunque el caballero no creía las historias que se contaban de ese lugar. Como en la historia que escuchamos anoche, los hombres de esta zona se enorgullecían de cazar lobos. Cuando mataban a un lobo, asaban y comían su corazón, porque esa era su tradición. Este caballero cazó un lobo, pero lo hizo en el bosque de Broceliande. También se encontró con una dama plateada que cantaba a la luz de la luna, y se enamoró de ella."

"Hay mucha similitud entre los cuentos", dijo Annelise cuando Garrett hizo una pausa.

"En efecto."

"¿Era la dama un hada también, y alguien que podría convertirse en un lobo blanco cuando así lo quisiera?"

"Ese detalle no se incluyó en el cuento de mi madre", dijo Garrett con cuidado. "Ella solo dijo que la canción de la dama sedujo por completo al caballero, y que no podría descansar hasta haberla conquistado como esposa".

"Porque ella era un hada", dijo Annelise con determinación. "Y había brujería en su canción".

Garrett no estuvo de acuerdo ni en desacuerdo. "Cuando el caballero la cortejó, ella le pidió que le prometiera que nunca la miraría en la luna llena. Cuando él hizo esa promesa, ella accedió a casarse con él."

"Y así se casaron, como en el otro cuento".

"Había una curandera en la morada del caballero que deseaba que él fuera su propio marido".

"Como en el otro".

"Pero esta curandera tenía una hija propia. Ella quería que su hija se criara como la hija de un noble, con todas las ventajas y una herencia, además. Ella había creído que podría ganar un lugar como esposa del caballero, porque la curandera era hermosa y el caballero la había mirado con favor. Pero una vez que él escuchó a la dama cantar en el bosque, se olvidó de la curandera y sus encantos."

"Porque estaba encantado por un hada", murmuró Annelise.

Garrett negó con la cabeza. "Creo que estaba enamorado, no es que la dama de la espléndida voz lo encantara."

Annelise sonrió ante eso.

"Y así, el caballero trajo a casa a su dama y se casó con ella con gran ceremonia, y mantuvo su promesa de que nunca buscaría su compañía en la luna llena. Él pensó poco en esto, porque no creía en las hadas. Él solo pensaba que su esposa necesitaba cierta intimidad. En su opinión, una noche al mes era una pequeña concesión, porque deseaba que su dama fuera feliz."

"Me gusta su capacidad para comprometerse", dijo Annelise.

"La curandera vio todo esto y no lo aprobó. Su corazón se volvía más oscuro a medida que crecían sus celos. Ella tomaba nota de cada regalo que el caballero le hacía a su dama y de cada cortesía que le mostraba, convenciéndose de que la dama le había robado todo eso. La curandera conocía gran parte de la tradición de las hierbas y decidió utilizar sus conocimientos para ayudar a su causa. Cuando la madre del caballero habló en contra de la nueva novia, la curandera aprovechó su momento. La madre del caballero había creído que ninguna mujer tendría el mérito suficiente para su hijo, por lo que el caballero animó a su madre a conocer mejor a su esposa. Él la conocía lo suficientemente bien como para comprender que su punto de vista cambiaría con el tiempo. La curandera también adivinó esto, por lo que actuó rápidamente. Él convocó a la madre a hablar en el salón, luego le dio una poción que la enfermaría. Cuando la madre se retiró a su habitación, la curandera quiso hacer que la nueva esposa le diera el supuesto antídoto. La señora, sin embargo, se negó a tocarlo."

"Porque ella podía leer los pensamientos de la curandera", dijo Annelise con satisfacción y Garrett estaba orgulloso de su percepción. "Ella sabía que era veneno".

"Pero la curandera mintió. Le llevó la poción a la madre del caballero y declaró en voz alta que la dama le había dado la fórmula. Le dio mucho crédito a la dama por su generosidad y confesó su falta de conocimiento de esas hierbas. Cuando murió la madre, la curandera no tuvo que acusar a la nueva esposa de haberla matado. Otros estaban dispuestos a hacerlo. Hubo algunos que desconfiaron de la curandera y otros que se volvieron contra la dama del caballero, pero el caballero se mantuvo fiel a su esposa."

"También me gusta que su amor fuera verdadero", dijo Annelise.

La curandera estaba muy molesta por no haber visto a la nueva dama del caballero condenada por todos. Cuando la esposa del caballero maduró y quedó embarazada, la curandera temió que le quitaran la oportunidad a su hija antes de que la hubiera obtenido. Ella se las arregló para ser la partera en el nacimiento del niño, y el caballero estuvo de acuerdo, porque su habilidad en tales asuntos era bien conocida. La dama protestó, pero el caballero insistió en que él sabía más, y por eso estaban las dos en la habitación. Esa noche se desató una gran tormenta, una que hizo eco de la batalla entre la dama y la curandera. Porque mientras la dama se esforzaba por dar a luz al hijo del caballero, la curandera se esforzaba por matar al niño antes de que viera la luz del día."

"Eso es malvado", susurró Annelise con horror. "La tormenta debe haber sido las fuerzas de las hadas, reunidos para defender a uno de los suyos".

"Una vez más, el bien triunfó, porque el niño era extraordinariamente fuerte".

"Porque su madre era un hada", intervino Annelise. "¿No se dice que las hadas son más fuertes que los mortales?"

Garrett no respondió a eso, aunque sonrió. "Cuando el niño dio su primer llanto, a pesar de los esfuerzos de ella por asegurarse de que nunca lo hiciera, la curandera supo que tenía que actuar con rapidez. El niño era tan dorado como la luz del sol, esplendoroso como la plata de su madre, y el caballero estaba muy encantado con su nuevo hijo. La curadera temía que una vez que el niño comenzara a crecer, eclipsaría a todos los demás en el afecto del caballero y su hija sería pasada por alto para siempre. Ella no dudaba de que el caballero prestaría mucha atención tanto a su hijo como a su esposa, y se apresuró para asegurarse de que eso nunca ocurriera."

"Ella planeaba ver al niño despedido o desacreditado antes de que pudiera defenderse", supuso, su punto de vista de lo más claro. "Ella temía que él pudiera escuchar sus pensamientos y tuviera que deshacerse de él antes de que tuviera la edad suficiente para actuar en consecuencia y defenderse".

Garrett estaba encantado con las conclusiones de Annelise, pero no se atrevió a confirmar esa suposición en particular.

Ella asintió con la cabeza, sin preocuparse por su silencio. "Y la mejor manera de hacerlo era condenar a su madre".

"Parece muy lógico", admitió Garrett.

"Espero que esta historia termine con su destrucción", murmuró Annelise.

"Y así, la curandera notó que la señora iba sola al bosque en las noches de luna llena. Nadie sabía lo que hacía y el caballero prohibió que la siguieran. Su confianza en su esposa era completa.

La curandera se comprometió a cambiar eso. Ella siguió a la dama una noche de luna llena, pero pronto la perdió de vista. En un claro, se enfrentó a un lobo blanco, un lobo de ojos azules."

Ante eso, Annelise contuvo el aliento, aunque Garrett no podía adivinar por qué. Él continuó con su relato. "Ella pensó que había perdido a la dama y a su pequeño hijo, pero luego vio que el lobo amamantaba a un niño con cabello dorado. La curandera no pudo acercarse al lobo, porque le gruñó, pero ella había visto lo suficiente para adivinar lo que le había pasado a la dama." Garrett se mordió la lengua, temiendo haber dicho demasiado, pero Annelise permaneció decididamente de carne y hueso.

De hecho, ella le sonrió, confiada en su interpretación del cuento. "La dama había cambiado de forma, como suelen hacer las hadas."

Garrett continuó, esforzándose por tener más cuidado. "El caballero no creía ninguno de los cuentos asociados con el bosque de Broceliande. La curandera inventó una historia de interés más práctico. Ella habló de un lobo blanco merodeador, atribuyéndole delitos falsamente y creando miedo en toda la propiedad. Ella le pidió al caballero que no hablara de esta amenaza a su esposa, para que no se asustara, y el caballero estuvo de acuerdo. Ella le recordó repetidamente que todos sabían que la señora iba al bosque todos los meses sola y confesó que temía por su seguridad. Al cabo de un mes, la curandera lo había convencido de que el lobo debía ser cazado y asesinado para garantizar la seguridad de su pueblo. La curandera sugirió que fuera en la noche de luna llena, para ver mejor a su presa, y el caballero estuvo de acuerdo. Le ordenó a su esposa que permaneciera en sus habitaciones esa noche y colocó un candado en la puerta. Pensó que se lo negaría una vez y garantizaría su seguridad para siempre."

"Él no puede haber matado a su esposa", susurró Annelise. "No ignorando lo que hacía".

"En la noche de la próxima luna llena, el caballero se armó y se internó solo en el bosque para cazar al lobo. Sin que él lo supiera, su señora también fue al bosque con su hijo. No estaba dentro de ella permanecer en la morada del caballero cuando la luna llena brillaba y se las arregló para escapar de su habitación cerrada. La curandera siguió a la dama, pero esta vez, cuando la perdió de vista, buscó la ropa de la dama. Cuando encontró las prendas amontonadas con cuidado, las quemó hasta convertirlas en cenizas, porque sabía que las hadas necesitaban la ropa para volver a cambiar de forma. Luego, la curandera regresó a la fortaleza del caballero para esperar."

Annelise lo agarró del brazo, su miedo por la dama era muy claro.

"Durante tres días y tres noches, el caballero estuvo ausente. El viento estuvo fuerte todo ese tiempo, cerrando las contraventanas y silbando en las rendijas. Los que estaban en el salón pensaban que se volverían locos con el sonido constante, pero de repente el viento cesó. El caballero regresó a casa esa misma mañana, cansado y cubierto de sangre. Llevaba el corazón de un lobo y se lo dio al cocinero para que lo preparara. Fue a la habitación de su dama, lleno de anticipación, solo para descubrir que ella se había ido, junto con su hijo. La ventana estaba abierta y el viento entraba en la habitación, que estaba desprovista de vida.

"¡No!" susurró Annelise.

"El caballero buscó a su dama por todas partes. Apeló a todos los que viajaban a través de su propiedad, buscando desesperadamente noticias de su esposa e hijo. Pero ella se había ido, con tanta seguridad como si nunca hubiera estado. Él se convenció de que ella lo había abandonado porque él había roto su voto al confinarla en esa noche de luna. A partir de ese día, nadie volvió a ver un lobo blanco en Broceliande ni en la propiedad del caballero. La curandera se acercó al caballero, consolándolo en su dolor, y después de un año y un día, él la tomó como su propia esposa. Adoptó a la hija como propia. Ella le dio un hijo, y el caballero convirtió al niño en su heredero."

"¡Eso no es justo!" protestó Annelise. "Este cuento no es mejor que el primero."

"Se dice que el caballero todavía va solo al bosque en la noche de luna llena, buscando a su esposa. Se dice que se puede escuchar a un lobo aullar la noche anterior a la muerte de cualquier alma en la propiedad del caballero. Y se dice que un día, el primer hijo del caballero regresará para reclamar lo que le corresponde, que su padre lo recibirá y que se hará justicia."

Garrett se quedó en silencio, dejando que Annelise considerara su historia. La lluvia había disminuido hasta convertirse en una niebla plateada y el camino se elevaba constantemente ante ellos. Él deseó que estuvieran millas más lejos, pero sabía que Yseult necesitaba descansar. Él podía escuchar a Annelise pensar bastante, pero permaneció en silencio, seguro de que le había contado mucho.

"Puedes escuchar los pensamientos de los demás porque eres mitad hada", dijo, ella sin duda en su tono. Ella se giró para considerarlo, su mirada buscó la de él. ¿Eres este hijo dorado, Garrett? ¿Cabalgamos para ver que se haga justicia?"

Garrett no pudo evitar sonreír, aunque aun así no le respondió directamente. "Debo tener derecho a pedir tu mano. Debo tener una propiedad a mi nombre."

Annelise sonrió y le rodeó el cuello con los brazos, su júbilo era tan completo que el corazón le latía con fuerza en el pecho. "¿Pero por qué no hiciste esto antes? ¿Por qué no buscaste tu herencia en el mismo momento en que supiste la historia? "

Garrett le habría confesado esa historia, porque las hadas no tenían ningún papel en ella, pero de repente se dio cuenta del miedo de Yseult.

El caballo estaba aterrorizado.

Garrett apretó con más fuerza a Annelise, pero no tuvo tiempo de evaluar la razón del estado de ánimo de la yegua. Ella se asustó, pero un instante después, los arrojó s a ambos fácilmente de la silla, luego galopó de regreso por donde habían venido.

"¡Yseult!" Gritó Annelise.

Garrett se llevó la peor parte de la caída, aterrizando de espaldas con Annelise tendida encima de él. Él hizo una mueca cuando el barro les salpicó, aunque no hizo que el camino fuera apreciablemente más suave.

Entonces escuchó el pensamiento de pánico de la yegua y miró por encima del hombro de su dama.

Lobo.

"Caballo tonto", murmuró Annelise, haciendo ademán de levantarse, pero Garrett levantó un dedo a modo de advertencia.

Annelise siguió su mirada hacia el camino y luego se quedó paralizada. Un lobo blanco caminaba de un lado a otro en medio del camino, sus dientes mostraban un gruñido y sus ojos brillaban como zafiros. Ella tuvo un momento para creer que la crisis podría evitarse, luego el lobo saltó hacia ellos para atacar.

ANNELISE GRITÓ consternada cuando el lobo se abalanzó sobre ellos, mostrando los dientes. Ella no tuvo tiempo de responder, porque Garrett respondió por los dos. Ella fue arrojada a un lado con una velocidad vertiginosa cuando él se puso de pie de un salto. Él tuvo su daga en la mano en un abrir y cerrar de ojos, sus movimientos fluidos.

Pero el lobo saltó a su lado, corriendo detrás de Yseult. La yegua relinchó de terror, luego dio media vuelta y galopó camino abajo. Garrett maldijo y corrió tras ella. Lanzó su cuchillo tras el lobo, luego se inclinó hacia atrás para agarrar su ballesta.

"¡No!" Annelise gritó, pero el lobo pareció anticipar el movimiento de Garrett. Solo tuvo un latido para temer por la criatura antes de que se agachara en el bosque y desapareciera.

El cuchillo de Garrett aterrizó con la punta en el camino enlodado. Ni siquiera había tenido tiempo de cargar su ballesta, aunque lo hacía ahora.

Él maldijo. "Si tan sólo hubiera agarrado mi ballesta primero", murmuró con una rabia rara en él. "No hubiera perdido fallado".

Annelise se alegró de que hubiera fallado.

Yseult se detuvo en la distancia, pateando nerviosamente mientras veía a Garrett acercarse. Las riendas colgaban sueltas sobre su cuello, colgando en el suelo, y sus orejas estaban dobladas hacia atrás. Claramente estaba dividida entre acercarse a ellos y huir. El desierto no tenía ningún encanto para Yseult y era lo suficientemente inteligente como para saber que la comida y la protección provenían de Annelise y sus parientes. Aun así, estaba asustada. El lobo había estado donde estaban ellos, lo que desafió su deseo de ir a ellos, pero el camino detrás podría estar lleno de mayor peligro si ella huyera sola. Annelise se quedó quieta, dejando que la yegua considerara sus opciones mientras se calmaba. Garrett recuperó su cuchillo y lo limpió con un gesto decisivo antes de volver a meterlo en la funda.

"¿Por qué querrías que viviera?" le preguntó él, su frustración clara. "¿Has olvidado lo que puede hacer un lobo?"

"Entonces, ¿por qué no nos mató a ninguno de nosotros?" Exigió Annelise, cuando llegó a su lado. "Podría haber herido al menos a Yseult, pero no fue así".

Garrett se puso serio y miró hacia el bosque donde la criatura había huido. No había rastro de él, pero la niebla lo habría ayudado a desaparecer, dado el color de su pelaje. "Podría haber cambiado de opinión".

"Podría habernos estado advirtiendo".

"¿De qué?" Garrett estaba impaciente con esta idea.

Entonces Annelise tuvo un pensamiento. "¿No sabes lo que estaba pensando?"

Garrett se encogió de hombros con cierta irritación. "El lobo podría haberse sorprendido de que fuéramos tres. Quizás no tenga suficiente hambre para correr ese riesgo´."

Annelise se volvió para mirarlo. "No lo sabes", adivinó ella y

Garrett negó con la cabeza. "Por eso te sorprendió. Pero eso significa que no puedes escuchar sus pensamientos."

Su expresión se volvió sombría.

Annelise miró el bosque hacia donde el lobo había huido, preguntándose por su elección. En los cuentos, el hada podía escuchar los pensamientos de los mortales, hombres y bestias. Si Garrett no podía escuchar los pensamientos del lobo blanco, ¿era el lobo un hada? ¿Podía ser realmente una mujer hada convertida en un lobo? Si había verdad en los cuentos que había escuchado, ese lobo podía ser la madre de Garrett.

Pero no. El lobo en el cuento de Garrett había muerto, y a Garrett le había contado la historia su madre.

¿Había tenido el lobo intención de ayudarlos o de herirlos? Dada su experiencia anterior, ella tenía que creer que el lobo podría haber matado fácilmente al menos a uno de ellos, si así lo hubiese querido. Una vez que Yseult lo había tirado de la silla y había huido, el lobo podría haber perseguido a la bestia y haberla atacado. Pero apenas había perseguido a Yseult y después se fue.

"Si nos estaba protegiendo, entonces no quería que tomáramos este camino," musitó Annelise. "¿Por qué?"

"Es un lobo," dijo Garrett con impaciencia. "Tales criaturas no piensan con sutileza." Él le dio una mirada dura "Debió haber cambiado de idea."

"¿Por qué no pudiste anticiparlo?"

"No voy a hablar de eso."

"¿Pudiste escuchar sus pensamientos? ¿Sí o no?"

Él dio la vuelta y se alejó caminando.

"¡No pudiste!" gritó Annelise, pero él no respondió.

Ella tenía que estar en lo cierto. ¿Dónde estaban ellos? Ella giró en su lugar. El bosque los rodeaba, los árboles frondosos y oscuros. Había un poco de niebla en ese punto alto del camino, y ella no podía ver en la distancia. Annelise miró en la dirección en la que estaban cabalgando y dio un profundo suspiro. Habían subido una elevación, aunque ella no estaba segura de que llegaran la cima.

Ahora ella notaba que el aire tenía un poco de aspereza, lo que le recordó a Kinfairlie.

El mar estaba más adelante.

"Este es el camino a esa propiedad," adivinó ella. "La que se menciona en el cuento de Andrew, en ese punto apertrechado sobre el mar."

"Killairig," admitió Garrett.

"El cuento de tu madre era un cuento de Killairig, aunque disfrazado como Broceliande," adivinó Annelise, aunque no había duda en su tono. "Lo que significa que tú eres el hijo dorado y legítimo heredero, y vamos en camino a reclamar tu legado. Pero el lobo quería detenernos. ¿Por qué?"

Garrett ignoró sus palabras, pero ella había esperado eso, Garrett estaba sujetando el mando de su cuchillo, su atención fija en la muy asustada Yseult, Annelise estaba segura de que él estaba escuchando los pensamientos de la yegua, decidiendo cuando sería mejor sujetarla. Yseult sacudía la cabeza y caminaba adelante y atrás, su paso alto y su mirada fija en ellos. Garrett estaba parado y observaba la yegua, contento de darle tiempo. Annelise admiró su paciencia.

"Pero si sabes el nombre de la propiedad, ¿Por qué no fuiste ahí antes?"

"Lo hice," murmuró él suavemente. "Pero no pude discutir mi caso."

Annelise recordó como él había estado afligido en la Fortaleza Seton y asintió entendiendo.

"No pasará otra vez," dijo Garrett con una resolución que le recordó a Annelise como su estado había empeorado cuando ella había ido a buscar a Isabella.

"Porque yo estaré contigo."

Garrett tomó su mano, levantando los dedos de Annelise hasta sus labios. "Tengo un mayor incentivo esta vez, y el poder del beso de mi dama para darme fuerzas."

Ella vio la duda en su mirada y tuvo que preguntar. ¿Eso es

suficiente?"

"Lo averiguaremos pronto," él se inclinó justo antes de capturar sus labios debajo de los suyos. Annelise no podía resistirse a su beso y se estiro hasta estar en punta de pies para saborearlo completamente. Que maravilloso que el placer solo incrementara cada vez que él la besaba, como si cada vez fuera la primera.

Y que promesa era eso para su futuro juntos.

¿Había sido ese el motivo por el que el lobo había interrumpido su camino? ¿Sabía el lobo que el afecto de Annelise no sería suficiente para sanar a Garrett? Annelise no podía perderlo. Ella no iba a perderlo.

Fue entonces que ella se dio cuenta de que no podía dejar el futuro a la suerte.

Ella sellaría sus destinos, y lo haría ese mismo día.

CAPÍTULO 10

Una vez más, cuando besó a Annelise, un poder curativo se apoderó de Garrett. El beso de Annelise era todo lo que deseaba y más. Él bebió profundamente de lo que ella le daba de buena gana y luego, de mala gana, levantó la cabeza para mirarla. Sus ojos brillaban y sus labios estaban hinchados, un leve rubor manchaba sus mejillas. Era una doncella tan encantadora que sus siguientes palabras lo asombraron.

"Deberíamos tener intimidad", dijo ella sin hacer una pausa para tomar un respiro.

Garrett la miró fijamente. "Creía que nos encontraríamos en la cama después de casarnos. Sabes que no puedo pedir tu mano con honor hasta que reclame mi derecho de nacimiento."

Los labios de Annelise se tensaron. "Sé que Orson me habría obligado a casarme con él, al obligarme a estar con él anoche".

Ella tenía razón, y eso hizo poco por complacer a Garrett. "Orson está muy por detrás de nosotros..."

"¿Estás seguro? Bien podríamos ser perseguidos."

"Yo lo sabría. Él tomó el otro camino, el camino a Kinfairlie. Él creyó en nuestra artimaña."

Annelise se mordió el labio mientras lo miraba, el movimiento de sus dientes le hizo pensar en reclamar otro beso. "No estoy convencida de que tengamos tiempo", protestó ella. "Y no veo la causa del retraso. ¡Podríamos hacer el amor y garantizar el asunto!"

"Y tu hermano no me consideraría mejor que Orson", respondió Garrett, aumentando su molestia. "Quiero que tu familia me considere un hombre de honor."

"Me gustaría asegurarme de que mi elección prevalezca".

"Annelise, solo pido paciencia".

"Todo el mundo pide sólo paciencia", dijo ella con disgusto. "Una vez tuve en abundancia, pero ahora me falta". Ella lo miró con indignación. "Quizás no desees realmente casarte conmigo."

"No si estarías mejor sin mí", dijo Garrett, porque podía confiarle esa verdad. "Y hasta que reclame lo que me corresponde, tú estarías mejor sin mí".

Annelise apoyó las manos en las caderas, sus ojos brillaban de la manera más seductora. "¡Yo no estaría mejor!" argumentó ella. "Viviría contigo y sería feliz, incluso si no tuvieras nada a tu nombre. Me cuidarías y me tratarías bien, y eso tiene más valor para mí que el sello para sostenerlo en la mano."

"Podrías cambiar de opinión cuando tengas un bebé en tus brazos, mi señora". Garrett se inclinó hacia ella y le dejó ver su determinación. "No serás mi esposa hasta que esté seguro de que tendrás consuelo en mi hogar. Pediré tu mano honorablemente y no cometeré ningún acto que te obligue a casarte conmigo de cualquier manera."

"Honorablemente," repitió Annelise, su insatisfacción clara. "Te preocupas más por el honor que por el amor".

"Sé que el amor puede desvanecerse sin el honor que lo defienda. Sé que el amor no alimentará a una familia ni construirá un techo sobre nuestras cabezas."

"¿No tenías amor cuando eras niño? ¿No fue suficiente?

"Yo sabía poco entonces, y vivía sin ninguna mujer noble."

"¡Así que es mi nacimiento el que está en juego! Si yo fuera una cabrera como Bess, ¿creerías que tu amor es suficiente?"

"No importa, porque no eres una cabrera. Mi señora, debes confiar en mi camino."

"Y tú debes ceder al mío." Su resolución era clara. "Orson podría perseguirnos, sorprendernos y violarme, incluso ante tus ojos para ver su voluntad triunfante." Garrett estaba horrorizado por la idea. Annelise lo fulminó con la mirada. "La única forma de asegurarse de que no pueda hacer eso es anticiparse a él. Debes tomar mi virginidad."

"¡No hasta nuestra noche de bodas!"

Sus miradas se cruzaron y se mantuvieron por un momento cargado, cada uno tan convencido de su argumento como el otro. Entonces Annelise sonrió con tanta timidez que Garrett solo pudo pensar en sus dulces besos. "Tendré que seducirte", juró ella. "Vendré a ti por la noche y no podrás resistirte".

Garrett sonrió a su pesar, divertido por la idea de que Annelise lo reclamara contra su voluntad.

"No te rías de mí", reprendió ella, sus propios ojos bailando. "Sé poco del arte del amor, pero donde hay voluntad, hay una manera."

"Puede que seas inocente, mi señora, pero eso no significa que no tengas atractivo".

Entonces ella se sonrojó, aunque él pudo ver que estaba complacida. "Entonces confirmas que mi estrategia podría funcionar", susurró ella con alegría.

"Confirmo que me has seducido por completo".

"Al igual que la doncella de plata, Florine", dijo Annelise con satisfacción y su corazón se hundió. Hoy no volvería a oír hablar de la bondad de los lobos. "Aunque no soy hada, si me traicionas como el señor en ese cuento traicionó a su dama, será tu corazón asado por la cena."

Garrett se inclinó ante su tono burlón. "Recibo una advertencia justa. De la misma forma que debes tomar la advertencia de que no me mostraré como Orson."

"Ya veremos", dijo Annelise en voz baja.

Garrett, sin embargo, no tenía intención de pasar una noche en ningún lugar donde ella pudiera lanzar su plan. Él señaló a la yegua, que ahora se había calmado lo suficiente como para pastar con cautela al costado del camino. Ella todavía los miraba con atención y estaba menos preocupada por su comida que por ellos. "Ahora, ¿qué hay de Yseult?"

Annelise hizo una mueca y cruzó los brazos sobre el pecho, incluso mientras observaba a la yegua. "Si tan solo tuviera una manzana. Ella hará mucho por una."

Garrett escuchó cómo la yegua asociaba las manzanas con Annelise. Parte de la razón por la que los examinaba tan de cerca era su convicción de que Annelise debía tener una.

Ajena a las expectativas de la yegua, Annelise suspiró. "Hay una en mi bolsa, pero está atada a la silla". Ella le dirigió una mirada brillante. "Estás más preparado para ir a buscarla, ya que puedes anticipar lo que hará".

Sin darle una respuesta, Garrett se acercó al caballo. Extendió la mano mientras la yegua lo miraba y escuchaba el eco de su interés. Su cola se agitó y sus orejas se erizaron. Él avanzó lentamente por el camino, para no asustarla, y sintió que la curiosidad de la yegua abrumaba su miedo.

Garrett abrió su bolsa lentamente, como si tuviera un regalo, caminando hacia adelante todo el tiempo. La yegua sacudió la cabeza, pero él pudo escuchar que estaba intrigada. Dio un paso hacia él y relinchó suavemente, estirando la nariz para tratar de ver lo que llevaba. Él retiró la mano, como si tuviera un premio en su interior, y ella aguzó el oído. Él estaba tan cerca que casi podía agarrar las riendas. Dos pasos más y la tendría.

Ella se inclinó más cerca.

Dio otro paso, lentamente.

Ella se inclinó hacia su mano y le enseñó los dientes como si fuera a morder.

Su nariz se movió al darse cuenta de que él no tenía nada que ofrecerle.

Garrett sabía que Yseult tenía la intención de salir corriendo un instante antes de que ella lo hiciera. Él saltó hacia adelante y agarró su brida, incluso cuando sus fosas nasales se ensancharon.

La yegua retrocedió y sacudió la cabeza, no le gustaba que la hubieran atrapado. Ella tiró de las riendas y luchó contra el freno, luego lo miró con recelo. Un mordisco en el hombro de Garrett pareció satisfacerla, luego hundió la nariz en su bolso en demanda. No llevaba nada y ella le dirigió una mirada de disgusto que lo decía todo.

Para entonces, Garrett había recuperado una manzana de la bolsa de Annelise. Se lo ofreció a la yegua en la palma de su mano y su humor mejoró. Yseult la aceptó con deleite, masticando ruidosamente mientras la conducía de regreso a Annelise.

Annelise lo estaba mirando con expresión pensativa. "Así que también puedes escuchar los pensamientos de otras criaturas", dijo.

Garrett no estuvo de acuerdo ni en desacuerdo. "Suenas segura de ello."

"Ese es el truco favorito de Yseult. La anticipaste como si la hubieras montado tantas veces como yo. Tu don resulta sumamente útil en esto."

Garrett le rodeó la cintura con las manos y la subió a la silla. "Es una maldición y siempre lo ha sido".

Ella lo miró con sorpresa. "Es un talento que se puede utilizar para ayudarnos".

"Tiene una carga oscura, mi señora", insistió Garrett, incluso cuando se subió a la silla detrás de ella. "Y una que se volvió más pesada últimamente".

"Sin embargo, una no me confiarás". La insatisfacción de la dama con eso era clara, al igual que su confianza en que él no cambiaría de opinión.

Garrett le dio a Yseult con sus talones. La yegua galopó por el camino, tal vez queriendo poner el encuentro con el lobo lo más atrás posible. La niebla era más espesa en ese lado de la cresta rocosa, como si el viento del mar la hubiera amontonado contra la cima, y el camino por delante estaba cubierto en blanco.

"Descubriré tus secretos," dijo Annelise a la ligera. "En verdad, podría conocerlos todos antes de que nos casemos".

Pero Garrett no pudo responder, excepto con un grito ahogado. Sin previo aviso, esa malicia se disparó en su mente como una daga clavada en su cerebro. Él hizo una mueca de dolor, incluso cuando perdió la capacidad de razonar con claridad. Ni siquiera podía sentarse con la espalda recta, la fuerza del odio lo hacía balancearse en la silla. Su agarre flaqueó sobre las riendas y tembló como un hombre enfermo.

"¡Garrett!" él sintió las yemas de los dedos de Annelise en su rostro, pero no pudo abrir los ojos. "¿Qué escuchaste?" susurró ella, pero él solo pudo gemir.

Sintió que su conciencia se desvanecía y temió lo peor.

"¡Una trampa!" Dijo Annelise. "Nuestro camino ha sido anticipado. El lobo trató de advertirnos, pero fuiste demasiado terco para prestarle atención."

Garrett no podía defenderse.

Annelise, sin embargo, tomó una decisión que él no esperaba. Pasó la pierna por encima de la silla y dio una patada en los estribos. Ella tomó las riendas de sus manos y giró a Yseult con pericia, mostrando su familiaridad y habilidad con los caballos. Garrett fue cambiado de jinete a equipaje en un abrir y cerrar de ojos, su tímida doncella tomó el mando del caballo con facilidad.

"—Sujétate, Garrett, porque no podré levantarte si te caes" —le ordenó ella con firmeza.

Garrett estaba perdido en una bruma de agonía. Él se aferró a la cintura de su dama, incluso mientras trabajaba bajo la aplastante fuerza del odio. Cerró los ojos y apoyó la frente en su hombro, confiando en que ella los pondría a salvo.

Y sea alegró más que nada de tener un aliado en eso.

Quizás ella tenía razón. Tal vez deberían sellar sus destinos juntos y asegurarse de que ella fuera su esposa, cualquiera que fuera su fortuna. Pero Garrett luchó contra esa idea, temiendo que fuera egoísmo de su parte, y que su dama fuera la que pagara el precio.

Él no podía soportar verla decepcionada, menos por su culpa.

ANNELISE NO SABÍA quién los perseguía, pero confiaba implícitamente en el don de Garrett. También estaba convencida de que el lobo blanco era su aliado. Él sufría de alguna aflicción, exactamente igual que en la Fortaleza Seton. Su respiración era superficial en su hombro y se había puesto pálido. Ella había visto el sudor en sus sienes y sentía el temblor en sus manos.

Dependía de ella garantizar su seguridad. Annelise había girado a la yegua y huían por donde habían venido. Yseult seguramente estaba cansada, pero debía sentir el miedo de Annelise. Corría como se le pedía, excediendo incluso las esperanzas de velocidad de Annelise. Llegaron a la bifurcación en la cima de la colina donde había aparecido el lobo, y Annelise regresó por la cima de las colinas hacia la Fortaleza Seton. Ella alabó en silencio la densa niebla, luego instó a Yseult a que se internara en el bosque al lado del otro camino que se ramificaba. Ella robaría el truco de Garrett.

Annelise se adentró lo suficiente en las sombras para que no se vieran fácilmente desde el camino y luego desmontó. Ella aún podía ver el camino y sabía que al menos vería a cualquier alma que pasara a caballo. Garrett se desplomó hacia adelante, pero ella se aseguró de que él estuviera sobre la parte delantera de la silla y se balanceara allí. Luego puso su mano sobre el hocico de Yseult, sosteniendo las riendas con fuerza mientras miraba y esperaba.

No pasó mucho tiempo antes de que escuchara el sonido de los cascos. Yseult miró hacia arriba con interés, pero Annelise se aseguró de que la yegua no pudiera dar la bienvenida a otro de su especie. Un caballo pasó corriendo y tomó el camino de regreso a la Fortaleza Seton.

Se habrían cruzado en su camino si hubieran continuado.

El corazón de Annelise se congeló cuando vio el destello de una cota de malla. No era común que un caballero estuviera en esa vecindad. Si los perseguía un caballero, ella no tenía mucho tiempo para asegurarse de que escaparan. Yseult corría más rápido que un palafrén, pero no tan rápido como un caballo. Si el caballero los buscaba, era probable que retrocediera en algún momento y buscara pistas de su camino. Incluso si no los buscaba, Orson podría perseguirlos hasta ese punto.

Annelise decidió confiar en el lobo. El camino se bifurcaba justo antes de que se encontraran con el lobo, y Annelise decidió creer que el lobo quería que tomaran el camino más pequeño que se bifurcaba a un lado. Ella tenía que darse prisa. Condujo a Yseult a través del bosque una buena distancia antes de atreverse a llevar a la yegua por el camino más estrecho y accidentado. Estaban en una curva y fuera de la vista de la bifurcación, según el plan de Annelise, cuando ella se paró junto a Yseult, escuchando.

Todo lo que podía oír era el agua que goteaba de los árboles.

"Se fue", susurró Garrett. "Por ahora." Él se incorporó con esfuerzo y se pasó una mano por los ojos. Aunque todavía parecía preocupado, Annelise se alegró de verlo mejor.

"No hay un tronco para pararme", dijo ella, como si nada estuviera mal. "Te has despertado a tiempo para echarme una mano".

Garrett sonrió levemente y se agachó para ayudarla a subir a la silla delante de él. Una vez más, Annelise reclamó los estribos.

"Lo siento, mi señora."

"Estás enfermo y encontraré un refugio", dijo ella rotundamente. "Necesitamos descanso y calor. Yseult no puede correr mucho más lejos y tú debes tener tanto frío como yo. ¿Conoces esta región?"

Garrett negó con la cabeza y luego volvió a inclinar la frente hacia ella. Respiró hondo y Annelise esperaba que estuviera sacando fuerzas de ella. "No tan bien."

"Has estado en esa propiedad sólo una vez", le recordó ella.

"Llegué y salí por otro camino, uno cerca del mar".

"Está claro que alguien no desea que regreses allí".

Garrett se quedó en silencio, y en esto, Annelise supo que él estaba de acuerdo.

"¿Sabes quién?"

Ella lo sintió negar con la cabeza. "Sólo sé que me desprecian".

"¿Es lo mismo que en la Fortaleza Seton?"

Garrett asintió y Annelise consideró esto. Alguien había estado en ambos lugares y despreciaba a Garrett. Alguien con cota de malla. ¿Era Orson? ¿Andrew? Pero, ¿cómo se las arreglaría alguno de ellos para estar en el camino delante de ellos cuando los perseguían? Quizás había habido otra alma allí, una que no había usado una cota de malla en esa compañía.

Annelise no lo sabía. "El jinete llevaba una cota de malla", le dijo a Garrett y él contuvo el aliento. "Y se anticipó a tu meta. Quizás el detalle del hijo tiene mérito, y te vería muerto para no perder todo lo que espera ganar."

Garrett no argumentó que se trataba de un cuento, lo que le dijo mucho a Annelise.

"¿Pero quién es el hijo?" susurró él.

Annelise no tenía respuesta a eso.

YSEULT ESTABA SUBIENDO por el sendero rocoso, progresando constantemente, aunque claramente estaba cansada. No había ni rastro de una vivienda e incluso el camino era tan estrecho que dejaba mucho a la imaginación. Annelise podría haber creído que habían cabalgado más allá de la civilización.

"Debemos detenernos pronto", le dijo a Garrett.

"Si nos detenemos, nos encontrarán".

"Deberíamos encontrar una aldea o asentamiento, uno donde podamos escondernos".

Miró hacia atrás para ver a Garrett apretar los dientes. "Me quedaría en el bosque".

"Y entiendo por qué". Annelise se estremeció y luego estornudó de repente. "Estamos muy mojados y helados. Necesitamos un fuego, pero ¿cómo encenderás uno en el bosque en medio de esta lluvia?

"Se puede gestionar", afirmó él, pero con menos convicción que antes.

"Y hará mucho humo", dijo Annelise rotundamente. "¿No crees que se verá tal señal? Dentro de una aldea, siempre hay humo de un fuego. No llama la atención en sí mismo." Ella sostuvo su mirada. "Debes dominar el arte de soportar esas voces en competencia y descubrir cuánta ayuda puedes sacar de mi presencia. Debes ponerte a prueba donde importa menos, antes de ir a Killairig."

Él la miró, pero no negó de inmediato su sugerencia.

Annelise decidió sentirse alentada por eso, aunque sabía cómo podría convencerlo de que lo hiciera. "Ellos conocen tu don".

"Mi maldición", corrigió él.

Annelise continuó. "No pensarán que puedes soportar estar en compañía, por lo que no nos buscarán entre otros." La consideración amaneció en sus ojos ante sus palabras. "Podemos escondernos mejor entre la multitud, Garrett".

Garrett la consideró por un momento, luego asintió una vez. "Hablas con buen sentido, señora mía", murmuró, luego señaló otro camino que serpenteaba a la izquierda. "Escucho hombres allá". El camino subía nuevamente y luego sobre las colinas, volviéndose más rocoso con cada paso.

Para alivio de Annelise, cada momento que pasaba parecía fortalecer a Garrett. Él incluso desmontó para liderar a Yseult cuando la tierra se volvió más áspera. Él se detenía a intervalos para mirar hacia atrás y escuchar. Annelise no escuchaba nada, pero confiaba en que él vería más que ella.

Después de haber alcanzado la cima de otra elevación, la tierra comenzó a decaer. Atravesaron lo último del bosque y se encontraron con la agradable luz del sol. Un valle lleno de brezos se extendía a sus pies. La luz del sol se sentía maravillosa y cálida, un cambio muy bienvenido después de su viaje húmedo.

Garrett miró hacia atrás mientras cabalgaban hacia el valle, y Annelise no necesitaba la capacidad de leer sus pensamientos para reconocer el motivo de su preocupación. Estaban al aire libre y se podían ver desde una gran distancia. Solo cuando entraron en un bosque por el lado opuesto, la tensión se alivió de sus hombros, aunque mantuvo un paso rápido.

En la cima de la siguiente cresta más baja, Annelise vio la cinta de humo que se elevaba desde un asentamiento debajo. Ella señaló, pero Garrett ya había cerrado los ojos y se estremecía. De hecho, él había elegido el camino que los llevaba a un asentamiento.

"¿Cuántos hay?"

Quizá veinte hombres. Puede que haya más, porque sus pensamientos parecen extraordinariamente tranquilos." Él cuadró los hombros y miró hacia abajo de la colina, la incomodidad se mostraba en la línea de sus labios. Él le lanzó una mirada. "Te pediría que te quedaras a mi lado, Annelise".

"Puedes confiar en que lo haré", dijo ella con una sonrisa que parecía hacer poco para animarlo. "¿Puedes oír algún indicio de persecución?"

Garrett negó con la cabeza. "Aun así, me gustaría estar fuera de la vista lo antes posible". Su brazo estaba atrapado alrededor de la cintura de Annelise, acercándola a su calor y fuerza. Yseult debió de sentir que le esperaban comida y descanso porque empezó a galopar hacia el asentamiento.

Estaba hecho de vigas de madera, con una pared que rodeaba un grupo de pequeños edificios. Un río pasaba junto a él, con jardines cerca de esa corriente de agua. Annelise vio el crucifijo en una iglesia y notó las largas túnicas sin teñir de los hombres que trabajaban en el jardín en el mismo momento. Uno se enderezó y se echó el sombrero hacia atrás para mirarlos.

"Parece ser una casa religiosa", dijo Annelise, preocupada por la importancia de eso. "Espero que permitan que una mujer se refugie aquí".

Garrett no respondió. Él apoyó la frente en su hombro y Annelise sintió el sudor en sus sienes. "Debe haber cuarenta", susurró.

"Veré que todo se resuelva". Ella entrelazó sus dedos con los de él, sabiendo que a él le molestaría lo que diría, pero decidida a decirlo de todos modos. Ella no se separaría de él, no cuando él no se sentía bien y los perseguían. "De hecho, podría ser más fácil si estás enfermo".

"No estoy enfermo, Annelise."

"Ciertamente pareces estarlo", susurró ella. "Podrías arreglártelas para lucir aún peor para que no me prohíban cuidarte". Antes de que pudiera discutir, ella levantó una mano para saludar al hombre. "Buen hermano, ¿puedes ayudarnos?"

El hombre mayor y fornido caminó a grandes zancadas para recibirlos a su llamada. Su atuendo demostraba que era un monje, al igual que el crucifijo que llevaba alrededor del cuello. A Annelise le recordó al padre Malachy, que era el sacerdote de Kinfairlie, porque había un brillo en sus ojos que le hacía parecer extraordinariamente perceptivo. El monje tomó las riendas de la yegua, mostrando una comodidad con los caballos que convenció a Annelise de su confiabilidad. Yseult lo acarició con la nariz, como solía hacer con quienes se preocupaban mucho por los caballos.

El hombre sonrió ante el cariño de la yegua. "Usted monta un buen caballo, mi señora", dijo e Yseult arqueó el cuello ante su admiración. "He visto a los de su raza solo una vez antes". Annelise sintió un momento de alarma de que él pudiera adivinar su identidad, pero el monje solo admiraba a la yegua.

"En mis días de lucha, montaba un caballo tan negro como tú", le murmuró a Yseult. "Y qué buena criatura era". Pasó una mano por los flancos de Yseult, tranquilizándola con su toque, y Annelise no dudó que veía muchas cosas que otros podrían pasar por alto. Cuando miró a Garrett, el monje frunció el ceño. "Tu compañero está enfermo".

"Muy de repente, hermano, y temo seguir con él en este estado.

Vi el humo de sus cocinas y esperaba que pudieran darnos refugio durante unas horas."

El monje miró por encima de la falda de Annelise, su mirada detenida por un momento en la estrecha franja de bordado en el dobladillo y sus finos guantes de cuero. Luego consideró a Garrett, que vestía de manera más sencilla, y Annelise vio su conclusión.

"No es nuestra manera el rechazar a cualquiera que busque nuestra ayuda, y eres bienvenida aquí. Te pido disculpas, mi señora, pero no está permitido que una mujer pase entre los muros de nuestra sencilla morada. Sin embargo, puedes buscar refugio en nuestra capilla, mientras tu sirviente es atendido en nuestro dormitorio."

"No puede ser así", dijo Annelise, su voz firme con una autoridad que no sabía que poseía. "Me quedaré con mi señor esposo y ayudaré en su cuidado. ¿Podríamos permanecer los dos en los establos si yo no hablo con sus compañeros?"

El monje pareció asustado, pero asintió y se inclinó. "Por supuesto, mi señora."

Garrett se movió detrás de ella, como si se despertara con gran esfuerzo. Él tomó su mano y la puso sobre su bolso. "No mendigos", murmuró él y ella entendió lo que quería decir.

Ella le sonrió al monje. "Incluso cuando está enfermo, es muy práctico." Ella abrió el bolso de Garrett, esperando que hubiera alguna moneda dentro, y estuvo encantada de encontrar dos centavos de plata. Era una compensación más que suficiente por un día y una noche de alojamiento y comida.

Annelise se lo ofreció al monje, quien volvió a inclinarse cuando lo aceptó y la bendijo. Entonces alzó la voz levemente, haciendo señas a un muchacho más joven que debía estar entrenando para tomar sus votos religiosos. "William, lleva a nuestros invitados al establo y cuida a esta hermosa criatura" —le dio unas palmaditas en el costado a la yegua—, "cepíllala y aliméntala. Tendrás que ayudar a su señoría aquí, mientras yo mando a buscar a Fraser para que lo ayude a él."

"Sí, padre".

Annelise miró al hombre mayor con sorpresa, porque no se había dado cuenta de que él era el sacerdote, pero él le sonrió. "Padre Thomas", dijo con una leve reverencia. "Bienvenida, mi señora."

"Te agradezco tu hospitalidad, padre".

"La comida no será de la calidad que conoces, pero hay mucha. Nuevamente, debo disculparme por no invitarte a la mesa, pero te enviaré una comida en los establos."

"Gracias Padre. Eres muy amable ".

"Si me disculpas, mi señora, es hora de orar".

Annelise sonrió al sacerdote, más que contenta con su situación. William condujo a Yseult a los establos y la yegua fue muy complacida por la atención y el buen cuidado de los monjes. Fraser cargó a Garrett al desván, y Annelise solo vio un atisbo de azul entre los párpados de Garrett. Para su alivio, él continuaba fingiendo estar enfermo, aunque su malestar desconcertó a Fraser.

Al final, Fraser simplemente declaró que a Garrett se le debería permitir dormir y abandonó el desván. Se les trajo comida a los dos y los monjes se dedicaron a sus asuntos. En el silencio del desván, Annelise supo que había llegado el momento de su seducción.

Ella esperaba desesperadamente que Garrett no rechazara todo lo que le ofrecía.

Ella temía que hubiera más en juego de lo que él pensaba.

Stewart rara vez se sorprendía, pero se sorprendió cuando otro caballero apareció en el camino delante de ellos, cabalgando hacia ellos. Stewart reconoció la insignia de su armadura como la de Andrew. El caballero que se acercaba no llevaba su casco y su cabello era del mismo tono oscuro notable que el del compañero de Orson.

Pero, ¿cómo se las había arreglado Andrew para estar en ese lugar, cabalgando hacia ellos?

Ellos habían cabalgado la mayor parte de la mañana y, cuando paró la lluvia, incluso Orson se convenció de que la elección de Stewart había sido la correcta. Las hendiduras de cuatro grandes cascos herrados eran claras en el barro que se secaba, y Stewart sabía que solo un caballo del tamaño de Yseult podría haberlas hecho. Ella también galopaba, galopaba tan duro que estaba claro que su jinete deseaba llegar rápidamente a algún destino.

El camino había subido toda la mañana y se estaban acercando a una cresta cuando el otro caballero apareció a la vista. Como ellos, cabalgaba con vigor y velocidad.

El otro caballero debía haber cabalgado inmediatamente después de su propia partida, pero había cabalgado hacia el oeste en lugar de hacia el este. Evidentemente, él también había girado hacia atrás.

Incluso entonces, tenía poco sentido. Quizás no era Andrew.

Stewart apenas había pensado eso cuando Orson dio un grito de bienvenida. "¡Andrew! ¡Qué bueno encontrarte!"

La expresión de Andrew se oscureció levemente, como si no estuviera tan complacido de ver a su camarada. Pero luego sonrió y esa impresión fue descartada. Mientras se acercaba, Stewart notó que el caballo estaba resbaladizo por la transpiración, una señal de que había sido cabalgado con mucha fuerza. Stewart se preguntó si habría una ruta más directa que la que habían tomado. No le habría sorprendido saber que fuera así.

"¡Orson!" declaró Andrew. "¿Me atrevo a suponer que tu doncella no está en el camino entre aquí y la Fortaleza Seton?"

"De hecho no. El villano cabalga hacia el oeste, con ella en cautiverio." Orson frunció el ceño. "¿Pero cómo llegaste de regreso a la Fortaleza Seton?"

"Pensé en comprobar la otra dirección", dijo Andrew con una sonrisa. "Pero no hay ni rastro de ella en él".

"¿Ni rastro?" Stewart repitió. "¿Qué hay de estas huellas de cascos?"

El caballero más joven estaba visiblemente asombrado. "¡Pero no estaban allí cuando salí!" declaró. Él miró a su alrededor, escudriñando las sombras del bosque. "Si ninguno de los dos los pasamos, deben haberse salido del camino"

"¿Hay otros caminos en esta vecindad?" Orson le preguntó a Stewart.

"Un millar de caminos sin gran tamaño cruzan las Tierras Altas", admitió Stewart. "Un caballo podría ser conducido por cualquiera de ellos, pero no alcanzaría una gran velocidad".

"Entonces estamos frustrados", dijo Andrew con un suspiro. Su tono derrotado le pareció prematuro a Stewart. "Podrían estar en cualquier lugar. Temo que tu dama se haya perdido, Orson."

Stewart miró al caballero con sorpresa. "No creo que la búsqueda haya fracasado tan claramente como eso", dijo con severidad. "Me gustaría seguir las pistas para ver qué se puede descubrir."

"De hecho, Stewart podría ser un cazador", declaró Orson a su compañero caballero. "Sigue muy bien a su presa. Ya deberíamos haber estado cerca de Edimburgo, si no fuera por su buen ojo."

"¿Verdaderamente?" Andrew repitió, como asombrado.

Pero Stewart escuchó una nota en el tono de ese caballero que lo inquietó. Él seguía las huellas, conduciendo de nuevo a los caballeros hacia el oeste. Caminó con el caballo, no queriendo perderse ninguna pista y no dudaba que su caballo agradecería el indulto. Mientras tanto, los caballeros charlaban. En realidad, Stewart notó que Orson dominaba la conversación, hablando interminablemente sobre la ventaja que obtendría al casarse con Annelise y dándole consejos a Andrew sobre la mejor manera de promover su carrera.

"¿No tienes propiedad, entonces, señor Andrew?" se atrevió a preguntar.

Orson se rio. "Él tiene un legado, Stewart, y algún día será un Señor de Fortaleza por derecho propio".

"No se puede confiar en esas cosas", dijo Andrew rápidamente y con aparente modestia. "Una herencia se reclama solo cuando el sello se coloca en la mano de un hombre y el anillo de sello en su dedo."

Stewart asintió con la cabeza a la verdad en eso. "No se debe contar con el futuro antes de que sea el presente", dijo, mirando al suelo todo el tiempo.

"¡Disparates! Ganarás Killairig y lo reconstruirás", dijo Orson con confianza. Andrew lanzó una mirada furiosa al otro caballero, de lo que Orson no se dio cuenta. "Porque tendrás amigos poderosos que te ayudarán". Evidentemente, Orson se contaba a sí mismo en esa compañía.

"—Killairig" —repitió Stewart y supo qué historia se le había escapado durante toda la noche.

"¿Has oído hablar de ese lugar?" Orson preguntó con deleite.

"Sí, un poco".

"¡Verás, Andrew, serás un hombre de renombre en toda Escocia!"

"Sin embargo, nunca lo he visto", reconoció Stewart. El joven caballero fingió desinterés, pero Stewart no se dejaba engañar.

La historia que Stewart había oído de Killairig era que la propiedad estaba maldita, porque el Señor había asesinado a su esposa y había expulsado a su hijo pequeño a instancias de su amante, luego se había casado con el amante y había nombrado a su hijo como su heredero. El hijo en cuestión bien podría tener dudas sobre la seguridad de su legado en ese caso. Stewart miró de reojo a Andrew y se preguntó.

Killairig no estaba tan lejos.

Ahora que consideraba el asunto, Stewart se dio cuenta de que Killairig estaba ubicado cerca del final de ese camino, el camino que el cazador había elegido para montar con Annelise. ¿Podría él ser el hijo perdido que busca su legado robado?

¿O era simplemente una fábula romántica?

Stewart reflexionó sobre todo esto mientras seguía las huellas de Yseult. El caballo había sido frenado a un galope, sin duda porque el jinete creía que no lo perseguían. Él deseó haber estado seguro de que Annelise estaba a salvo, pero no había forma de saberlo con certeza.

Hasta que las huellas de los caballos se detuvieron abruptamente. Stewart desmontó para estudiar las huellas, notando cómo el caballo había brincado en su lugar.

Como si tuviera miedo.

¿De qué? Stewart regresó al camino para estudiar su superficie. Vio las huellas del lobo en el barro. La criatura había perseguido al caballo y luego había huido al bosque. El caballo se había mantenido firme, haciendo cabriolas, y luego había sido montado hacia adelante. Había dos pares de huellas, las de un hombre y las de una mujer. Stewart regresó al lugar donde el caballo había dejado el camino y siguió sus huellas en la maleza.

Él siguió con cuidado. Las plantas habían sido pisoteadas por el caballo, las ramas de los arbustos a ambos lados se habían doblado por su paso. Él supuso por la altura que el caballo había tenido un jinete, luego se agachó cuando vió una huella que le dio mucha satisfacción.

Era la marca de una bota de dama.

¡Annelise!

Ella había hecho girar el caballo en ese lugar. Stewart se volvió y miró hacia atrás. Ella había observado el camino, supuso, y luego había conducido al caballo hacia adelante. Él no había mentido: había mil caminos en ese bosque y sus posibilidades de encontrarla eran bajas. Mientras el barro húmedo se secara en el camino, ni siquiera Yseult dejaría señales de su paso.

Stewart miró hacia abajo. Annelise había optado por dejar el camino. Y Andrew había pasado galopando por ese lugar, corriendo hacia él y Orson. Stewart no creía que Garrett lastimaría a Annelise y recordó su molestia con Murdoch la noche anterior. Ella había llamado a Orson mentiroso sobre la piel de lobo y había insistido en que se casaría con el hombre de su elección, como Alexander había prometido que podría hacer. Él había escuchado su determinación y supuso que ella sabía la verdad.

Annelise había elegido al cazador. Él debía de estar en la silla, tal vez tan afligido como antes, pero Annelise no lo había abandonado. Ella no había llamado a Andrew ni había elegido cabalgar de regreso a la Fortaleza Seton. Esa elección le decía a Stewart todo lo que necesitaba saber. Ella estaba a salvo y él la ayudaría en todo lo que pudiera.

Orson había vuelto a mentir al declarar que Garrett había agredido a Annelise. Parecía que se atribuiría el mérito de todas las buenas acciones del cazador y lo culparía por todas las suyas.

Stewart estaba pensando en un legado negado y solo podía pensar en una razón por la que el cazador habría elegido cabalgar en esa dirección. Si la intención del hombre era honorable, él desearía tener un legado para pedir la mano de su dama y proporcionarle un futuro. ¿Por qué, también Andrew habría adivinado que lo buscaría en esta dirección, a menos que Stewart tuviera razón?

La respuesta a muchas preguntas parecía estar en Killairig. Si las sospechas de Stewart eran correctas, dondequiera que hubiera ido el cazador, llegaría a ese lugar a tiempo. Si se equivocaba, aún podía ver satisfecha su curiosidad.

"¿Bien?" gritó Orson desde el camino, su impaciencia era clara. "No me digas que debemos atravesar este salvaje bosque."

Stewart pisó deliberadamente las huellas de Annelise, ocultándolas para siempre. "No, mi señor, estaba equivocado. Debe haber sido un animal salvaje el que pasó por aquí, tal vez un oso ".

"O un lobo". Orson se estremeció cuando Stewart regresó al camino. "¿Ahora qué?"

Stewart suspiró y trató de parecer desanimado. Me temo que sir Andrew habla bien. Los hemos perdido de verdad." Se frotó la frente con aparente agotamiento. "No puedo imaginar que los encontraremos a tiempo para salvar a la dama, por mucho que me duela admitirlo."

Orson suspiró. "Es una pena. Ella mostraba tal promesa, pero no aceptaré una novia deshonrada."

Percy hizo una mueca visible ante ese comentario, aunque solo Stewart lo notó.

"Es una pena que la Fortaleza Seton esté tan lejos de aquí", dijo Stewart, llenando su voz de pesar. "Los caballos necesitan comida y descanso, y yo sería un hombre feliz si tuviera una comida caliente en mi estómago. ¿Cuántas millas crees que hemos recorrido, Sir Orson? Un hombre podría recibir un descanso de la silla de montar."

"Es poco lo que se puede hacer", dijo Andrew secamente, girando su caballo hacia la Fortaleza Seton. "No hay posadas en este territorio".

Los rasgos de Orson se iluminaron. "¡Y lo sabes porque has tomado este camino antes!" declaró con deleite. "Andrew, Killairig debe estar cerca de este lugar. ¿No podríamos imponernos a tu padre por una noche o dos y vernos renovados?"

"Creo que es un viaje demasiado lejos..."

"¡Disparates! Incluso si está más lejos que la Fortaleza Seton, me gustaría ver el lugar de tus orígenes. Piensa, Andrew, que si yo fuera más consciente de Killairig y de los desafíos a los que te enfrentas, mejor dispuesto estaré para ayudarte cuando se convierta en tuyo."

Andrew no pareció dejarse influir por esto.

Orson bajó la voz. "Incluso podría ayudarte con una novia, especialmente si mi favor se ha ganado con una buena noche de sueño."

Stewart permitió que se mostrara su anticipación. "De verdad, sir Andrew, sería muy amable de tu parte invitarnos a la casa de tu padre." Él hizo una profunda reverencia, incluso cuando Orson bajó la voz a un siseo.

"Esto es lo que he estado tratando de enseñarte, Andrew. Debes mostrar gracia en cada situación, incluso si la hospitalidad no es precisamente tuya para ofrecerla."

Stewart reprimió una sonrisa cuando Andrew levantó la voz,

sabiendo que el caballero más joven había sido acorralado por el mayor.

"Por supuesto", declaró Andrew. "Me gustaría mucho aprovechar la oportunidad para visitar. Solo quería evitarles molestias en el viaje."

"Inconveniente, tu nombre es Escocia", declaró Orson. "—En verdad, Andrew, no hay nada más bárbaro que pasar una noche en el bosque. Incluso si es tarde cuando lleguemos, estaré tan encantado de llegar a Killairig que puedo besar el umbral en mi alivio."

CAPÍTULO 11

Cuando entraron en el asentamiento de los monjes, la presión de la malicia había desaparecido. Aun así, el tumulto de los muchos pensamientos a su alrededor confundía y desorientaba a Garrett, lo que le dificultaba tener una idea de lo que lo rodeaba. Él podría haber estado perdido en una densa niebla, esforzándose por escapar de una oscura amenaza. Era extraño cómo su maldición se había vuelto mucho peor después de visitar Killairig.

Él era muy consciente de Annelise. Su presencia era como una luz en el olvido. Garrett sacaba fuerzas de la sensación de su mano sobre la suya y del resplandor de sus pensamientos. No sabía cuánto tiempo había dormido, sintiendo consuelo con su toque. Él estaba más abrigado de lo que había estado y su ropa era diferente. Seca. Él podía oler y oír a los caballos, sus pensamientos en paz mientras comían y dormitaban. Le llegó una oración, una pronunciada al mismo tiempo por varias decenas de hombres y resonando al mismo tiempo en los pensamientos de todos ellos.

Garrett exhaló un suspiro. Se sentía muy recuperado, aunque todavía no completamente él mismo. Sabía que eso se debía a Annelise y sintió un profundo alivio por no estar solo. Él abrió los ojos, solo queriendo agradecerle.

En cambio, se enfrentó a una visión de belleza que lo dejó sin aliento. Garrett pensó al principio que estaba siendo visitado por un ángel, porque esa oración todavía resonaba en su mente. El desván del establo se había sumido en la oscuridad. No había ninguna linterna encendida, solo una pequeña luz plateada de la luna, pintando un parche en el suelo y dando algo de iluminación al interior. La luz destellaba en el largo cabello de la doncella que tenía ante él, que caía en ondas castañas sueltas y colgaba más allá de sus caderas. Ella llevaba los pies descalzos y solo vestía una camisola transparente, una que ofrecía tentadoras sombras de las curvas ocultas debajo de ella.

Annelise. La boca de Garrett se secó. Ella era más hermosa cada vez que la veía. Él había estado fascinado al primer vistazo, pero ella había cambiado desde entonces. Ella estaba un poco más erguida y alta, y su sonrisa tenía más confianza en sus elecciones. Su mirada se cruzaba con la de él más a menudo, en lugar de bajar recatadamente, y sus ojos brillaban con fuego esmeralda. Su corazón latía con fuerza porque ella había elegido estar con él y anhelaba demostrar que era digno de ella.

Ella lo miró con una sonrisa mientras pasaba el peine por sus sedosos cabellos. Garrett podría haberla mirado todos los días y todas las noches de su vida.

Annelise dejó el peine y alcanzó el lazo de su camisola. "Buenas noches, esposo", susurró ella. Garrett tenía un vago recuerdo de que ella había afirmado esa falsedad antes. Él podría haber discutido con ella al respecto, pero ella desató el lazo y dejó que la camisola le cayera sobre los hombros.

Garrett no pudo evitar mirar. Sus pechos estaban dulcemente redondeados, su cintura era delgada y sus piernas delicadas. Ella tenía suficientes curvas para tentarlo de verdad, pero estaba tan delicadamente forjada que él temió lastimarla. Pensó en doncellas hadas, en flores a la luz del sol, en mariposas y pájaros pequeños. Su piel era tan clara que parecía brillar a la luz de la luna, y su cabello castaño rojizo era como un río de fuego.

Ella se arrodilló a su lado y puso una mano sobre su pecho. Su cabello se derramó sobre sus hombros para caer contra él y Garrett no pudo evitar tocarlo. Era suave, tan suave, que quería enterrar los dedos en él. Ella se inclinó y tocó fugazmente sus labios con los de él, enviando calor a través de sus venas.

"Annelise, no debes", susurró él, recordando su intención de seducirlo. Él quería reclamarla tanto y sabía que no estaba en condiciones de negar la tentación. Anhelaba poseerla y temía que, si ella lo tocaba más de lo que lo había hecho hasta ahora, él no podría resistirse.

"Debo", dijo ella con firmeza. "Te lo dije una vez, pero cedí a tu noción de lo que sería correcto. Y así es que nos persiguen y no somos más fuertes en nuestra situación que antes." Había un hilo de acero en su voz, uno que lo asombró tanto como la determinación en sus ojos. "Haremos esto, Garrett, porque lo he decidido. Esto asegurará de que Alexander no pueda negar mi elección."

"Pero no estamos casados. No quiero deshonrarte, Annelise..."

Él se las arregló para no decir más porque ella lo silenció con un beso.

"El matrimonio es el único sacramento para el que no necesitamos un sacerdote", dijo ella, y sus dedos desataron la camisa de él con una velocidad que lo distraía. "Confío en ti o no te elegiría como mi esposo". Ella le había quitado la camisa de los hombros y le había desatado la camisola antes de que él pudiera detenerla, y de hecho, él estaba perdiendo la poca determinación que tenía para detener su acto. Sus manos estaban sobre su pecho desnudo, sus dedos lucían pequeños y delicados contra su piel. Ella pasó la palma de las manos por encima de él, con admiración en los ojos. "—Estás bien trabajado, esposo" —susurró ella, con expresión de picardía.

"Annelise, te atreves demasiado".

"Y tú discutes demasiado". Sus ojos brillaron. "Podría llegar a creer que realmente no me deseas."

Garrett abrió la boca para argumentar eso, pero luego sus dedos cayeron a su cintura. Él contuvo el aliento ante su caricia segura, luego vió su sonrisa.

"Pero sé que sí", confesó ella.

Garrett no supo qué decir. La combinación de su confianza y su inocencia lo dejó emocionado pero receloso de moverse demasiado rápido. Él decidió dejar que ella marcara el ritmo, para que pudiera descubrir mejor las diferencias entre sus cuerpos.

Ella se puso de pie y alcanzó un cubo que él solo notaba ahora y sumergió una esponja en el agua que contenía. Mientras él miraba, paralizado, ella se lavó de la cabeza a los pies. Garrett observó cómo el jabón formaba espuma contra su piel y el agua corría en riachuelos sobre su cuerpo. Él se apoyó en su codo y se habría levantado para ayudarla, pero Annelise lo detuvo con la punta de un dedo.

"Quiero que veas todo lo que soy", dijo ella.

Garrett permaneció en su lugar a regañadientes, preguntándose qué había planeado su doncella. Ella se volvió ante él mientras se lavaba, lanzándole miradas llenas de tentación incluso mientras se sonrojaba. Él la miró y la admiró, su deseo se duplicó y se redobló. Él podía olerla y verla, y no había nada en sus pensamientos más que Annelise.

Y cómo la haría suya.

Cuando finalmente su piel estuvo limpia y brillante, ella se secó con mucha lentitud. Luego volvió a arrodillarse a su lado otra vez, con esa sonrisa juguetona curvando sus labios. Su mano se deslizó debajo de su tartán para cerrarse sobre su erección y Garrett se sintió abrumado por su toque. Él susurró su nombre y ella se rio.

"¿Cedes a mi demanda, esposo?"

"No puedo hacer otra cosa. Y sería grosero negarme a una dama." Él no pudo evitar burlarse de ella. "Si no fueras una doncella, podría haber pensado que planeabas hacer imposible que me resistiera".

Annelise se rio. Ella lo acarició con las yemas de los dedos, su toque lo mareó. "No soy tan inocente como cabría esperar, esposo", susurró ella, con los ojos bailando. "He sido testigo de la cría de las yeguas en Kinfairlie y he escuchado mucho en los susurros de mis hermanas casadas". Sus dedos lo acariciaron con seguridad, haciéndolo jadear. "Sé lo que hay aquí y hacia dónde debe ir". Ella se mordió el labio, su anticipación clara. "Aunque este será el primero de un hombre que he visto".

Garrett hizo todo lo posible para recostarse y dejar que ella lo explorara. Annelise vaciló solo un momento antes de desenvolver su falda escocesa y extender el tartán. Garrett inhaló bruscamente cuando su erección se liberó de la presión de la tela. Los labios de Annelise se separaron mientras lo miraba. "Tan grande", murmuró ella, con la mirada fija en la de él mientras su confianza se debilitaba.

Él no necesitaba más estímulo que ese para tomar el mando. Garrett tomó a Annelise en sus brazos y la hizo rodar debajo de él, capturando sus labios debajo de los de él. Él había estado durmiendo sobre una pesada capa, acurrucado sobre un lecho de paja. La piel de Annelise era tan clara como la luz de la luna en contraste con la lana oscura. O tal vez era una perla en un entorno tosco. De cualquier manera, Garrett se aseguraría de que ella no se arrepintiera. La besó lenta y profundamente, incitándola a disfrutar del placer que podían compartir. Sus dedos se enrollaron en su cabello, atrayéndolo más cerca, luego sus brazos se enrollaron alrededor de su cuello. Ella le abrió la boca y él participó del festín que le ofrecía, usando sus labios, lengua y dientes para hacerla jadear de placer.

"No hay necesidad de apresurarse", le susurró al oído, deleitándose con su escalofrío. "Porque esta es una acción que es mejor para ser anticipada".

"Muéstrame", susurró ella y él no pudo rechazarlo.

"Primero, debemos aprender el uno del otro", dijo él, pasando su mano a lo largo de ella. Sus ojos brillaron mientras lo miraba. Él besó sus labios con tranquilidad, luego dejó una hilera de besos en su oído. "Y no hay mejor manera de hacerlo que con los labios", confió él, mordiendo el lóbulo de su oreja y luego moviendo su lengua a través de él. Él sopló suavemente en su oreja, haciéndola temblar, luego le pasó los dedos por el pelo. Besó su sien, sus párpados, la punta de su nariz, luego su boca de nuevo, saboreando cómo Annelise se derretía en su abrazo. Él besó su barbilla, su garganta, luego besos como plumas, primero sobre un hombro y luego sobre el otro. Su clavícula recibió una atención similar, un trío de besos aterrizando en el hueco de su garganta. Annelise mantuvo las manos sobre sus hombros y cerró los ojos, rindiéndose a él tan completamente que Garrett se quedó sin aliento.

Primero acarició sus senos, ahuecando cada uno con una mano y deslizando las palmas sobre sus tensos pezones. Luego siguió el camino de sus manos con los labios, besando cada uno por turno. Annelise se estremeció, luego jadeó cuando él tomó un pezón en su boca. Él la amamantó, haciendo que el pezón se apretara más y luego lo rozó con los dientes. Ella susurró su nombre, pero él se aferró a su cintura mientras prestaba la misma atención al otro pecho. Él podía oler el calor entre sus muslos y estaba decidido a que ella estuviera lo más preparada posible para él.

Él abandonó sus pechos con desgana, luego dejó un rastro de besos hasta su ombligo, manteniendo cautivas sus caderas mientras hacía rodar la lengua dentro del hueco. Annelise, se reveló, tenía cosquillas y su movimiento la hizo reír y retorcerse. Ella protestó, apoyándose en los codos para mirarlo con ojos brillantes. Garrett le sonrió, presionando un beso en el montículo en la punta de sus muslos. Él la vio tragar y su sonrisa desvanecerse, luego se volvió para considerar sus pies.

Su doncella necesitaba un poco más de aliento. Garrett tomó un pie perfecto en su mano y besó su arco, descubriendo otro punto de cosquillas. Todavía había agua entre los dedos de sus pies y él la apartó con la tela, sujetándola con fuerza mientras se aseguraba de que sus pies estuvieran secos. Ella protestó, porque eso también le hacía cosquillas, pero a él le gustaba cómo se reía y se tranquilizaba.

Cuando besó la suave carne en el interior de su tobillo, su risa murió y su mirada se clavó en él. Él sostuvo su mirada, incluso mientras arrastraba besos por el interior de su espinilla. Hizo una pausa para acariciarle la parte de atrás de las rodillas, pero Annelise ya no sentía cosquillas.

Él sostuvo su mirada mientras se arrodillaba entre sus tobillos y colocó sus manos sobre sus rodillas. Gentilmente le separó los muslos y ella los abrió de par en par incluso mientras lo miraba, con las mejillas enrojecidas por la anticipación. Él le sonrió, luego corrió una línea de besos por cada muslo.

Cuando él cerró la boca sobre su dulzura, ella jadeó, luego suspiró en rendición, cayendo hacia atrás contra el heno. Cuando la acarició con la lengua, ella gimió, y luego Garrett supo que todo iría bien.

ANNELISE NUNCA HABÍA SENTIDO tales sensaciones. Su piel podría haber estado incendiada, porque ardía con una necesidad que no podía nombrar. También había un calor dentro de su vientre, y un fuego mayor entre sus muslos. Ella sentía un anhelo que no podía negar y que no sabía cómo saciar.

Ella sabía lo suficiente para adivinar lo que debía suceder, pero el tamaño de Garrett la había hecho pensar. Le encantaba que él se tomara el tiempo para calmar sus miedos y conjurar su deseo. Sus miles de besos parecían despertar su cuerpo en intervalos, haciéndola muy consciente de cada una de sus caricias. La calidez de sus labios sobre su cuerpo se sentía nueva y deliciosa.

Cuando su boca se cerró sobre su calor secreto con seguridad, Annelise supo que todo saldría bien. De hecho, no podía pensar en nada más que en el placer que recorría su cuerpo, incluso cuando el anhelo se hacía más agudo. Sintió sus manos sobre ella, sujetándola de modo que no pudiera evadir su lengua merodeadora, y le dio la bienvenida a su posesión. Ella encontró que su espalda se arqueaba y su agitación crecía, ese anhelo se hacía más agudo con cada movimiento de su lengua. El calor creció dentro de ella, de modo que pensó que podría incendiarse por su deseo, luego Garrett tocó lo que parecía ser su núcleo. Una liberación penetrante la atravesó y gritó ante el tumulto que inundó su cuerpo. Annelise se encontró temblando de la cabeza a los pies incluso mientras él continuaba con su asalto amoroso, alimentando ese placer hasta que ella no pudo soportar más.

Ella cayó hacia atrás, con el corazón acelerado y la respiración tan rápida que podría haber estado corriendo con fuerza. Cuando abrió los ojos, Garrett estaba frente a ella, sonriendo, con un brillo de satisfacción en sus ojos. "Me pregunto cuántos dentro de estas paredes reconocerán el significado de ese grito", reflexionó y Annelise sintió que se sonrojaba.

"Deberías haberme advertido".

"En el futuro, me ocuparé, esposa. No sabía que serías tan ruidosa en tu pasión."

Annelise se encogió, a pesar de que no podría haberse arrepentido de esa experiencia por ningún precio. "¿Qué pensarán de nosotros?"

"Que estamos felizmente casados, que debo estar recuperándome. Quizás algunos se arrepientan de haber hecho sus votos cuando se les recuerde lo que han abandonado."

"¿No estás avergonzado?"

"No." Garrett se puso serio. "Nunca podría avergonzarme de que seas mi dama, o de poder darte placer".

Ante eso, Annelise se tranquilizó. "¿Pero en el futuro?"

"Es posible que desees morder un trozo de tela". Él le sonrió y luego se quitó la camisa y la camisola. Se quitó las botas y las dejó a un lado, luego se detuvo para considerarla. "¿Prefieres mirarme o ayudarme?" preguntó, sus palabras tan bajas que el corazón de Annelise se aceleró.

"Me gustaría tocar además de ver", dijo ella, poniéndose de pie.

"Porque me han dicho que los labios son el mejor medio de exploración".

Garrett sonrió y se quitó lo último de su atuendo. Annelise lo miró, sabiendo que le estaba dando la oportunidad de hacerlo. Ella nunca había visto a un hombre completamente desnudo y su mirada se desvió repetidamente hacia su erección.

"Encajaré, Annelise", dijo él en voz baja. "Seremos lentos al respecto y tú podrás detener el acto si lo deseas. Te lo prometo."

"Quieres que me guste".

Él se rio por primera vez en su experiencia. "Sí. Creo que sería mejor que te gustara, y ese objetivo merece un poco de paciencia por mi parte." Él respiró hondo y negó con la cabeza. "Aunque pongas a prueba mi resolución duramente".

"¿Me deseas?"

Su mirada de reojo era ardiente. "¿Puedes dudarlo?" Él se volvió hacia ella, apoyando las manos en las caderas. "¿No fue por eso que te lavaste ante mí de manera tan seductora? ¿Para asegurar que no pudiera negarme otra vez?

Annelise sintió que se le calentaban las mejillas. "Yo he elegido, Garrett. No permitiré que Orson Douglas me robe mi deseo."

Garrett se puso serio. "Yo tampoco" Le ofreció una mano y ella se acercó a él, abrazándose con tanta facilidad que podrían haberlo hecho miles de veces. Ella confiaba en él con todo su corazón, y cuando su piel desnuda se presionó contra la de ella, sintió un reavivamiento de ese anhelo.

Fue entonces cuando supo que solo sentirlo dentro de ella saciaría ese deseo.

Garrett la besó con la misma deliberación que siempre mostraba en un abrazo. Era lento y minucioso, su beso profundo y maravilloso. Él le exigió solo cuando ella se derritió contra él, solo cuando ella abrió la boca y se lo ofreció todo. Su mano estaba en su nuca, sus dedos en su cabello, y a Annelise le encantaba la combinación de fuerza y ternura en su agarre. Ella sabía que podía detenerlo con la yema de un dedo y que él se alejaría, sin importar el precio para sí mismo, porque su determinación de tratarla con honor era absoluta.

También era lo que la hacía confiar plenamente en él.

Cuando levantó la cabeza, ella pudo ver el ritmo de su corazón en su garganta. Él le sonrió y sacó la esponja del cubo y luego la apretó. "Seguiré tu ejemplo". Ante el asentimiento de Annelise, él mojó el jabón en el agua y comenzó a lavarse. Primero su cara, dándole una amplia oportunidad de mirar. Era bien proporcionado, fuerte y musculoso, alto y ancho. No había cicatrices en su cuerpo y nada que fuera menos que ideal. Tenía el pelo rubio en el pecho y en las piernas. Se movía con la agilidad y la gracia de quien conoce bien el poder de su cuerpo y cuál es la mejor forma de utilizarlo. No pasó mucho tiempo antes de que se quedara limpio ante ella con el pelo mojado, frotándose con la tela.

Annelise descubrió que se le había secado la boca y el corazón le latía con fuerza cuando él le sonrió. Se recordó a sí misma su determinación de ser valiente. También pensó en la promesa de Garrett y confió en él. Incluso ahora, parecía que iba a esperar toda la eternidad a que ella decidiera cómo proceder.

Al darse cuenta, Annelise extendió la mano para tocar el vello de su pecho. Pasó sus manos sobre él y a través de él, sintiendo el músculo duro debajo de la maraña de cabello. Recordando su acción, se inclinó y tocó con sus labios un pezón plano. Garrett contuvo el aliento y ella sintió el pico apretarse contra sus labios. Que ella pudiera darle un placer así era una maravilla, así que Annelise jugueteó con su pezón exactamente como él se había burlado del suyo.

Él no solo respondió, sino que su erección se hizo más grande y más dura, presionando contra su cadera. La evidencia de que ella tenía algo de control en eso era emocionante para Annelise. Ella pasó las manos con más audacia sobre Garrett, sintiendo sus brazos, sus hombros, su espalda y sus caderas. Ella siguió sus manos con sus labios, besando y saboreando a medida que avanzaba, agarrando sus nalgas y acariciando sus muslos. Ella sintió la tensión crecer dentro de él con cada gesto, luego cambió su curso.

Sus pies no eran tan intrigantes como otra parte de él. Annelise extendió la mano y la cerró alrededor de su erección. Garrett saltó bastante de su piel ante su toque y ella supo que él no había esperado eso. De hecho, ella sintió un estremecimiento construyéndose dentro de él, y supo que así era como podía complacerlo mejor. Ella exploró a lo largo y ancho de él con sus manos, luego respiró hondo y se inclinó para tocar con sus labios el eje endurecido. Garrett inhaló bruscamente y tomó su barbilla en su mano, levantándola para besarla. Sus ojos brillaban y sus fosas nasales se ensanchaban, prueba de su efecto sobre él. Entonces la besó, su beso más exigente que nunca antes, y la tomó en sus brazos, llevándola de espaldas a la capa. La besó allí una vez más, su ardor y su seguridad de lo que sucedería a continuación hicieron que su corazón se acelerara.

"Necesitamos tu camisola", dijo Annelise y él la miró sin comprender. "Debe haber pruebas".

Garrett se dio la vuelta y agarró su camisola, extendiéndola debajo de Annelise. Luego se estiró a su lado, apretándola contra su pecho. Un brazo acunó sus hombros y la sujetó con fuerza, mientras que su otra mano se deslizó por su vientre hasta la parte superior de sus muslos. "No pierdas tu audacia ahora, mi Annelise", susurró él con una sonrisa. "No solo antes de que la recompensa sea tuya".

Annelise le devolvió la sonrisa y luego separó los muslos. Sus dedos se movieron contra ella tanto como su lengua lo había hecho antes, y se sorprendió al sentir esa urgencia crecer dentro de ella una vez más. Ella lo agarró por los hombros, deseando algo que no podía nombrar, y él la acarició hasta que ella pensó que podría morir de deseo. Ella susurró su nombre y él se movió entre sus muslos. Ante su toque, Annelise levantó las rodillas, sosteniendo su mirada mientras sentía su fuerza contra ella.

Él se inclinó y atrapó sus labios debajo de los suyos, besándola dulcemente incluso cuando ella sintió la punzada que había temido.

Ella podría haber gritado, pero él se tragó el sonido y luego el grito ahogado que siguió. Annelise lo sintió moverse dentro de ella, sintió que se relajaba más profundamente y la llenaba con su fuerza. Ella sintió un hilo cálido que sabía que debía ser la sangre de su virginidad, pero ese detalle no la preocupaba. Sobre todo, sentía una maravillosa sensación de comunión con Garrett, que los dos se habían convertido en uno con ese acto. Ella se aferró a sus hombros, tan abrumada que una lágrima se deslizó de su ojo. Cuando él rompió el beso y la miró, frunció el ceño y lo apartó con un beso.

"Lo siento", susurró, luego la abrazó con fuerza. "Solo por esta vez, debe ser así".

Annelise no tuvo tiempo de decirle que ella no estaba tan herida, porque Garrett rodó sobre su espalda suave y rápidamente. Annelise se sorprendió al encontrarse a horcajadas sobre él, sentada encima de él, con las manos en su pecho. Él le puso las manos en la cintura ligeramente y le sonrió.

"Soy todo tuyo, mi señora. Toma tanto o tan poco como quieras."

El corazón de Annelise se apretó con la convicción de que había elegido bien. Ella le sonrió a Garrett y sacudió su cabello, sabiendo por su expresión anterior que le gustaba cuando caía suelto alrededor de ellos. Luego abrió los muslos, respiró hondo y se apretó contra él. Ella aceptó la plenitud de él en incrementos constantes, observando con placer cómo él estaba asombrado por su elección.

Y cuando estuvo completamente cautivo dentro de ella, Annelise se inclinó sobre él, enmarcando su rostro entre sus manos. "Esposo", susurró, luego lo besó completamente.

Garrett no podía creer la elección de Annelise.

Él estaba asombrado por ella y también deslumbrado por ella. Ella se sentó encima de él, con el cabello extendido sobre los hombros y la mirada tan brillante que él no pudo evitar sonreírle.

Ella lo había elegido a él, y más, esta doncella que había afirmado que no tenía la capacidad de sentirse cómoda en compañía de hombres lo había seducido por completo. Él nunca encontraría alguien como ella, y de verdad, no le importaba.

Annelise era más que suficiente, y con ella a su lado, Garrett creía que su fortuna tenía que cambiar. Ni siquiera una deidad podría apartarse de la oportunidad de hacer sonreír a una dama tan hermosa.

Ella lo abrazó con tanta fuerza que él apenas se atrevió a respirar, porque no deseaba lastimarla. Pero Annelise se movió tentativamente, incluso ese intervalo era un desafío a su control. Él la agarró por las caderas, viendo cómo su sonrisa se ensanchaba cuando se dio cuenta de que lo tenía esclavizado. A él le gustaba que se sintiera poderosa en su belleza, porque creía que debería hacerlo, y estaba más que feliz de ser su posesión para siempre.

Sin embargo, deslizó la mano entre ellos, amando su sorpresa cuando volvió a tocar el duro capullo de su deseo. Ella contuvo el aliento y se sonrojó, luego se frotó contra las yemas de sus dedos. Fue Garrett quien contuvo el aliento entonces, y se sonrieron el uno al otro. Annelise se inclinó sobre él, sus manos apoyadas en sus hombros y sus senos casi tocando su pecho. Ella lo miró a los ojos, incluso mientras su cabello caía para rodearlos como una cortina. Se movieron juntos, cada uno comprendiendo y anticipándose al otro. Sus miradas se sostuvieron y Garrett se imaginó que ella luchaba por soportar más placer, incluso mientras él lo hacía. Vio el pulso de su corazón, escuchó la rapidez de su respiración y vio el rubor extenderse por sus pechos.

La pasión se elevó dentro de ella de nuevo, y él la impulsó más alto, sabiendo que no podría haber mayor placer para él que verla alcanzar su liberación mientras él estaba enterrado dentro de ella. Se movieron más rápidamente, meciéndose el uno contra el otro mientras el deseo ardía con más fuerza. Garrett sintió que la marea subía y supo que no podría durar. Sintió a Annelise apretarse a su alrededor incluso cuando lo alcanzó. Garrett la atrapó con fuerza y se dio la vuelta, inmovilizándola debajo de él y besándola mientras ella convulsionaba de placer. Él se tragó su grito, apenas notando la forma en que sus dedos se hundieron en sus hombros, luego se enterró profundamente dentro de ella con un último empujón.

Ella le rodeó la cintura con las piernas, atrayéndolo aún más profundamente, y Garrett se perdió. La marea lo atravesó y su liberación pareció durar para siempre. Cuando abrió los ojos, ella lo estaba mirando, con una sonrisa en los labios y otra lágrima en la mejilla. Él besó la lágrima, luego besó sus labios, antes de decirle todo lo que necesitaba saber. "Te amo, mi Dama Annelise", susurró. "Mi corazón es tuyo para siempre."

Luego ella lloró profundamente, pero él sabía que eran lágrimas de alegría. La atrajo a sus brazos y la abrazó con fuerza, todavía asombrado por el placer que se habían dado el uno al otro, y esa era solo la primera vez. Garrett sabía que a medida que llegaran a conocerse, sus encuentros se volverían aún más potentes.

Garrett se sintió a sí mismo como el hombre más afortunado del mundo. Nunca podría haber creído que tal dama y tal futuro podrían haber sido suyos.

Y eso redobló su determinación de demostrar que era digno de Annelise. Ella no le había dicho que lo amaba, pero él se ganaría su amor y respeto.

Cuando su dama había agotado sus lágrimas y él la había besado completamente, Garrett los lavó a los dos. Annelise se estaba marchitando visiblemente entonces, agotada por su viaje, su vigilia y su recompensa. Él sacó la piel de lobo de su bolso y la acomodó alrededor de sus hombros para asegurar su calor. Ella le concedió una sonrisa soñolienta. Garrett la tomó en sus brazos y envolvió la capa alrededor de ambos, sonriendo cuando ella se acurrucó contra él, enterró los dedos en el suave pelaje, suspiró y se durmió.

Tener a Annelise como su dama era cada uno de sus sueños cumplidos. A partir de ese día, él tenía que cumplir con el suyo.

Con la luz del amanecer, la llevaría a casa. Él le confiaría la única historia que podría contarle, y luego irían a Killairig.

Esta vez, su llegada no sería anticipada.

Esta vez, estaría protegido contra el odio que tenía como objetivo derribarlo.

LA PRÓXIMA VEZ que Elizabeth fue al claro, el cielo estaba nublado. Ella salió apresuradamente del salón de Kinfairlie, sorprendida de sentirse tan temerosa de que Finvarra no estuviera allí. Por un lado, imaginaba que él simplemente se divertía burlándose de ella, pero por otro, estaba segura de que él tenía la intención de contarle algún secreto de gran importancia. Ella había logrado superarlo una vez en el ajedrez, y él también la había derrotado una vez. Se sentía como si todo pendiera de un hilo en ese día.

Ella corrió por el bosque de Kinfairlie, su miedo de que Finvarra no estuviera allí multiplicándose con cada paso.

Para su enorme alivio, él estaba allí, sentado junto a la mesa y el tablero de ajedrez, esperándola como si el tiempo no tuviera significado para él. Quizás no era así. Él iba vestido con ropas plateadas ese día, su túnica de un azul profundo y el bordado tan brillante como la luz de la luna. Él sonrió e inclinó la cabeza a modo de saludo cuando ella tomó asiento, tan majestuosa y serena que se dio cuenta de lo nerviosa que debía lucir. Su corazón estaba acelerado y aún tenía que recuperar el aliento.

"¿Quién es el primero en este día, mi señor?" preguntó ella, aunque sabía que era su turno de dar el primer paso. Él había perdido el día anterior, y ese era el hábito de Finvarra.

Él hizo un gesto hacia el tablero con una mano, su movimiento lánguido y elegante. Apoyó los codos en la mesa y juntó los dedos, sus ojos oscuros brillaban mientras la miraba y esperaba.

Elizabeth había planeado para ese día, porque estaba decidida a ganar. Ella había hablado largamente con Anthony, el castellano de Alexander, la noche anterior, preguntándole con tanta insistencia sobre las estrategias ganadoras para el juego de ajedrez que él casi había sospechado de sus motivos. Ella cogió un caballo e hizo un comienzo audaz.

"Érase una vez", dijo Finvarra en voz baja. Él no se movió ni tocó las piezas de ajedrez en su lado del tablero. Estaba completamente quieto, solo sus labios se movían y Elizabeth estaba paralizada.

CAPÍTULO 12

"Érase una vez, había un par de amantes hadas", dijo Finvarra. "A ella le encantaba cantar y bailar, y la tierra compartía tanto su alegría que brotaban flores dondequiera que sus pies hubieran pisado. Él podía cambiar de forma a lobo, pero favorecía tanto la forma que rara vez se le veía en ninguna otra. Compartían la determinación de saborear las alegrías del mundo e ignorar el cambio."

Su tono se endureció con esa última palabra, lo que hizo que Elizabeth se sentara. "¿Cambio?" repitió ella.

Finvarra frunció el ceño. "Estamos en un momento de transición, Elizabeth. Durante muchos años, los cambios fueron pequeños, pero ahora se multiplican y acumulan con tal rapidez que el cambio irrevocable es inevitable."

"¿Qué tipo de cambio irrevocable?"

"Del tipo que cierra portales y exige que se tomen decisiones." Los labios de Finvarra se tensaron y él examinó el tablero. "Una vez, mi Elizabeth, nosotros, las hadas poseíamos este reino como si fuera nuestro y los de tu clase eran los intrusos. Una vez los complacimos, mortales, tal vez porque nos compadecimos de ustedes, pero ahora el equilibrio de poder ha cambiado." Él miró hacia arriba. "Ahora ustedes nos desterrarían".

"Yo no te desterraría".

Él sacudió la cabeza, poco convencido. "¿Cuántos en Kinfairlie creen en las hadas?"

"No estoy seguro, mi señor."

"¿Todos?"

Elizabeth negó con la cabeza.

"¿La mayoría?"

Una vez más, Elizabeth tuvo que responder negativamente.

"¿Pocos?"

Ante esto, asintió, aunque la desaprobación de Finvarra era clara. "Nos convertimos en poco mejores que un cuento para niños o una fuente de diversión. Sin embargo, hubo un día, no hace mucho, cuando todos los mortales creían en las hadas, cuando todos los mortales respetaban a las hadas y cuando las intersecciones de nuestros mundos eran lugares poderosos." Él la consideró, sus ojos increíblemente oscuros. "Lo que creemos crea nuestro mundo, Elizabeth. Si crees que se puede hacer algo, es mucho más probable que puedas hacerlo. Si crees que las hadas existen, es infinitamente más probable que nos veas."

"¿Qué pasa si la gente no cree en las hadas?"

"Luego, lentamente, nos desvanecemos y desaparecemos." Su voz se endureció una vez más. "No puedo permitir que eso suceda".

"¿Qué vas a hacer?"

Finvarra centró su atención en el juego e hizo un movimiento decisivo. En lugar de responder a su pregunta, continuó con su historia. "Este par no escatimó en consideración para el cambio. Creían que su amor era atemporal y que ellos, al amar, también lo eran. El hecho es que nosotros también podemos morir." Entonces se quedó en silencio, escaneando el tablero, aunque ella sabía que él no estaba pensando realmente en su juego.

"¿Que les pasó a ellos?" Elizabeth instó finalmente.

"Evitaron el cambio. Huyeron de él, tal vez creyendo que la

distancia o el olvido podrían desviar sus efectos. Se reían, corrían y saboreaban cada alegría que les llegaba." Él arqueó una ceja. "Pero el cambio los siguió o los anticipó, como suele suceder."

"Se desvanecieron", adivinó Elizabeth con horror.

"A él lo mató un mortal que creía que era un lobo", dijo Finvarra con más amargura de la que hubiera creído posible. Sus ojos brillaron como un relámpago y ella retrocedió con miedo. Él se inclinó sobre el tablero y mordió sus siguientes palabras. "Entonces ese demonio consideró oportuno sacar el corazón del lobo hada y devorarlo." Finvarra se enderezó y miró hacia el tablero.

Elizabeth sabía que él estaba dominando su temperamento, así que esperó en silencio.

Mientras tanto, la bailarina hada dio a luz a dos hijas después de la muerte de su amante, una oscura como la medianoche y otra tan hermosa como el amanecer. Este mundo no tenía alegría para ella en su ausencia, aunque se demoró para ver criar a sus hijas. Ella les hizo prometer vengar su muerte, luego decidió seguirlo a las sombras de donde nadie regresa."

"¿Qué hicieron las hermanas?"

"Ellas eran tan diferentes en temperamento como en apariencia. La hermosa creía que su padre debía vengarse rompiendo el corazón del mortal. La obscuracreía que su padre debía ser vengado por el hombre mortal perdiendo todos sus bienes materiales y riquezas. Discutieron antes de separarse, pero el tiempo, debes recordar, pasa de manera diferente para las hadas. En nuestros términos, ellas eran jóvenes. En el tuyo habían pasado muchos años. Para cuando cada una siguió su propio camino, el demonio había estado muerto durante décadas y un descendiente gobernaba la rica propiedad. Había prosperado y crecido, y esos bárbaros atribuían su éxito a que cada hijo cazaba un lobo y luego se comía el corazón para demostrar su valía."

"¿Fue porque el primero se comió un corazón hada que tuvo suerte?" Preguntó Elizabeth, pero Finvarra solo le dio una rápida mirada en respuesta.

Él se aclaró la garganta. "Al tratar de hacer un aliado mortal, la hermana oscura dio a luz a una hija de un hombre mortal. Como es nuestra costumbre, se vio obligada a elegir qué don de las hadas poseería su hija, con exclusión de todos los demás. Ella pidió que su hija tuviera el poder de cambiar de forma y convertirse en lobo a voluntad, como el padre de la madre. Como es nuestra costumbre, la niña mitad hada nunca podría confesar su don a un mortal, sin convertir ese mortal en un pilar de piedra. El plan de la hermana oscura no se hizo realidad, porque el padre de su bebé no deseaba tener una hija y la abandonó después del nacimiento de la criatura. Luego viajó al lugar donde estaba el demonio, decidida a ver la venganza servida.

Mientras tanto, la bella hermana había encantado al descendiente del asesino. Ella concibió a su hijo, y cuando nació su hijo mestizo, eligió que él escuchara los pensamientos de los mortales, para que pudiera defenderse mejor. Ella había pensado en hacer que el descendiente del asesino la amara y luego romperle el corazón, pero su plan también fracasó. Ella se enamoró de él y no se atrevió a traicionarlo. Una vez en su casa, no reconoció de inmediato a su hermana oscura, pero esa hermana conocía la identidad de la esposa de su señor y le molestaba que su hermana pudiera estar felizmente casada cuando ella no lo estaba. La hermana oscura sedujo al señor y lo engañó, volviéndolo contra su propia hermana. El señor exilió a su esposa y ella estaba tan angustiada que nosotros intervinimos por el bien del hijo."

"¿Nosotros?"

Finvarra sonrió, pero era una expresión cruel. "El niño estaba escondido por un hada que había elegido abandonar su herencia por el amor de un hombre mortal. Mhairi sentía simpatía por la novia y más por el hijo, y lo crió como si fuera suyo. Al separarse de nosotros, Mhairi había solicitado la eliminación de sus marcas." Él se quitó el brazalete para mostrar los oscuros remolinos de su carne. "Se le concedió su deseo, pero a cambio, a este mortal, Seamus, se le prohibió concebir un hijo."

"Entonces, ella tomó a este niño mestizo como suyo."

"Ella lo hizo."

"¿Qué pasó con la hermana oscura?"

Su poder era considerable y yo no tenía ningún deseo real de detenerla, porque yo también deseaba que su padre fuera vengado. Ella se casó con el señor después de dar a luz a su hijo, y ella se aseguró de que su hijo fuera heredero."

Finvarra hizo una pausa, pero Elizabeth tenía una pregunta. "¿Qué poder les pidió a las hadas?"

"Ella deseó que se pareciera lo más posible a un mortal. Era guapo, hábil en muchas actividades y viviría mucho. Tendría una hermosa voz. Más allá de eso, ella no pidió nada." Se calló de nuevo, dejando a Elizabeth con más preguntas.

"¿Que les pasó a ellos? ¿Cómo terminó la historia? ¿Ya terminó?

Finvarra sonrió. "La hermana oscura continuó buscando al hijo de su hermana, porque él era el único que podía privar a su hijo de lo que ella creía que se merecía. Ella fue implacable en esta búsqueda."

"¿Alguna vez lo encontró?"

Finvarra asintió. "Ella lo hizo."

"¿Que hizo ella?"

"Primero, ella lo maldijo. Ella aumentó el volumen de los pensamientos de los demás en su mente, de modo que el tumulto fue ensordecedor. Ella tenía la intención de obligarlo a convertirse en un recluso con su maldición, y tal vez volverlo loco."

"Él no habría podido gobernar una propiedad próspera con tal enfermedad".

Finvarra negó con la cabeza. "Pero eso no fue suficiente para ella. Ella envió a su hija a matarlo."

"Con la apariencia de un lobo", supuso Elizabeth. "El hijo moriría por el crimen de su antepasado. Como el hombre había matado al lobo, el lobo mataría al hombre."

Finvarra no respondió de inmediato. Hizo un gesto hacia el tablero y las piezas cobraron vida. Una torre en su lado del tablero se convirtió en un lobo gris oscuro, uno con patas y cabeza que eran casi negras. El lobo saltó sobre las piezas dispuestas en el lado del tablero de Elizabeth.

Ella vio con horror que su reina era la imagen misma de su hermana, Annelise, y que el lobo estaba furioso hacia ella con los dientes al descubierto. Elizabeth jadeó, porque no se trataba de una historia ociosa. El lobo se movió directamente hacia su presa, ignorando la cuadrícula del tablero. Annelise se quedó paralizada por el horror, con las manos delante de los labios.

"¡No!" gritó Elizabeth y se puso de pie de un salto. Un caballero en su lado del tablero, un hombre rubio con una falda escocesa, dio un paso adelante. Levantó una ballesta cargada y disparó al lobo.

El lobo cayó, gruñendo, su sangre corrió por el tablero mientras moría.

El caballero y la reina se abrazaron, y Elizabeth tuvo un momento para creer que su hermana había encontrado a un hombre que merecía su amor.

"¿Por qué Annelise?" Elizabeth susurró, levantando su mirada para encontrarse con la de Finvarra.

Él sonrió. "Porque muchas maldiciones de las hadas pueden romperse con el poder del amor. Pensaba que tenías el poder de ver esas cosas."

Elizabeth miró y luego entrecerró los ojos. Efectivamente, ella vio la cinta que emanaba de la reina en el tablero que se parecía mucho a Annelise. Era de color azul pálido y malva, con bordes plateados. Se enredaba con una cinta de un azul profundo y el par de cintas se envolvió alrededor de las dos piezas como para unirlas. "Ella es su amor destinado", susurró Elizabeth. "Al igual que él es de ella."

"Por lo tanto, ella es la única que puede curarlo." Finvarra chasqueó los dedos y las cintas desaparecieron de la vista de Elizabeth.

La reina negra en el lado del tablero de Finvarra levantó su dedo para señalar a Annelise y su compañero. El caballero oscuro del lado de Finvarra del tablero asintió ante el gesto de la reina. Iba llevaba cota de malla y tenía el pelo de ébano, y Elizabeth se sorprendió al reconocerlo.

"¡Ese es Andrew, uno de los caballeros que vino recientemente a Kinfairlie!"

Él sacó su cuchillo y comenzó a caminar por el tablero. La pareja que se abrazaba no se daba cuenta del peligro.

"¡Tengo que advertirle!" Elizabeth lloró, sin tener dudas de que esa era una representación justa de la situación de Annelise.

"¿Pero cómo?" murmuró Finvarra, inclinándose hacia atrás para mirarla. Los árboles crujían detrás de él y alrededor de ellos, movidos por un viento extraño y las nubes parecían hervir en lo alto. Sus ojos brillaban, como si él supiera un chiste que Elizabeth no conocía.

"¡Ayúdame a ayudarla!" Elizabeth imploró.

Finvarra sonrió. Se puso de pie y su capa se ensanchó y pareció que todo el mundo estaba atrapado dentro de su revestimiento. Él hizo un gesto y el aire se arremolinó más rápidamente a su alrededor, un viento que los arrebató y los hundió.

Elizabeth abrió los ojos para encontrarse en el parapeto del castillo, una torre oscura encaramada en un acantilado. Un mar enfurecido golpeaba las rocas muy abajo y el viento era fuerte. La lluvia cayó sobre ella y giró en su lugar, preguntándose dónde estaba y por qué.

Cuando vio a una pareja en el patio de abajo, lo supo. Era el mismo hombre rubio con falda escocesa, botas y jubón, el mismo hombre con la ballesta, aunque sostenía la mano de Annelise con la suya. Se giró hacia ella y Elizabeth vio la adoración en la expresión de su hermana. Ella sabía que quienquiera que fuera ese hombre, había reclamado el corazón de Annelise, y sabía que ella haría lo que fuera necesario para asegurarse de que el amor lo conquistara todo.

Pero se habían olvidado del caballero oscuro.

Elizabeth lo vio salir de una puerta oscura, su cuchillo brillando en las sombras, mientras acechaba a la feliz pareja. "¡Annelise!" gritó, en vano. "¡Annelise!"

"¿Qué precio?" Finvarra susurró detrás de Elizabeth. Sus manos se cernieron sobre sus hombros, pero no la tocó.

"¡Cualquier precio!" Elizabeth declaró en su miedo. "¡Pagaré cualquier precio que exijas para advertir a Annelise!"

Finvarra volvió a reír. Elizabeth se giró para enfrentarlo, pero su protesta nunca cruzó sus labios. En cambio, él tomó su rostro entre sus manos y la mantuvo cautiva, su movimiento la asustó tanto que ella vaciló.

Luego miró a su mirada oscura. Sus ojos parecían estar llenos de mil estrellas, solo la vista de ellas la dejó sin habla.

"Bienvenida, mi Elizabeth", susurró, luego la besó en los labios.

Tan pronto como su boca tocó la de ella, Elizabeth se desmayó.

ANNELISE SUEÑA.

Ella está en el claro cerca de Kinfairlie, el que se creó cuando el bosque fue quemado el invierno anterior. Para su sorpresa, su hermana Elizabeth está jugando al ajedrez con un extraño, un hombre de cabello oscuro y ojos más oscuros, un hombre vestido de rey.

Ella escucha la historia que cuenta.

Ve cómo el tablero cobra vida.

Se reconoce a sí misma y a Garrett entre las piezas, ve al caballero oscuro desenvainar su espada y tiene miedo.

Pero antes de que pueda distinguir el rostro del caballero, el sueño se desvanece.

ELIZABETH SE DESPERTÓ en su propia habitación en la torre de Kinfairlie. Se sentó en su camastro y sostuvo la ropa de cama contra su pecho.

El fuego del brasero se había reducido a brasas incandescentes y las contraventanas de la ventana estaban abiertas a la noche. La brisa era agradablemente fresca y todo parecía estar en paz. Ella podía escuchar el mar batiendo la costa y pudo ver las estrellas en un cielo nocturno despejado. Había un murmullo de voces desde el pasillo de abajo, y algunas charlas surgieron de las cocinas, pero todo parecía normal.

¿Cómo había regresado a la fortaleza?

¿Cuándo?

¿Qué había sucedido cuando se desmayó en el abrazo de Finvarra?

¿Qué había reclamado él como recompensa? Esta última pregunta la preocupaba profundamente, porque estaba segura de que él no olvidaría ninguna promesa como la que ella había hecho. Ella levantó la ropa de cama, sin siquiera estar segura de cuándo se había quitado la ropa para retirarse, y entonces lo vio.

En su pecho, entre sus senos, había una espiral oscura. Parecía azul o negro, marcado contra la belleza de su piel. Ella podía verla a través de la abertura delantera de su camisola.

Ella abrió el encaje anudado y se quitó la camisola, examinándose lo mejor que pudo. Solo había una marca, no más grande que el círculo que podía hacer con el dedo índice y el pulgar.

Podía ser pequeño esa noche, pero Elizabeth temía que creciera. Ella no podía soportar imaginar lo que sucedería entonces, pero recordó la resolución de Finvarra.

El mundo estaba cambiando. Él no permitiría que las hadas se desvanecieran.

Los portales estarían cerrados.

Elizabeth se estremeció, luego sopló las brasas para que volvieran a arder con más intensidad. Ella estaba helada hasta la médula y las sombras parecían estar llenas de amenazas que ella no podía nombrar. Finvarra vendría por ella, Elizabeth lo sabía, al igual que sabía que habría poco que cualquier mortal pudiera hacer para detenerlo.

Elizabeth cerró los ojos y rezó para que el amor verdadero pudiera encontrarla primero.

ANNELISE SE DESPERTÓ con el corazón palpitante, su sueño vívido en su mente. Lo revisó, buscó más detalles y reconoció la verdad que contenía. Era un regalo.

Ella comprendió por qué Garrett no había podido confiar en ella.

Ella entendía su maldición y la amenaza contra él, así como lo que les esperaba en Killairig.

Aún mejor, Annelise sabía que solo ella podía salvarlo.

Su amor era la clave.

¿Pero quién era el caballero que amenazaba a Garrett? Annelise deseó haber visto su rostro. Había sido un caballero cabalgando hacia ellos en el camino: había visto el destello de su cota de malla.

¿Era Orson?

¿Andrew?

Annelise deseó saberlo. ¿Por qué el sueño se había detenido tan repentinamente? ¿Cómo se lo había enviado Elizabeth? ¿Estaba Elizabeth bien?

El sueño dejó a Annelise llena de preguntas y un nuevo sentido de propósito. Le habían dado esa información y tenía que actuar en consecuencia para asegurar su futuro con Garrett.

Ella podía salvar a Garrett, pero necesitaba esos detalles para hacerlo.

Annelise se dio cuenta de que la piel de lobo estaba acurrucada alrededor de sus hombros y debajo de su mejilla. Ella se sentó abruptamente y la apartó. Ahora que sabía lo que era en verdad, no quería tocarla.

Había dejado de ser un símbolo de la valentía de Garrett y se había convertido en una de sus maldiciones.

Ella se liberó del calor del abrazo de Garrett y estudió la piel, sin saber qué hacer con ella. ¿Llevaba alguna hechicería hada que pudiera revelarlos o guiar a otro hacia ellos? ¿Era mejor dejarla atrás o la necesitarían en el futuro?

"¿Ya no te gusta la piel?" Preguntó Garrett, su voz profunda por el sueño. Annelise se volvió para sonreírle, y le gustó cómo le brillaban los ojos mientras la miraba. Su cabello estaba revuelto y su pecho desnudo, esa media sonrisa la tentaba a regresar a la cama.

"Tuve un sueño", dijo ella en cambio, manteniendo la voz baja. "Era otra historia más de las dos hermanas hada, pero en esta, la hermana hermosa tenía un hijo que podía escuchar los pensamientos de otras criaturas mortales." Garrett frunció el ceño, pero Annelise continuó. "La hermana morena tenía una hija, que podía convertirse en lobo, un lobo de color gris plateado con patas y hocico negros."

Garrett se levantó del colchón con gestos decisivos. No la interrumpió, pero Annelise temió que le diera poca credibilidad a su sueño.

Aun así, siguió adelante. "La hermana oscura también tenía un hijo, un hijo que heredaría la posesión de su padre sobre su hermano mayor."

Garrett examinó su camisola y comprobó que la sangre se hubiera secado. La dobló y la colocó en el fondo de su alforja con cuidado. "¿Y él tenía un don de las hadas?"

"No más allá de la buena apariencia, la habilidad en muchas actividades y una larga vida". Ella frunció le seño. "Una voz hermosa".

"¿Y qué tiene esto que ver con una piel de lobo buena y gruesa?"

"La hermana oscura envió a la hija tras el hijo mayor, el dorado, disfrazada de loba para matarlo."

Garrett la miró fijamente y su escepticismo era claro. "¿Crees que este lobo era un cambiaformas de las hadas?"

"En el cuento, ella eligió atacar a una mujer, una mujer que se parecía a mí, porque el amor de esa mujer era lo único que podía salvar al hermano mayor."

Garrett se pasó una mano por el pelo, claramente impaciente

con esa historia. "Annelise, era un lobo. Era un lobo hambriento el que te atacó y yo lo maté por su hecho."

"¿Y si fuera una mujer de las hadas que pudiera convertirse en lobo?"

"No." La convicción de Garrett era clara. "No escucharé historias de lobos convirtiéndose en mujeres o de mujeres convirtiéndose en lobos. Son lobos, Annelise. Son depredadores. Matan cuando quieren y sin remordimientos, y no quiero que creas que son más de lo que son."

"Pero soñé..."

"¡Fue un sueño!" Los ojos de Garrett brillaron y Annelise se dio cuenta de que nunca lo había escuchado alzar la voz tanto. Él sacudió la cabeza y frunció el ceño, luego apeló. "Annelise, he perdido mucho con los lobos, más incluso de lo que crees. No te perderé. Cree lo que debes, pero no dudaría en repetir mi acción en tu defensa."

"¿Podías oír a este lobo?" preguntó ella, tendiendo la piel.

"Lo rastreé", dijo él con firmeza.

Eso no fue suficiente para Annelise. "¿Fue lo mismo que otros lobos?"

Garrett frunció el ceño y se giró.

"¿Igual que ayer el lobo blanco?" exigió ella.

Garrett negó con la cabeza de inmediato, luego sus ojos brillaron con preocupación. Se acercó a ella y se inclinó para darle un dulce beso. "No discutamos", dijo, su mirada buscando la de ella. "Por favor, no deseches la piel".

Annelise asintió de mala gana.

Garrett la estudió. "¿Qué más sucedió en el cuento en tu sueño?"

"El hijo de la hermana oscura cazaba a su hermano mayor". Ella levantó la mirada hacia él. "Él era un caballero".

"¿Quién?"

"Yo no lo sé." Una vez más, Annelise deseó haber visto el rostro del caballero. "Pero creo que deberíamos irnos de este lugar, y pronto."

"Estoy de acuerdo." Garrett sacudió su tartán que había envuelto alrededor de ellos la noche anterior, luego se puso las botas y se ató el jubón. Había algo diferente en él esa mañana. Parecía estar lleno de un propósito que se hacía eco del suyo, y no había ni rastro de su enfermedad anterior.

"¿A dónde iremos?" Consciente de que podrían ser escuchados, pronunció el nombre de la propiedad "¿Killairig?"

Garrett negó con la cabeza y se llevó la punta de un dedo a los labios. "Hay un lugar que me gustaría que vieras primero." Él le lanzó una sonrisa que calentó su corazón.

"Entonces me gustaría mucho verlo". Ella lo miró pensativa. "Pareces muy sano esta mañana."

Él se rio, algo que rara vez hacía. Era un sonido atractivo, porque tenía una risa rica y profunda, tan genuina que provocó su propia sonrisa. "Me siento mejor que nunca". Cruzó el desván con pasos mesurados, poniendo un dedo debajo de su barbilla. Su toque hizo que su corazón saltara. "Quizás eres el tónico que he buscado todos mis días, mi Annelise", murmuró él.

Cuando la miraba con tanta intensidad, Annelise apenas podía respirar.

Cuando la besaba tan profundamente como lo hizo un momento después, Annelise no podía sentir preocupación por nada más en el mundo. La historia del sueño debía ser cierta, y ella prestaría atención a su mensaje incluso si Garrett no lo hacía. Ella le rodeó el cuello con los brazos y le devolvió el beso, perdiéndose en el placer que él podía dar tan fácilmente.

Al oír un paso abajo, se separaron y luego se sonrieron el uno al otro. Garrett alisó un mechón de cabello suelto de su mejilla, su toque hizo que su corazón latiera.

Eso era todo lo que deseaba y más.

Él haría todo lo necesario para asegurar su futuro.

Entonces Annelise se dio cuenta de que el sonido de abajo era el mozo de cuadra que llegaba a los establos. Sin embargo, Garrett no parecía preocupado por la presencia de otra persona o los pensamientos de esa persona.

"¡Hola ahí!" dijo el mozo. "Es un buen día. ¿Quiere salir a cabalgar, mi señora? ¿O su marido aún está enfermo?"

Annelise vio un destello de sorpresa en los ojos de Garrett y supuso que él se había dado cuenta de la misma manera.

Garrett se acercó a la escalera para hablar con el mozo de cuadra. "Estoy recuperado en este día", le respondió al mozo, que estaba visiblemente conmocionado por el cambio en su apariencia. "Parece que el talento para la curación está en la línea de la familia de mi señora".

Annelise se abrazó encantada. ¡Ella tenía razón!

"Entonces, ¿querrías que cepille tu caballo?" preguntó el mozo.

"No, no. Yo mismo cuidaré de Yseult. Estaremos a su cuidado todo este día y me aseguraré de que esté de buen humor."

El mozo de cuadra se rio. "Una yegua puede ser caprichosa a su favor", dijo, echando un vistazo al desván. Annelise supuso que pensaba poco en las mujeres, independientemente de su tipo. Ella se sonrojó un poco, preguntándose si sus palabras significaban que la había escuchado gemir de placer.

"Pero una vez que un hombre se gana la atención de una, mostrará una lealtad más allá de todos los demás", respondió Garrett mientras reclamaba el cepillo. Le guiñó un ojo a Annelise, luciendo tan fuerte y resuelto que ella creía que podían vencer todos los obstáculos.

"El padre Thomas ha enviado provisiones para ustedes, porque creía que probablemente se irían esta mañana", dijo el mozo, ofreciendo la comida y un odre de vino también.

Annelise bajó la escalera, jadeando de sorpresa cuando Garrett la agarró por la cintura y la bajó del tercer al último escalón. Él le sonrió y luego volvió a su trabajo. Annelise, por su parte, aceptó la comida y empacó su alforja con cuidado.

El mozo se quedó, incluso después de que ella bajara, mirando a Garrett en su trabajo. Annelise supuso que era protector, incluso con los caballos que estaban de visita en su establo, incluso con las yeguas. Él cruzó los brazos sobre el pecho. Sonó la campana de la capilla y él no se movió.

Annelise ahogó una sonrisa. Quizás estaba evadiendo los servicios de oración.

"Ese es un perro muy poco común el que tienes", dijo finalmente. "Podría haberlo matado, si no hubiera sido tan protector con tu caballo".

"¿Perro?" Preguntó Garrett, congelado en el acto de ensillar a Yseult.

"Un perro blanco, muy parecido a un lobo". El mozo de cuadra se encogió de hombros incluso cuando los ojos de Annelise se abrieron. "De hecho, pensaba que era un lobo, hasta que me mantuvo alejado de este extremo del establo. Y la yegua no estaba muy preocupada por su presencia, así que supe que ella conocía al perro. Ningún caballo tomaría tan amablemente la presencia de un lobo detrás de él." Hizo un gesto hacia el suelo en medio del establo. "Se quedó aquí, como un centinela vigilándolos a todos, toda la noche. Sus ojos eran azules y muy curiosos, casi como los de una persona." Se estremeció, luego miró a Garrett con sospecha. "Es una elección muy extraña para un perro".

Garrett sostuvo la mirada del hombre, pero Annelise se atrevió a adivinar.

"¡Entonces tu perro no está perdido, después de todo, esposo!" declaró ella con fingido alivio. Se volvió hacia el mozo de cuadra. "Yo estaba segura de que el sabueso se había perdido cuando atravesamos las colinas. Somos de casa, después de todo."

"¿Siempre corre con ustedes?"

Los ojos de Garrett se entrecerraron mientras volvía a su tarea. Annelise pudo ver que no estaba contento.

"Nunca abandona a mi marido", dijo Annelise cuando él se quedó en silencio. "Es extraordinariamente leal".

"Sin embargo, el sabueso se ha ido esta mañana".

Garrett se encogió de hombros. "Es un sabueso que se cuida a sí mismo. Si nos defendió anoche, nos alcanzará en este día." Él miró al mozo de cuadra. "Mi esposa no está acostumbrada a perros de tanta independencia, por lo que se preocupa por su destino".

"—Quizá sea en parte lobo en verdad" —sugirió el mozo de cuadra. "Y necesita ser salvaje a veces".

"No puedo decirlo", dijo Garrett, su tono indicaba que terminaría la conversación.

El mozo no captó la indirecta. "¿No lo elegiste de una camada?"

"El perro eligió a mi esposo, como se cuenta la historia", intervino Annelise, porque notó el estado de ánimo de Garrett. "Pero no se puede dudar de su lealtad. Estoy tan contenta de que estuviera aquí anoche."

"¿Mata como un lobo?"

Garrett apretó los dientes visiblemente.

"Solo a aquellos que amenazan el bienestar de mi esposo", dijo Annelise, inventando un cuento. "Si el lobo blanco regresaba a este establo, no quisiera que fuera lastimado.

Garrett la miró con dureza, lo que Annelise ignoró.

Mientras tanto, el mozo asintió con satisfacción. "Entonces es un perro leal". Hizo un gesto de aprobación a Garrett, que había terminado de ensillar a Yseult y la estaba sacando del establo. "Un buen viaje para ustedes. Deberían hacer una buena distancia con tan buen tiempo. ¿Cuál es su destino?"

"Viajamos a Edimburgo", dijo Garrett con tanta seguridad que Annelise se preguntó si era cierto. "Tengo un asunto que someter a las cortes del rey".

"Entonces, Dios te bendiga. El padre Thomas está en oración, o él mismo les desearía lo mejor."

"Te ruego que le agradezcas su hospitalidad". Garrett hizo una reverencia y luego subió a Annelise a la silla. Se colocó detrás de ella, animando a Yseult a caminar rápidamente. Cruzaron el patio mientras el mozo de cuadra los miraba, luego cruzaron las puertas. Garrett tomó el camino que los llevaría al este y lo siguió hasta que se perdieron de vista del monasterio.

Annelise sabía que no se imaginaba el destello de blanco que aparecía en el bosque junto a ellos. Podría haber sido un rayo de sol, que alcanzaba sus dedos a través del dosel frondoso en lo alto, pero seguía su.

Sin embargo, dada la reacción de Garrett, no dijo nada al respecto.

Todavía.

"¿Edimburgo?" preguntó ella. "¿De verdad?"

"No." Garrett respondió. Miró hacia atrás, confirmó que estaban fuera de la vista, luego giró hacia un sendero estrecho en el bosque. "Pero ahora puedes ver, mi señora, que puedo mentir tan bien como tú cuando las circunstancias lo exigen."

"Crees que nos seguirán".

"No puedo imaginar que no lo hagan, y no por un perro que se parece a un lobo blanco". Él la miró fijamente. "¿Qué es este cuento que creaste y por qué?"

"Cada cuento que hemos escuchado presentaba un lobo blanco, uno que podría cambiar a una mujer".

"Son cuentos, Annelise".

"Un lobo blanco nos mantuvo alejados del camino..."

"Sé lo que puede hacer un lobo", replicó él, su tono era duro. "Y he perdido mucho a sus apetitos". Su agarre se apretó sobre ella. "Vuelvo a decir que no te perderé, Annelise".

"No creo que lo hagas. Creo que este lobo es más que un lobo...
"

"¿Y debería dejarlo vivir, por si acaso tienes razón?" Garrett negó con la cabeza. "No bajaré la guardia porque sientes simpatía por una criatura salvaje que puede aprovechar cualquier ventaja para arrancarte la garganta". Sus labios se tensaron con gravedad. "Nunca, Annelise. No me lo pidas ".

"¿Pero y si te equivocas? ¿Y si el lobo está atado a tu destino? ¿Piensas en el caballero de tu cuento de Broceliande? ¿Errarías como él y perderías a alguien a quien amas?

Él le lanzó una mirada que brillaba con determinación. "¿Qué pasa si te equivocas y este capricho te cuesta la vida?" demandó él. "No sucederá mientras estés en mi compañía".

Annelise frunció el ceño mientras miraba hacia delante. "No escuchaste los pensamientos del mozo esta mañana".

Garrett frunció los labios, pero no respondió. Annelise, finalmente, supo por qué.

Ella persistió en adivinar sus habilidades, porque él había dicho que podría hacerlo. "¿O era solo que podías soportar mejor su sonido?"

Él frunció el ceño. "Me desperté esta mañana sintiéndome muy bien, mucho mejor que estos últimos meses". Annelise hizo más preguntas, pero Garrett se llevó un dedo a los labios. "Hay otra historia que quisiera contarte, pero debe esperar hasta que lleguemos a nuestro destino este día. Por el momento, cabalguemos."

"¿Está lejos?"

"Será un día largo". Garrett escudriñó el bosque con los ojos entrecerrados. "Dime cuando vuelvas a ver al lobo", ordenó, y su tono era sombrío.

Annelise observó todo ese día, pero para su alivio, nunca volvió a ver al lobo blanco. Ambos deseaban verlo y ella sabía que si lo veía, podría sentirse obligada a decírselo a Garrett. Su ausencia la salvó de la prueba de tomar una decisión. Sin embargo, estaba segura de que el lobo estaba allí, fuera de la vista.

Y aunque siempre había temido a los lobos, Annelise se alegraba de tener a éste detrás de ellos.

LA MENTE de Garrett nunca había estado tan clara. Él solo podía esperar que el regalo de la caricia de Annelise fuera duradero. Por primera vez en muchos años, se sintió optimista sobre su futuro. Todavía había obstáculos ante ellos, pero tenía una nueva fe en su propio futuro, con Annelise a su lado.

Un detalle molesto era el lobo blanco. Garrett no podía sentir a la criatura, lo cual era preocupante, pero no dudaba que la criatura estuviera esperando un momento de vulnerabilidad. Él no compartía la preocupación de Annelise por su bienestar, mucho menos su deseo de verlo ileso. Solo tenía que recordar lo que había resultado de la confianza de Mhairi en un lobo, ¡y además, en uno blanco! - para recordar el precio que se podía pagar. Los lobos no eran dignos de confianza, sin importar su color, y su naturaleza no cambiaba. Era por miedo que los hombres inventaban historias sobre ellos. Era un eufemismo que no le hubiera complacido saber que uno había visitado el establo la noche anterior.

Él deseó que el mozo de cuadra hubiera matado al lobo.

El triunfo estaba demasiado cerca para permitir que se lo arrebataran. Él no dejaría que el lobo se llevara a Annelise, lo que significaba que tenía que anticiparlo. Él esperaba que ella no fuera testigo de lo que tenía que hacer para defenderla.

¿Y el lobo gris de patas y hocico oscuros? Por mucho que a Garrett le disgustara admitirlo, había algo diferente en él, una fuga en sus pensamientos que él había notado. Garrett había pensado que era una señal de la naturaleza astuta de la criatura en ese entonces, y se aferraría a esa opinión por el momento.

Cabalgó duro sobre Yseult ese día, sabiendo cuánta distancia tenían que recorrer. Era posible que dejaran al lobo muy atrás, pero Garrett no confiaría en burlar a una criatura tan astuta.

Una cosa era segura: no acamparían en el bosque esa noche, no con un lobo siguiendo sus pasos. Cabalgarían hasta que encontraran refugio, sin importar cuanto demorara el viaje.

CAPÍTULO 13

Estaba oscuro cuando Garrett condujo a Yseult por un pequeño sendero. Annelise estaba cansada y dolorida por un día completo de cabalgar, pero sentía la anticipación de Garrett. Ella miró a su alrededor con curiosidad. ¿Dónde la había traído y qué historia le iba a contar?

La luna había salido horas antes y estaba casi llena. Eran afortunados en eso, porque su brillo iluminaba su camino. El sendero no estaba tan transitado. Annelise supuso que lo habían hecho personas, en lugar de caballos, y no mucha gente. La vegetación se apiñaba por ambos lados, como si el camino no se hubiera usado mucho últimamente.

La tierra se había inclinado hacia abajo durante toda la tarde y el viento había sido fuerte. Estaba fresco con un toque de sal, tan vigorizante como el agua fría. Annelise aún no había visto el mar, porque los árboles crecían altos y densos.

Un arroyo corría al lado del camino, el agua saltaba sobre rocas y piedras mientras corría su curso descendente. Para su sorpresa, una pequeña cabaña apareció a la vista debajo de ellos. Estaba bien disfrazada, su techo cubierto con la misma vegetación que tapizaba la colina. Había que mirar dos veces para verla, especialmente a la luz de la luna. Su muro trasero debía haber sido construido en la propia colina, y su puerta de entrada estaría orientada hacia el oeste.

Garrett condujo a Yseult a un patio vallado en el lado cuesta abajo de la cabaña. Debajo de esa área, el suelo volvía a caer abruptamente y estaba cubierto de árboles de todo tipo. Annelise vió el brillo del mar y se maravilló de la serenidad del lugar. Garrett ató a Yseult en un cobertizo y bajó a Annelise.

"¿Qué es este lugar?" preguntó ella cuando él no dijo nada.

"Hogar." Él miró a su alrededor con cariño y un poco de pesar. "Yo crecí aquí".

Con eso, sacó un balde del interior de la cabaña y se dirigió al arroyo para llenarlo. Él no saludó y ella supuso claramente que nadie estaría en la residencia para recibirlo. Annelise se giró en su lugar, maravillada por esto, y vio un montículo de tierra recién removida más allá de la casa.

Tal vez un jardín abandonado después de haber sido remodelado en primavera. ¿Por qué? ¿Porque Garrett se había ido para rastrear al lobo? ¿O se había ido antes de eso?

"¿Nos quedaremos aquí?" le preguntó a Garrett cuando regresó con el balde rebosante.

"Por esta noche y quizás mañana", dijo él, mirando las colinas sobre el camino. "Veremos lo que trae el amanecer". Yseult comenzó a beber con avidez incluso cuando Garrett escudriñó el bosque una vez más.

Annelise se quitó la bolsa y desabrochó la silla. Garrett levantó la silla y la dejó en el suelo, mientras Annelise miraba a su alrededor. Garrett entró en la cabaña y regresó con un cubo de avena, una ofrenda que agradó enormemente a Yseult.

"Hay un cepillo en la cabaña", dijo Garrett. Debería haberlo traído. Solía usarlo con las cabras, pero es la mejor opción que tenemos. ¿Lo buscarías? Estará junto al baúl."

"Por supuesto. Entonces criaste cabras ", dijo Annelise. "Por eso sabías cómo cuidar a las de la Fortaleza Seton"

"Tuvimos al menos treinta en algún momento". Garrett sonrió al recordarlo. "Podían ser criaturas divertidas, y no hay nada tan bueno como su leche". Cogió la manta de la espalda de Yseult y Annelise notó la pátina de sudor en el abrigo de la yegua.

Ella tenía que conseguir el cepillo.

Annelise entró en la cabaña, más que curiosa. El interior estaba oscuro y fresco, y olía a hierbas secas. Abrió las contraventanas de una ventana para dejar pasar la luz de la luna y examinó la pulcra morada. Las piedras ennegrecidas en el piso indicaban dónde a menudo se encendía un fuego, y había un agujero en el techo sobre el lugar. Un trípode estaba cerca de las piedras para el fuego. Había alacenas y estantes a lo largo de esa pared, y Annelise pudo distinguir dos ollas, tres cuencos y un par de linternas de aceite. En la pared opuesta había tres taburetes y tres tarimas de paja, clavijas en la pared para la ropa. Todo estaba muy ordenado y limpio. Contra la pared del fondo había un baúl pintado que parecía ocupar un lugar de honor.

Encontró el cepillo en un estante sobre el baúl, tal como había dicho Garrett. Ella miró el baúl y no pudo resistir su curiosidad. Lo abrió para ver que algo estaba envuelto con cuidado en la parte superior. Echó un vistazo dentro de la envoltura, solo para encontrar una prenda en proceso de coser. Incluso en la mínima luz, Annelise pudo ver que la tela verde era fina, tan fina y con tal brillo que solo podía estar hecha de seda.

¿Una prenda de seda en ese lugar? Parecía incongruente.

A menos que hubiera más en la vida de Garrett de lo que Annelise había imaginado.

Annelise decidió averiguarlo. Le llevó el cepillo a Garrett, llevándose el paquete con ella. Él apenas le dedicó una mirada, sino que comenzó a cepillar a Yseult. "¿Qué has encontrado?" preguntó sin mucho interés. Estaba claro que creía conocer el contenido de la cabaña y también que no tenía secretos para ella.

Annelise le sonrió, agradándole mucho su confianza, luego desenvolvió la prenda de seda. Era una falda de seda, adecuada para una mujer noble, aunque aún no estaba terminada. Las puntadas eran pequeñas y el bordado muy fino. Era necesario colocar una manga para completar la prenda.

Era hermosa.

La sacudió y brilló a la luz de la luna. El portador previsto no era solo una mujer, sino de la misma altura que ella. Eso le dio a Annelise un pensamiento desagradable.

¿Garrett había vivido ahí con su esposa? ¿O él había estado prometido a otra? Ella no pudo evitar creer que se trataba de una prenda destinada a una novia.

Y una mujer noble.

"¿Qué es eso?" Preguntó Garrett. Dejó a Yseult y se acercó a ella, frunciendo el ceño mientras miraba la fina tela.

"¿No sabes?"

Él sacudió la cabeza, tan claramente desconcertado que Annelise se tranquilizó. Aun así, tenía que preguntar. "¿Lo trajiste contigo?"

Annelise negó con la cabeza. "Estaba en el baúl. ¿Es el vestido de novia de tu esposa?

Garrett se encogió de hombros ante la sugerencia. "¿Cómo pudo Mhairi haberte conocido antes que yo?"

"¿Una buena prenda para Mhairi?" adivinó ella. Garrett había mencionado su nombre antes.

Garrett sonrió y negó con la cabeza. "Mhairi me crió como su propio hijo", confesó. "No se podría encontrar una mujer más fornida y robusta entre aquí y Londres. Ella necesitaría tres prendas como esta para hacer una."

"¿Pero sus costuras son bien hechas?"

"Muy bien hechas. Seamus siempre le decía que podría haber cosido para una dama." Entonces se sintió en silencio, su garganta moviéndose.

"Tu padre", adivinó Annelise.

"Así lo había creído, hasta el invierno pasado".

"Me gustaría conocerlos", dijo Annelise en voz baja cuando él no hizo tal oferta.

Garrett se volvió e hizo un gesto hacia el montículo de tierra. Annelise estaba segura de haber visto lágrimas en sus ojos. "Lamentablemente, es demasiado tarde para eso", dijo en voz baja. "Y la culpa es mía".

Ese fue el momento en que Annelise distinguió el par de cruces clavadas en esa tierra recién removida. Era una tumba, una que no se había cavado hacía mucho tiempo.

"Tú hiciste eso", adivinó ella y él asintió una vez. "Cuéntame."

Garrett respiró hondo y examinó el pequeño claro como si viera mil recuerdos vivos en ese lugar. Luego se pasó una mano por el pelo y miró al suelo. "Me criaron aquí. Es el único lugar que conocí. Y ellos..." —señaló con la cabeza hacia las tumbas— "eran los únicos parientes que conocí."

"Mhairi y Seamus," murmuró Annelise.

"Durante años pensé que era su único hijo. Cuidé las cabras y me enseñaron todo lo que sabían. Seamus había luchado en Francia, luego abandonó la vida de la guerra para casarse con su amor y vivir en tranquilidad. Me enseñó a pelear. Era un hombre que decía poco pero cuyas acciones lo decían todo. Mhairi me enseñó sobre las plantas y los bosques y las criaturas que hay dentro. Era una mujer que contaba cuentos y horneaba bannocks y amaba con el corazón y el alma."

Se volvió para mirar el bosque circundante, escudriñando sus profundidades como si quisiera verlos allí. "Ella compartía tu afecto por los lobos, aunque yo no".

"Cuéntame."

"Hace años, vi un lobo cuando estaba cuidando las cabras en las colinas. Pensaba que nos seguía, aunque era evasivo como lo son los lobos. Solo pude vislumbrarlo. Creí haberlo visto esa noche y nuevamente al día siguiente. Yo era un simple niño, pero ya había visto lo que un lobo podía hacerle a una cabra que se había quedado fuera del prado por la noche. Al tercer día, me negué a llevar las cabras a pastar solo. Cuando Mhairi escuchó la historia, decidió venir conmigo al día siguiente. El lobo salió de las sombras hacia ella una vez que estuvimos en el pasto, y lo vi claramente por primera vez. Para mi sorpresa, era de un blanco puro."

"Con ojos azules", adivinó Annelise.

Garrett le lanzó una mirada. "Para mi mayor sorpresa, Mhairi llamó al lobo y le ofreció comida de nuestra propia despensa. Temí lo peor, pero el lobo era tan dócil como un sabueso adiestrado. Comió con delicadeza de su mano y durmió a nuestro lado después de su comida. Se arrastró detrás de nosotros cuando regresamos a casa esa noche. Muy tranquilo, comencé a hacer lo que había hecho Mhairi, y durante mucho tiempo, ese lobo blanco y yo tuvimos una compañía poco probable. Sin embargo, un día no apareció. Creí que se había trasladado a otra parte del bosque, porque se sabe que los lobos deambulan."

"Quizás estaba herido", dijo Annelise.

"Como tú, Mhairi estaba preocupada por el lobo blanco. Me pidió que lo buscara y ella misma lo buscó. Nunca lo encontramos. Quizás murió. Mhairi nunca dejó de preguntar por él, porque nunca creyó que estuviera muerto."

"¿Cuánto tiempo viven los lobos?"

"No tanto como eso." Garrett suspiró. "Yo pensaba que Mhairi se confundía a medida que envejecía. Se ponía tan nerviosa por el lobo blanco que a veces le decía que lo había vuelto a ver. Siempre se sentía muy aliviada cuando le decía eso, aunque no era posible. Ese lobo habría estado muerto hace mucho tiempo."

"¿Alguna vez estuvo confundida por algo más?"

Garrett negó con la cabeza. "Solo por el lobo blanco". Suspiró y miró fijamente las tumbas. "Y así pasaron los años y me convertí en hombre, y ambos me enseñaron todo lo que sabían. Estaba contento de vivir con ellos, especialmente a medida que envejecían y eran menos capaces de hacer todo el trabajo que había que hacer. Entonces Seamus tuvo una caída el invierno pasado. Se resbaló en el hielo del camino y se hizo una herida que no sanó, a pesar de los esfuerzos de Mhairi. Se fue a la cama y se movía poco, menos aún sin mi ayuda. A menudo los escuché discutir, algo que nunca antes habían hecho." Garrett hizo una pausa. "Estaban discutiendo por mí".

"Querían que te casaras".

Garrett asintió. "Mhairi quería despedirme, para defender mi caso en algún tribunal. Seamus insistió en que era una locura siquiera pensar en tal hecho."

"¿Qué caso?"

"Eso fue lo que les pregunté, cuando los interrumpí ese día." Garrett la miró fijamente. "Se sorprendieron de que los hubiera escuchado, y Seamus estaba muy enojado conmigo. Me dijo que olvidara todo lo que había escuchado. Sin embargo, Mhairi insistió en que yo era el heredero legítimo de una propiedad. Dijo que mi propio padre me había echado fuera cuando era un bebé y que me había defraudado. Quería que fuera a ver a mi padre, porque estaba segura de que él no podía negar a un hombre tan fácilmente como había negado a un bebé. Seamus no compartía su punto de vista."

"Entonces, te hablaron de tu linaje".

Garrett asintió. "Yo no estaba demasiado interesado en estas noticias o esta búsqueda. Me sorprendió demasiado saber que no era su hijo. No podía creer que nunca hubieran dado una pista de esta verdad en veinticinco años. De hecho, lo llamé falsedad, y Seamus se ofendió porque su palabra era su vínculo. Mhairi luego dijo que yo no podía seguir viviendo allí solo, sin esposa o hijo, porque no podía soportar la posibilidad de que estuviera solo durante todos mis días. Insistí en que no los dejaría. Estaba claro que necesitaban mi ayuda. Seamus declaró que no me necesitaban y nuestros ánimos se levantaron. Ellos dijeron mucho y yo dije más, y luego me fui. Me dolió que las personas en las que más confiaba en el mundo me hubieran engañado y me echaran."

"Si eras el hijo del Señor de esa propiedad, te estaban protegiendo".

Garrett asintió. "Hablas bien, y cuando mi temperamento se enfrió, me di cuenta de ello. Fui a confrontar a mi supuesto padre y me negaron una audiencia. Él llamó a la historia una mentira y me echó sin ser visto. No podría articular mi caso, si es que tengo uno."

"Tu enfermedad empeoró allí", supuso Annelise, pero Garrett ni lo confirmó ni lo negó.

"Quizás me había equivocado de torreón".

"Le creíste a Mhairi".

"Ella nunca me mintió. Regresé aquí para disculparme por mi enojo y hacer más preguntas, pero ya era demasiado tarde ". Su mirada se posó en el montículo de tierra.

"Seguramente no podrían haber fallecido tan repentinamente".

"Fueron asesinados", dijo Garrett, su tono severo. "Fueron asesinados por un lobo, el mismo lobo que mató a todo el rebaño de cabras en mi ausencia".

Annelise contuvo el aliento.

"Regresé a una escena de carnicería y derramamiento de sangre. Ví al lobo, dando vueltas, y juré que no sobreviviría la temporada. Era distintivo, con esas patas y hocico oscuros. Enterré a Mhairi y Seamus, arrepintiéndome de todo lo que había dicho y prometiendo hacer lo correcto por ellos. Quemé los cuerpos de las cabras, lamentando su pérdida. Culpé al lobo blanco por esta parodia. Quizás él había acercado al lobo devastador, quizás no. Al menos, había fomentado la confianza de Mhairi, que estaba fuera de lugar en un depredador como un lobo."

Annelise puso su mano sobre la de él, comprendiendo ahora por qué desconfiaba tanto de los lobos.

Garrett le apretó los dedos. "Sobre todo me culpaba a mí mismo. Nunca debería haberlos dejado, ni siquiera por un día. Sabía que Seamus no podía caminar solo y sabía que Mhairi estaba débil. Pero en mi ira, los dejé solos e indefensos, y eso fue su perdición."

"Cazaste al lobo," susurró Annelise.

Él asintió de nuevo, con expresión sombría. "Afilé mi cuchillo y empaqué todo lo que tomaría de este lugar. Me propuse cazar al lobo que me había robado todo el mérito de mi vida." Garrett levantó la mirada para encontrarse con la de Annelise, sus ojos tan fríos que ella se estremeció. "Al final, lo maté, cuando él también te habría matado a ti".

Él parecía decidido y feroz, sus ojos de un azul intenso y su mandíbula apretada. Annelise sabía que Garrett nunca dudaría en hacer lo que tenía que hacer, pero en esto, temía que él no viera toda la verdad. Ella lamentaba su pérdida, pero tenía que asegurarse de que no se equivocara.

ANNELISE TRAGÓ, luego puso su mano sobre el hombro de Garrett. "¿No considerarás que el lobo te trajo a mí, porque no nos hubiéramos encontrado sin tu búsqueda? Hay maldad en su acción, pero no todo lo que salió de ella fue malo."

Garrett exhaló un suspiro. Él le hizo girar la mano y luego le sonrió torcidamente. "Confía en ti para encontrar el oro en la escoria", murmuró, luego se inclinó para besarla suavemente.

Annelise probó la soledad en su beso y le echó los brazos al cuello. Ella se estiró hasta los dedos de los pies para besarlo más completamente, exigiendo más de él en su necesidad de dar. Los brazos de Garrett la rodearon y profundizó su beso, recordándole el placer que habían compartido la noche anterior.

Rompió el beso cuando la sangre de ella estaba hirviendo y echó un vistazo a la luna. "Y, sin embargo, todavía hay un lobo", dijo con determinación. "No volveré a ver a un lobo robarme en este lugar".

"¿No considerarías que el lobo blanco nos ha ayudado?"

"Nos acecha, Annelise, o tal vez te acecha a ti. Conozco a los lobos y sé cómo cazan. Sé que quieres creer en la bondad, pero en este asunto te equivocas."

Annelise miró por encima del apacible claro y luego a la seda en sus manos. "¿Dónde está el lobo blanco?" preguntó ella suavemente.

"Yo no lo sé. Puede que esté demasiado distante para verlo."

Annelise miró hacia arriba. "No sabías que estaba en los establos anoche".

Garrett frunció el ceño. "Dormí profundamente".

"No creo que pudieras dormir tan profundamente como para no escuchar a un depredador", argumentó Annelise en voz baja. Ella lo señaló con un dedo. "Creo que el lobo no es una criatura mortal. Creo que es un hada, y es por eso que no puedes escucharlo."

Los labios de Garrett se tensaron. "¿Y qué hay del otro, al que maté? Dices que es un hada, pero escuché sus pensamientos. Así es como lo rastreé."

"Mitad hada", dijo Annelise en voz baja. "Su madre eligió el cambio de forma como su único don de las hadas. Del mismo modo que la tuya eligió la capacidad de escuchar el pensamiento de criaturas mortales como tu don."

"Maldición", corrigió Garrett con fuerza.

Annelise se inclinó hacia él y le sostuvo la mirada. "¿Conoces mis pensamientos, Garrett?"

Él sacudió la cabeza, indicando que no podía o no quería responderle directamente. "Mhairi me dijo que debería conocer a la mujer que pretendía ser mi verdadero amor, porque ella me ofrecería consuelo."

Annelise asintió, porque no estaba sorprendida. Luego se mordió el labio ante un detalle que recordaba de su último sueño. "Mhairi y Seamus deben haber sabido toda tu vida que no eras su hijo. ¿Por qué no estabas consciente de sus pensamientos? "

Él parecía desconcertado. "Seamus tenía dudas, pero no le importaba", reconoció.

"Tampoco pudiste escuchar los pensamientos de Mhairi, ¿verdad?" Annelise se inclinó más hacia él y bajó la voz. "¿Y si ella fuera un hada?"

Garrett extendió las manos. "¡Esto es una locura! Primero me harías confiar en un lobo, luego dirías que mi madre adoptiva era un hada. La conocí toda mi vida..."

"Y ella te ocultó una verdad clave, toda tu vida, aunque debió haber estado en sus pensamientos. En mi sueño, ella había entregado muchos de sus dones de hada para estar con su amor, un hombre mortal, y uno de sus sacrificios fue la capacidad de darle un hijo. Ella te adoptó en su lugar." Sus miradas se sostuvieron mientras ella lo desafiaba a aceptar su conclusión, pero Garrett se pasó una mano por el cabello con impaciencia.

"Debo ocuparme de la seguridad de Yseult, luego de la nuestra", dijo él, su tono severo. Condujo a Yseult a un establo que se apoyaba en un extremo de la cabaña. La ató allí, puso su comida y agua a su alcance y colgó sus riendas en el establo. Annelise vio a Yseult agachando la cabeza para dormitar antes de que Garrett cerrara y bloqueara la puerta.

Luego acompañó a Annelise a la cabaña. Él encendió un fuego en la chimenea y luego cerró la contraventana que ella había abierto. Se fue al arroyo con varios baldes y regresó momentos después con ellos rebosantes de agua. Vertió agua en una tetera y la colgó sobre el fuego, la vista llenó a Annelise con el anhelo de un baño caliente.

"¿Qué hay del bordado?" preguntó ella, incluso mientras dejaba la fina seda. No pudo evitar acariciar la fina tela y luchó con una extraña convicción de que no solo el trabajo de Mhairi había quedado incompleto, sino que ella debía terminarlo.

Garrett se encogió de hombros, no tan intrigado como Annelise. "Mhairi debe haber esperado que yo trajera una novia a casa después de mi partida. Quizás por eso no está terminado." Él la besó en la sien. "Deberías tomarlo, para ti misma. El color te quedaría bien."

Annelise se mordió el labio, sintiendo que su conclusión era incorrecta. Él tomó su silencio por timidez y tocó sus labios con los de ella. "En verdad, debes tomarlo", susurró, luego se alejó. Su mirada buscó la de ella. "No deseo discutir, Annelise."

Ella le sonrió. "Entonces sólo tienes que estar de acuerdo conmigo".

Él no sonrió, sino que encendió una linterna y desenvainó su cuchillo. "Echa el cerrojo a la puerta detrás de mí".

"¿Adónde vas?"

"Debo honrar su memoria, ahora que he regresado, y contarles de la dama que tomaré por esposa". Sus labios se tensaron. "Y dejaré una señal para el lobo de que hay un cazador en la residencia".

"No lo matarás", protestó Annelise. "¡Lo prohíbo!"

Él la miró. "Me defenderé si me atacan y te defenderé en el mismo caso".

Pero no lo caces, Garrett, te lo ruego. Dale a la criatura la oportunidad de defenderse."

"Es un lobo, Annelise".

Ella sacudió su cabeza. "No me parece. Te lo ruego, haz esto por mí." Ella se retorció las manos. "Recuerda al cazador del cuento de Mhairi que sin querer mató a su amada. ¿Por qué crees que te contó esa historia? ¡Quería advertirte que no cometieras el mismo error!"

Él vaciló y ella vio la lucha dentro de él. Él había perdido a dos personas que amaba por el ataque de un lobo y ella vio que su instinto era asegurarse de que eso no pudiera volver a suceder. "Pero entonces, si la historia fuera correcta, el lobo blanco sería un hada".

Annelise asintió. "Y tu verdadera madre. Piensa, Garrett. Tú escuchas los pensamientos de los demás, como un legado de tu sangre de las hadas." Ella le sonrió, solo queriendo convencerlo de la verdad. "Mi sueño también insistía en que el amor verdadero podía romper muchas maldiciones de las hadas."

Garrett contuvo el aliento y le apretó la mano. "Es una noción notable y que me gusta mucho", murmuró. "Pero aún le temo a ese lobo". Tocó su mejilla con la yema de un dedo. "No te decepciones demasiado de que no tengo prisa por perderte".

Cuando la besó tan ardientemente, Annelise apenas pudo quejarse. Entonces él se puso de pie y se fue, y ella pudo ver que estaba preocupado por la presencia de la criatura. Annelise se asomó por la puerta para ver cómo Garrett orinaba alrededor de la cabaña y el establo, dejando un mensaje que un lobo entendería. Él inspeccionó el bosque circundante, luego se arrodilló ante las tumbas e inclinó la cabeza.

No había señales de movimiento en el bosque, ningún indicio de que no estuvieran solos.

Annelise miró a Garrett y pensó en la historia del mozo esa misma mañana.

Pensó en la determinación de Mhairi de mostrar bondad al lobo blanco. Recordó la historia que había escuchado en la Fortaleza Seton y la que Garrett le había contado él mismo.

Annelise miró la tela y supo quién estaba destinada a usar ese kirtle.

Garrett no era el único que había sido engañado.

Ella encontró una aguja e hilo guardados en el baúl y tomó una decisión. Llevó un taburete al lado del fuego y encendió una linterna. Su luz dorada hizo brillar la seda verde, incluso cuando Annelise enhebró su aguja y se dispuso a completar lo que Mhairi había comenzado. Garrett no estaba convencido de la intención del lobo blanco, por lo que Annelise tenía que persuadirlo.

Hada.

Por mucho que Garrett quisiera descartar la noción de Annelise, llevaba el anillo convincente de la verdad. ¿Cómo podría Mhairi haberle ocultado la verdad durante tantos años, a menos que él no tuviera la capacidad de escuchar sus pensamientos?

Su experiencia de Mhairi era diferente a la de Annelise. Él nunca había oído los pensamientos de su madre adoptiva. Con Annelise, él podía sentir su presencia y sentir la serenidad que irradiaba de su persona. Él sabía dónde estaba y tenía el más mínimo atisbo de conciencia de su estado de ánimo. Si escuchaba con atención, podía oír sus pensamientos, pero eran débiles y no exigentes. Por eso era pacífico estar en su presencia.

Él estaba asombrado de que nunca se hubiera dado cuenta de la ausencia de los pensamientos de Mhairi en su propia mente. Había sido Mhairi quien le había dado un consejo cuando iban a la aldea,

Mhairi quien le había aconsejado cómo lidiar con la avalancha de voces en su mente. Él había asumido que compartían la habilidad.

Lo que también significaba que ella debía ser un hada. Las hadas podían escuchar los pensamientos de los mortales. Era su don y su maldición por ser mitad hada.

Confía en Annelise para mostrar la verdad.

¿Pero por qué la cacofonía de voces se había vuelto tan abrumadora cuando había visitado Killairig? Él había pensado que la enfermedad simplemente empeoraba con el tiempo, o que había más gente en ese lugar, pero ahora se preguntaba. Toda su vida había ido a la aldea con Mhairi y Seamus, y había escuchado los pensamientos de los demás. Eso no le había preocupado. No lo había llevado a la locura ni había debilitado su capacidad para caminar y hablar.

Hasta Killairig.

¿Se le habría impuesto otra maldición de las hadas?

Annelise decía que el amor verdadero podría romper una maldición de las hadas, y la mañana después de que él se acostara con ella, las voces se habían calmado. ¿Annelise había roto el poder sobre él?

Garrett esperaba que fuera así. Incluso mientras oraba en las tumbas de los únicos padres que había conocido, sus pensamientos estaban consumidos por Annelise. A pesar de lo aliviado que estaba por haber llegado a casa, seguía inquieto. No le gustaba que el lobo permaneciera suelto, ya fuera hada o no. No le gustaba haberse acostado con Annelise, sin que se intercambiaran votos entre ellos. Él no podría haberse resistido a ella y su caricia lo había ayudado, pero sentía que había fallado en su resolución. No tenía ninguna duda de que ella era la dama con la que debía casarse. No había duda de que él se mantendría fiel a ella para siempre.

Pero el hecho era que solo él había confesado amar, y temía que la razón fuera la incertidumbre de su dama sobre sus intenciones. Habían estado en desacuerdo sobre el lobo, y no había nada como un desacuerdo para sembrar dudas en la mente de una persona. Annelise venía de otro mundo, un reino de nobles y reglas y ceremonias. Al tomar su virginidad antes de que intercambiaran votos, él temió haber despertado una preocupación dentro de ella. Él no creía que Annelise lo hubiera engañado. Garrett sabía que ella había creído que era la elección correcta en ese momento.

Sin embargo, temía que ella hubiera reconsiderado su elección durante el largo viaje de ese día, tal vez incluso la hubiera cuestionado al llegar a su casa. Ese lugar había sido todo para él, y él se había sentido satisfecho ahí. Ese día, había tratado de verlo a través de los ojos de su dama y se dio cuenta de lo humilde que debía ser para todo lo que ella había conocido.

Después de todo, ella pensaba que la Fortaleza Seton era una morada sencilla. Garrett no podía ni empezar a imaginar la majestuosidad de Kinfairlie.

Dado eso, tuvo que preguntarse si su elección había sido él, o cualquier otro hombre que no fuera Orson.

Era una idea aterradora.

Garrett había querido cortejar a Annelise. Él quería tomar esos votos en la capilla donde ella se había criado y que su hermano pusiera su mano entre las suyas. Él quería que su familia deseara el matrimonio tanto como él. Garrett sabía que la honraría durante todos sus días y noches y garantizaría su bienestar antes que el suyo. Él quería estar seguro de que Annelise también lo sabía, y entendía que ese ritual familiar habría alimentado su confianza.

Él no quería obligar a su hermano a entregar a Annelise a su cuidado. No deseaba tomar lo que no era suyo para reclamar, incluso si Annelise se lo concedía todo voluntariamente, como un ladrón.

Peor aún, ahora que estaba en ese lugar familiar, temía que Mhairi no hubiera aprobado lo que había hecho. Ella habría admirado a Annelise y le habría gustado, de eso Garrett no tenía ninguna duda, y habría visto cómo la presencia de Annelise lo tranquilizaba.

Pero Mhairi podría haber tenido palabras severas para su hijo adoptivo, sobre el asunto de reclamar a su dama antes de que su familia aceptara que ella fuera su esposa. Aunque anhelaba estar con

Annelise de nuevo, perderse en su dulzura y sentir su piel contra la suya, Garrett necesitaba rezar por la guía de Mhairi.

Garrett oró mientras la noche se desvanecía y la luna se hundía en el horizonte. Era consciente de las criaturas del bosque, algunos curiosos acerca de él, otros no, todos siguiendo su rutina nocturna. Era consciente de Yseult, cansada pero contenta, olisqueando la avena mientras dormitaba. Podía sentir el charco de quietud que sabía que irradiaba Annelise, y podía oír el leve susurro de las hojas en los árboles en lo alto.

Estaba en casa.

Sin embargo, había una diferencia. Aunque era cierto que había pocos hombres en su vecindad, Garrett sentía que algo había cambiado cuando se había unido a Annelise para siempre.

¿Había tenido razón Mhairi cuando había insistido en que la mujer adecuada podía curarlo? Garrett respiró hondo y deseó su consejo. Para su sorpresa, sintió la confianza y la sabiduría de Mhairi como si estuviera con él. Ella podría haber estado parada detrás de él, con una mano sobre su hombro, su seguridad de que todo saldría bien haciéndolo sonreír. Ella siempre había creído lo mejor de cada alma, incluso de un lobo, y había sido increíblemente amable.

Su sonrisa se desvaneció abruptamente, porque no podía soportar imaginar que cualquier acto suyo pudiera decepcionar a Mhairi.

Pero Garrett solo sentía amor en ese lugar, y poco a poco la convicción de Mhairi de que el bien prevalecería llenó su dolorido corazón. Él casi podía oírla susurrar en su oído, que si su intención era buena, entonces eso era lo que importaba. Todo saldría bien si amaba a Annelise y la trataba como debería hacerlo un esposo, independientemente de cómo comenzara su matrimonio.

El amor, insistió Mhairi, es la clave que puede conquistarlo todo.

La confianza era el corazón de toda bondad.

Él tenía que confiar plenamente en ella.

Garrett abrió los ojos, vigorizado y tranquilizado. Todo estaba tan claro. Él amaba a Annelise. Ella llegaría a amarlo. El sol estaba saliendo y el cielo se iluminaba en lo alto. Él sabía qué promesa garantizaría que ella entendiera bien sus motivos hasta que pudieran presentarse ante un sacerdote. Juntos construirían su futuro. Garrett se levantó con determinación, se quitó la falda escocesa y fue hacia su dama.

Más tarde, cabalgarían. Él tenía un legado robado que reclamar, uno que aseguraría que Annelise tuviera la vida que esperaba.

Pero primero, se comprometería con ella.

<h1 style="text-align:center">CAPÍTULO 14</h1>

Por mucho que Annelise se enorgulleciera de su labor de costura, y por mucho tiempo que había dedicado a eso a lo largo de los años, siempre había anhelado una mayor aventura. Ella nunca había creído que podría perder el uso de una aguja, pero aprendió lo contrario cuando tomó el trabajo incompleto de Mhairi. La aguja se sintió bien en su mano y ella sonrió ante la perfección de los puntos de costura de la otra mujer. Ella examinó la manga que estaba completa y vió cómo hacer de la otra su espejo perfecto. Enhebró la aguja y se inclinó sobre el trabajo, incluso cuando la noche se alejaba.

La aguja parecía poseída por voluntad propia, o tal vez estaba encantada, porque cada puntada era perfecta la primera vez. Annelise se encontró trabajando más rápido de lo que era su costumbre, su deleite en la prenda crecía a medida que la terminaba. La seda verde brillaba a la luz de la linterna, recordándole la superficie de un lago al sol. La tela fluía sobre su regazo y se derramaba hacia sus pies, una seda tan finamente tejida como jamás había visto. No había modo de que durmiera, no cuando el trabajo era tan estimulante. Sus dolores de un largo día de cabalgar fueron olvidados. El fuego crepitaba a su lado mientras su aguja volaba.

Cuando terminó el kirtle, lo levantó y lo admiró. Luego lo dobló con cuidado, confiando en que su papel quedaría claro. Ella dejó el kirtle a un lado y se estiró, aprovechando finalmente la oportunidad para bañarse. No mucho después de que terminó, escuchó a Garrett llamar a la puerta. Annelise se sorprendió al descubrir que la luz se deslizaba por las contraventanas. Abrió las contraventanas de la ventana y luego la puerta, solo para encontrar una sonrisa en sus labios y un brillo en sus ojos. Parecía tan vital y tan orgulloso de sí mismo que su corazón latió con fuerza y sus labios se curvaron en una sonrisa de respuesta.

"Pareces más resuelto esta mañana", dijo ella.

"Como tú. Pero no tengo ninguna duda de mis intenciones ". Ofreció su mano. "Ven conmigo."

Annelise puso su mano en la de él, sin ninguna duda, pero consciente de que él no creería ninguna protesta que ella pudiera hacer. Ella agradeció la forma en que sus fuertes dedos se cerraron sobre los suyos. La condujo a través del claro y por un pequeño sendero rocoso. No muy lejos había un pequeño parapeto de piedra, formado naturalmente a partir de las colinas, que ofrecía una impresionante vista del océano muy por debajo. Annelise jadeó de alegría, incluso cuando apenas notaba cómo los árboles enmarcaban la vista, y cómo de repente parecía que estaban solos en el mundo.

Garrett se volvió hacia ella, tomando la mano derecha de ella en su mano derecha y la mano izquierda de Annelise en su mano izquierda. Sus manos se cruzaron entre ellos y Annelise sonrió porque formaban un vínculo continuo. "Un intercambio de votos", dijo ella, reconociendo la postura utilizada para tal promesa.

"Un año y un día", dijo Garrett solemnemente. Annelise miró hacia arriba para encontrar la luz del sol brillando en su cabello y su mirada se llenó de intención. "No es lo mismo que un voto hecho ante un sacerdote, pero te lo prometeré de todos modos. Prometo amarte y honrarte, Annelise Lammergeier, para defenderte y cuidar de ti, todos los días y todas las noches de un año y un día. Y si te fallo de alguna manera, puedes dejarme sin ninguna explicación, porque no merecería menos que perderte para siempre." Su mirada se clavó en la de ella, su intensidad hizo que su corazón saltara. "Y si no te fallo, te pediría que consideres renovar nuestros votos en Kinfairlie, en ese año y un día o antes, porque te abrazaría y te mantendría para siempre."

Annelise apretó sus manos con más fuerza, su pecho tan apretado que temió no poder respirar. "Y yo juro, Garrett MacLachlan, amarte y honrarte, defenderte y cuidar de ti, todos los días y todas las noches de un año y un día. Si te fallo…"

Garrett rozó los labios con los de ella para silenciarla. "No es posible que puedas fallarme, Annelise", murmuró, sus ojos brillando con confianza. Estaba tan cerca y tan concentrado que la boca de Annelise se secó. Ella se estremeció al recordar la sensación de él dentro de ella y quería eso de nuevo. Antes de que pudiera argumentar que todo era posible, Garrett se inclinó y la besó de nuevo.

Su beso fue tan suave y seguro como siempre, pero había una nueva urgencia al respecto. Cuando ella lo rodeó con los brazos, él rompió el beso y levantó un dedo en señal de advertencia.

"Lentamente esta vez", dijo él. "Y a la luz del sol".

Annelise sonrió ante la perspectiva, incluso mientras él la conducía a un terreno soleado. Garrett desató el cordón que ataba su trenza y sacudió su cabello para liberarlo. Annelise ronroneó bastante cuando él le pasó los dedos por el pelo, dejando que cayera en cascada sobre sus dedos y se extendiera sobre sus hombros.

"—Otra vez" —exigió ella en un susurro, amando la sensación de sus manos sobre su piel, y él volvió a clavar los dedos en su cabello. Annelise echó la cabeza hacia atrás y disfrutó de su caricia, cerrando los ojos hasta que él la besó de nuevo. Su mano cayó a su pecho, ahuecando su peso en su mano, su pulgar se deslizó por el pico tenso. Annelise jadeó y arqueó la espalda, y él le pellizcó el pezón entre el dedo y el pulgar, incluso mientras su lengua bailaba con la de ella. Una vez más, Annelise se sintió revivida, llena tanto de debilidad como de impaciencia. Ella quería saborear su caricia, pero también quería más y más. Él había despertado un hambre dentro de ella, uno que ella creía que nunca se saciaría.

No mientras fuera Garrett quien la tocara.

Ella quería ser valiente y hacer el amor afuera, en ese lugar que él había conocido y amado.

Annelise se desabrochó apresuradamente sus propios cordones, desabrochó los lados de su kirtle, luego se quitó la prenda de lana por encima de la cabeza y se la quitó. Su camisola era pura y vio la admiración de Garrett, pero ella deseaba estar desnuda cuando él la tocara. Annelise no quería barreras entre ellos, de ningún tipo. Se quitó la camisola con impaciencia, temiendo que su audacia se perdiera si se demoraba demasiado, luego se volvió hacia él, vestida sólo con sus medias.

Garrett la miró con un asombro que la hizo sonrojar.

El calor del deseo en sus ojos hizo que sus pezones se hincharan y lanzó un calor dentro de su vientre. Sentía que su piel hormigueaba mientras él la admiraba, y sacudió su cabello, volviéndose ante él con nuevo orgullo. El sol calentaba su piel y su intimidad era completa. Garrett sonrió, pero todavía no la alcanzó.

Desató su propia camisa y lo arrojó a un lado, luego se quitó la camisola. Annelise estaba fascinada por las diferencias entre sus cuerpos. Su piel estaba bronceada y dorada, y tenía vello en el pecho. Se quitó las botas y se quitó la falda escocesa dándole la espalda. Extendió el tartán en el suelo y luego se volvió para que ella lo viera por completo.

Annelise parpadeó y luego lo miró a los ojos con una sonrisa.

"¿Me ayudaría con mis medias, señor?" preguntó ella, su tono era burlón.

Garrett se arrodilló ante Annelise y colocó su pie sobre la otra rodilla. Él le desabrochó la bota y la dejó a un lado, luego le pasó los dedos por la pierna hasta la liga. Ella pensó que le desataría la liga, pero los dedos de una mano continuaron subiendo por la suave piel del interior de su muslo. La tocó con las yemas de los dedos, el primer contacto envió una sacudida de placer a través de Annelise, luego sus dedos la acariciaron lentamente. Ella se sintió jadear y luego ruborizarse, asombrada de que ese placer pudiera ser aún mayor la segunda vez. Él sonrió mientras sus dedos trabajaban contra ella y Annelise temió que no podría estar de pie por mucho más tiempo.

Luego él se inclinó y desató su liga con los dientes. Se deslizó por su media, deslizándola hasta su tobillo con la palma de su otra mano, su palma cálida y suave contra su piel. Aún su otra mano la provocaba y engatusaba, su toque alejaba todo pensamiento coherente de la mente de Annelise. Ella lo deseaba y no podía pensar en nada más.

De hecho, haberlo tenido una vez hacía que su anhelo por él fuera aún más agudo. Ella sabía cómo se sentiría y eso alimentaba su hambre de más.

Él puso su pie en el suelo, luego tomó el otro, intercambiando sus manos. Él repitió el mismo patrón, su otra mano se deslizó por el interior de su muslo hacia su calor secreto. Esta vez, sin embargo, Annelise se paró con los muslos un poco más separados, dándole acceso.

Acogiendo con gusto su toque.

Ella jadeó en voz alta cuando sus dedos se deslizaron sobre ella. Una vez más, él le desabrochó la liga con los dientes y, de nuevo, deslizó la media hacia abajo, moviéndose tan lentamente que Annelise pensó que nunca terminaría. Ella vio que su erección era más grande y más dura de lo que había sido y supo que él también disfrutaba de ese placer. Sus dedos se deslizaron más profundamente entre los pliegues húmedos e hinchados de sus labios, luego se deslizaron dentro de ella. Annelise jadeó de placer y se estremeció de tal manera que temió perder el equilibrio.

Garrett se puso de pie y la atrapó en su abrazo, besándola concienzudamente incluso mientras la levantaba. Annelise sintió como si estuviera flotando, luego sonrió mientras él la estiraba sobre el tartán.

Su mano se cerró de nuevo sobre su pecho y Annelise prefirió la sensación de su palma sobre su piel desnuda. Garrett pellizcó el pezón una vez más, haciéndola retorcerse con un deseo que ella no pudo nombrar, luego reemplazó sus dedos con su boca. Él se amamantó, tiró de su pezón hasta un punto tenso, movió su lengua a través de él y lo succionó de nuevo. Era un beso, pero uno diferente, uno delicioso que dejó a Annelise retorciéndose.

Ella lo alcanzó, pero Garrett se movió más abajo, su lengua golpeando su ombligo antes de separar sus muslos y cerrar la boca en el calor que había encendido. Este era un beso destinado a volverla loca, y Annelise gimió cuando sintió que su lengua golpeaba la dura gota de su deseo. Ella abrió las piernas de par en par, invitando a su caricia, deseando conocer todo ese acto amoroso.

Ella cerró los ojos y se rindió al deseo que él convocaba tan fácilmente. Ella solo podía alcanzar hasta pasar sus manos sobre sus musculosos hombros, así que lo hizo, sintiendo que él era tan sólido y confiable como nunca podría serlo un hombre. Su caricia era suave y exigente. Annelise se escuchó a sí misma gemir cuando una marea de calor se acumuló dentro de ella. Sentía como si su piel estuviera en llamas, que ese deseo hervía dentro de ella, que el calor de la pasión la abrumaba por completo. Ella jadeó cuando Garrett la atormentó con placer, sin saber si podría soportar más hasta que él la obligó a hacerlo. Sintió su lengua y su aliento contra ella, y supo que no podía haber más sensación seductora, hasta que él rozó el núcleo de su deseo con los dientes.

ANNELISE GRITÓ cuando un torrente rompió sobre ella, rompiendo todas las sensaciones. Era más feroz y más placentero de lo que había sido antes, como si su cuerpo luchara por una mayor liberación cada vez. El corazón de Annelise tronó y su cuerpo tembló.

Ella se quedó sin aliento y el calor recorrió su cuerpo en una sensación triunfante y gloriosa.

Annelise abrió los ojos para encontrar a Garrett inclinado sobre ella, apoyando su peso en los codos. La dureza de él estaba entre sus muslos y había estrellas en sus ojos. Él le sonrió, claramente satisfecho con el placer que le había dado, y Annelise supo que tenía una deuda que pagarle.

Ella sonrió y envolvió sus piernas alrededor de su cintura, invitando a su posesión incluso mientras entrelazaba sus brazos alrededor de su cuello. "Soy tuya y de nadie más", susurró, y vio el destello de alegría en sus ojos. "Te amo, Garrett MacLachlan".

Garrett sonrió, luego inclinó la cabeza y la besó tan profundamente que Annelise solo pensó en el placer durante bastante tiempo.

~

"¿Puedes decirme qué pasó cuando fuiste a Killairig?" Annelise preguntó algún tiempo después. Garrett y ella se habían lavado y vestido y estaban sentados al sol frente a la cabaña. Estaba felizmente tranquilo y el viento empujaba pequeñas nubes a través del cielo azul. Annelise le ofreció un trozo de pan del monasterio y empezó a pelar la corteza del queso con su cuchillo de comer.

Garrett hizo una mueca. "Fue terrible." Él quería decírselo, pero necesitaba hablar con cuidado. El sol se estaba hundiendo y él escuchaba por costumbre el bosque circundante, pero no oía depredadores.

Annelise asintió. "Por supuesto, fue terrible. Porque no podías soportar el sonido de todos sus pensamientos en tu mente, así que colapsaste, así como lo hiciste la primera vez en la Fortaleza Seton."

"No estoy orgulloso del espectáculo que hice".

"Pero no lo anticipaste", reflexionó Annelise. "¿Fue peor que antes?"

Él la miró, pero no dijo nada. Como antes, ella encontró la llave sin su confesión. Le gustaba no tener que ponerla en peligro para que ellos resolvieran el acertijo.

"No esperabas estar tan afectado, porque nunca antes lo habías estado. Le sorprendió la vehemencia, o tal vez el volumen."

Ella tenía razón, pero él temía contarle exactamente lo que había experimentado. Garrett esperó, esperando que su dama continuara usando su ingenio.

Annelise agitó el cuchillo hacia él. "En el cuento de mi sueño, la hermana oscura maldijo al hijo que ella deseaba ver desacreditado, para que otros pensaran que estaba loco. Y en Killairig te echaron, tal vez incluso diciendo que eras un loco." Ella comió un trozo de queso. "Lo cual fue mucho más simple que considerar tu reclamo, tanto si había una maldición o no. ¿Ni siquiera habías presentado tu caso?"

Garrett negó con la cabeza. "Llegué y me anunciaron. La señora me ofreció una taza de cerveza como bienvenida. Ella fue muy amable."

Annelise frunció los labios mientras consideraba esto. "¿Y luego?"

"La bebí".

"¿Por qué? ¿No sospechabas de ella?

"¿Por qué lo sería? Ella fue amable en su saludo y no había malicia en sus modales... "

"¿Podías oír sus pensamientos?" Annelise exigió y Garrett la miró fijamente.

Él no los había escuchado.

"Ella es un hada", dijo Annelise con convicción. "Ella es la hermana oscura. ¡No lo ves, Garrett, todo debe ser cierto! Ella dejó el queso y el pan, su apetito evidentemente tan desterrado como el de Garrett.

"Los cuentos son una mezcla de verdad y fábula", dijo Garrett con suavidad. "No se sabe dónde termina uno y comienza el otro".

"Pero la historia que soñé es muy cierta".

Garrett levantó una mano. "Espera. Dices que Mhairi era un hada, pero ella está muerta ", dijo" Las hadas son inmortales ".

Annelise negó con la cabeza. "Mi hermana menor, Elizabeth, puede ver a las hadas. No son mortales. Es su naturaleza vivir fuera del tiempo, perdurar para siempre si todo va bien. Pero pueden ser asesinados por otras hadas, mortales o animales. Si mueren, están perdidos para sus compañeros, al igual que los mortales que mueren ya no son vistos por otros mortales. Y realmente, si tuviera que confiar la crianza de un niño a alguien, debería tratar de asegurarme de que el padre adoptivo comprenda plenamente la naturaleza del niño. Debería intentar hacer una unión." Annelise se puso de pie y se sacudió la falda. "Puedes escuchar los pensamientos de los demás, tanto mortales como animales. Se considera que esto es un don de las hadas, por lo que debe ser el legado de tu madre biológica."

"El lobo", murmuró Garrett.

Annelise asintió. "¿Recuerdas el cuento de Mhairi? La bruja quemó su ropa, asegurándose de que no pudiera volver a su forma humana. Creo que es muy evidente que el hijo desapareció porque fue confiado al cuidado de otra hada cercano a la madre biológica."

Aun así, Garrett luchó por aceptar su conclusión. "Annelise, esto es una historia increíble."

Ella le dirigió una mirada severa. "¿Lo es? Entonces, ¿por qué Mhairi mostró bondad con el lobo blanco? ¿Por qué ella esperaba que viviera más que un lobo? ¿Por qué todavía te sigue y te defiende?"

"No sabes que es el mismo lobo", protestó Garrett. "Y no pretendo arriesgar tu seguridad, ni siquiera la de Yseult, al permitir que ningún lobo viva en las cercanías..."

"Entonces le preguntaremos al lobo por la verdad." Antes de que Garrett pudiera entender eso, Annelise se había retirado a la cabaña. Ella regresó con el vestido de seda verde y lo sacudió para que Garrett pudiera ver que estaba terminado. Ella cruzó el claro y dejó la prenda en el montículo de tierra que cubría las tumbas de Mhairi y Seamus.

Luego volvió al lado de Garrett y se sentó a su lado, como si esperaran a que un grupo de músicos los entretuviera.

"¿Quién es el loco?" Garrett bromeó suavemente y Annelise se rio.

"Dudo que seas tú, y sé que no soy yo". Ella se apoyó en su hombro, sus ojos brillaban.

Él tomó su mano entre las suyas, complacido sin comparación de que esta dama fuera suya. Se sintió bendecido como nunca antes.

"Entonces, cuando fuiste a Killairig, la hermana oscura sabía quién debías ser. Ella te engañó y te maldijo, empeorando tu tormento. Ella se aseguró de que no pudieras defender tu caso."

"¿Y luego?" Preguntó Garrett, ganándose una mirada. "Debe haber algo de eso en la historia de tu sueño", dijo, porque estaba llegando a ver que ella había soñado la verdad. Ella no podía explicarlo, pero eso no lo hacía falso.

"Ella envió a la hija detrás de ti disfrazada de lobo, como te dije, y envió un mensaje al hijo."

"¿Y quién es el hijo?" Reflexionó Garrett. "¿Lo viste? ¿Sabes su nombre?"

"Era un caballero, al menos en el tablero de ajedrez. El sueño se desvaneció rápidamente y no vi su rostro." Annelise suspiró. Aunque creo que Elizabeth lo conocía.

"Orson o Andrew", concluyó Garrett. "¿No viajaron desde Kinfairlie?"

"¡Lo hicieron!" Su deleite ante su recuerdo le hizo sonreír. "Tus síntomas siempre eran peores cuando uno de ellos estaba presente".

Garrett respiró hondo. "El odio es de lo más desconcertante".

Annelise lo miró. "Cuando está dirigido a ti y lo escuchas diez veces su potencia. Uno de ellos te desprecia, quizás porque podrías despojarlo de su herencia."

Garrett asintió, recordando lo que la hermana morena había

elegido para su hijo. "No hay dones especiales de hada, más allá de la buena apariencia y la longevidad".

"Podría ser cualquiera de ellos", reconoció Annelise. Aunque creo que Andrew es más justo. Pero, ¿dónde están sus posesiones? ¿Lo sabías?"

Garrett frunció los labios, considerando los pensamientos que había escuchado y examinándolos. Toda su vida había resentido su don o lo había ignorado, y desde que había visitado Killairig, lo había despreciado. Nunca lo había considerado una herramienta, mucho menos un don, pero Annelise también le había traído este conocimiento. "Orson no tiene ninguna posesión, porque deseaba que el conde de March le otorgara una posesión en recompensa por casarse contigo".

"¡Sabía que tenía un plan!"

"Y Orson sabía que Andrew era heredero de una propiedad en el oeste, pero tal vez no conocía su nombre. Estaba celoso de la injusticia de que un caballero más joven tuviera un legado mientras que él no."

"¡Espera! El hijo tenía una voz hermosa. ¿Recuerdas cuando Andrew contó esa historia en la Fortaleza Seton?

"Hermosa pero no seductora." Garrett asintió. "Y contó la historia que mostraba a la hermana hermosa en desventaja."

"Y al hijo mayor también." Los ojos de Annelise se iluminaron. "¡Debemos ir a Killairig!"

Garrett la detuvo con un toque mientras escuchaba los pensamientos de las criaturas en el bosque. Se apartaban del camino de un depredador, una criatura con pensamientos que Garrett no podía entender. Debido a las reacciones de los otros animales, se dio cuenta de que se acercaba a la cabaña y al claro.

"El lobo viene," susurró Annelise.

"Los otros animales le temen".

"Pero no puedes entender sus pensamientos".

Garrett sonrió a Annelise, agradándole su insistencia y su confianza. Luego la besó, lenta y profundamente, saboreando todo lo que ella le daba, porque no podía hacer nada más. Resolverían eso juntos, que era el mejor presagio posible para su futuro. Ella estaba sonrojada y sus labios hinchados cuando se separaron, el brillo en sus ojos hizo que Garrett pensara en celebrar su compromiso rápidamente de nuevo.

Eso dio impulso a sus planes. "No nos quedaremos aquí esperando a tu lobo", dijo él. "Es un viaje largo hasta Killairig, y me gustaría comenzar a la luz del día".

Annelise asintió. "Estoy de acuerdo en que cuanto antes, mejor". Ella se estiró y lo besó en la mejilla, su confianza atenuó su miedo. "Pero no necesitarás defendernos del lobo. Ya verás."

Garrett no dijo nada a eso. Annelise entró en la cabaña para empacar sus cosas y luego regresó con él. Garrett escuchó mientras ella no estaba y luego ensilló a Yseult. Miró alrededor del lugar que conocía tan bien, se despidió silenciosamente de Mhairi y Seamus, luego subió a Annelise a la silla y salió.

Buscaba al lobo en cada paso del camino, pero nunca lo vió.

EN OPINIÓN DE STEWART, había algo extraño en Killairig.

Andrew les dijo a los demás cuando su grupo cruzó a las tierras de su padre, pero Stewart vio la diferencia con sus propios ojos. Él no podía explicarlo, pero los bosques eran más oscuros en Killairig y las sombras en lo profundo de ellos daban la impresión de estar abarrotadas. Sin embargo, cuando miró hacia el bosque, no vio nada más que hojas y árboles.

Los arroyos vadeados por los caballos brotaban tan fuerte que parecían estar haciendo comentarios, y los pájaros que pululaban por el camino a intervalos parecían parlotear. Stewart no pudo evitar la sensación de que miles de criaturas observaban su progreso y muchas le informaban a alguien. No tenía sentido, porque a las criaturas del bosque no les importaba tanto un pequeño grupo de viajeros de forma rutinaria, pero Stewart no podía deshacerse de su sensación de ruina inminente.

Él vio cómo Andrew se hacía más alto en su silla, la mirada de ese caballero se iluminó con la anticipación de algo que podría haber sido más importante incluso que su hogar. Stewart se dio cuenta de lo poco que sabía del joven caballero, porque Orson había monopolizado todas las conversaciones. Quizás Andrew tenía una prometida que lo esperaba ahí. Eso explicaría el brillo de sus ojos.

Orson, por su parte, se volvió más tranquilo, lo que era un cambio digno de celebrarse.

Lamentablemente, Stewart sentía pocas razones para celebrar. Al ver por primera vez la fortaleza de Killairig, una robusta torre de piedra recortada contra el azul brillante del mar, su corazón debería haber dado un salto, porque estaba muy bien. En cambio, tragó saliva cuando su corazón se desplomó hasta los dedos de los pies y luchó contra el impulso de girar su caballo y huir.

Era muy curioso. Stewart no era un hombre caprichoso y no era de los que valoraban demasiado los portentos. Quizás eso se debía a que él mismo rara vez sentía uno, pero sentía problemas en el aire con tanta seguridad como el peso de una mano en la nuca.

El pueblo de Killairig estaba extrañamente desolado. Para una propiedad en un entorno tan hermoso, rodeado de bosques que debían ser abundantes, había muy pocos residentes en el pueblo. Aquellos que veían tenían los ojos hundidos y estaban demacrados, como espectros procedentes de una tierra devastada. Stewart razonó que esos no eran los residentes en total, porque eran pocos y el número de hogares era mayor. Decidió que los verdaderos residentes debían estar en la mesa dentro del salón, compartiendo la recompensa del Señor de la Fortaleza.

Luego notó que el crucifijo de la capilla estaba roto. Parecía haber estado roto durante algún tiempo, tal vez alcanzado por un rayo, dado el quemado de la madera. ¿Por qué nadie lo había reparado? Él podría haber preguntado, pero Andrew espoleó a su caballo para que llegara a las puertas más rápidamente, y Orson siguió su ejemplo. Stewart intercambió una mirada con Percy, pero no dijo nada.

Él luchó contra la extraña sensación de que caían en una trampa cuando sus caballos pasaron por debajo del rastrillo de Killairig. Ese sentimiento no fue ayudado por la puerta que se cerró detrás de ellos con un sonido metálico resonante, o la forma en que los guardias nunca encontraban su mirada.

Pensar así era una locura. Stewart se burló de las tonterías en su propia mente. El salón estaba bien hecho y bien proporcionado. Había personal en abundancia para cuidar de los caballos, y si Zephyr se resistía a que ellos se lo llevaran, probablemente se debía a que el lugar no le era familiar.

Él no pudo deshacerse de su molesto sentimiento, ni siquiera cuando la Dama de Killairig vino a saludarlos. Era una belleza agraciada, su cabello era tan oscuro como el ala de un cuervo y sus ojos aún más oscuros. Llevaba un vestido de manga larga de color azul oscuro, ricamente bordado en plata, y zapatillas plateadas en los pies. Sus mangas caían sobre sus manos hasta sus nudillos, ocultando la piel de una manera que parecía recatada. Quizás era para hacer que las gemas de sus anillos parecieran brillar más intensamente. Ella besó a Andrew con todo el afecto que uno esperaría de una madre, pero aun así había algo en su mirada que hizo temblar a Stewart.

"Soy la Dama Rowena," le murmuró a Stewart, su voz baja y rica. Te ruego que me llames Rowena.

Stewart tragó, sabiendo que nunca lo haría.

El Señor de la Fortaleza, al parecer, estaba demasiado enfermo para levantarse de la cama. La dama Rowena los invitó a todos al salón, y se disculpó mucho por su enfermo esposo. Para Stewart, parecía que se movía a través de un sueño, con todas las conversaciones a distancia. El salón estaba cubierto de vegetación, como si fuera Navidad, y los fuegos rugían en dos hogares. Los músicos tocaban con más dulzura que cualquiera que hubiera escuchado y un vino dorado fluía en cantidad. Debía ser hidromiel, porque no podía haber uvas en esa vecindad. Todo parecía hermoso, pero no del todo correcto. Stewart sintió que si entrecerraba los ojos o volvía la cabeza rápidamente, vería la verdad detrás de ese disfraz de un salón normal.

O quizás uno empobrecido. Él no pudo deshacerse del recuerdo del pueblo.

Estaba a punto de reprocharse a sí mismo de nuevo cuando la dama Rowena le ofreció un cáliz de aguamiel dorada, sus manos ahuecando el cuenco mientras lo sostenía hacia él. Los puños de sus mangas largas caían ligeramente hacia atrás con su movimiento, y Stewart solo ocultó su reacción.

Porque vio un patrón azul-negro en la piel de la dama. Había espirales y zarcillos que se enroscaban sobre su carne, cuyas puntas aparecían en el dorso de sus muñecas. Stewart había visto tales marcas antes y conocía su importancia.

Su anfitriona era un hada.

Ningún bocado cruzaría sus labios en ese lugar. Él le sonrió y se inclinó como para beber de la taza de bienvenida, manteniendo la boca resueltamente cerrada. El hidromiel le tocó la boca, pero él no lo probó, y tan pronto como la dama levantó la copa, Stewart se limpió el hidromiel de los labios. Él observó beber al resto de la fiesta y se dio cuenta de que era un hombre aparte.

Y quizás el único que voluntariamente podría optar por irse.

Rowena no necesitaba hombres mortales que la desafiaran. Ella tenía uno enfermo en la cama, gracias a la poción que le había administrado, y ahora uno en su salón que pensaba que podía burlarla.

Ella podría deshacerse de ambos, de manera muy simple.

Se aseguró de que la comida se preparara según sus especificaciones y de que los recién llegados estuvieran sentados cómodamente. Fingió no darse cuenta de que el guerrero Stewart no comía ni bebía, sino que se movía por la compañía charlando con los asistentes. Ciertamente no reveló que podía escuchar los pensamientos sospechosos del guerrero.

Ella envió a su doncella más confiable para que le llevara la poción de la noche a su señor esposo. "Si él duerme, déjela junto a su cama", dijo y la niña se apresuró a hacer lo que le ordenaba.

Después de otra vuelta por la habitación, Rowena se sentó junto a Stewart y le dirigió una sonrisa. "Está tranquilo, señor", dijo ella. "Espero que la compañía no te disguste".

"Por supuesto que no, mi señora. Pido disculpas por estar cansado después de un viaje tan largo."

"¿Y la comida no te agrada? No he visto un bocado cruzar tus labios."

Su mirada brilló, su miedo por ella se hizo evidente en ese momento, pero Rowena continuó sonriéndole. "Cuando estoy tan cansado como ahora, mi señora, ni siquiera puedo comer ni beber". Él bostezó en un débil intento de reforzar su mentira, pero Rowena no se dejó engañar.

¿Estás demasiado cansado incluso para hablar? Debe haber sido todo un viaje. Mi hijo debe haber tenido mucha prisa por llegar a casa." Ella asintió con la cabeza hacia Andrew, quien levantó su taza en señal de saludo.

"No soy tan joven como antes, mi señora".

Rowena se rio. "Pero lo suficientemente joven para encantar a las damas, estoy segura. Ven, Stewart, acompáñame esta noche."

El guerrero se inclinó. "Le pido disculpas, mi señora, porque no tengo el don de tener una buena conversación. Poco importa si estoy cansado o no."

Ella se rio levemente, como si él hiciera una broma. "Oh, pero ustedes no saben que estoy familiarizado con ustedes, hombres de guerra", dijo ella, como si se burlara de él. "Y que tengo una debilidad para una conversación tan prudente,".

"¿De verdad, mi señora?"

"En efecto. Mi esposo también es reservado cuando ha cabalgado lejos ". Ella arrugó la nariz. "De hecho, es reservado la mayor parte del tiempo".

Stewart sonrió. "Si toda una vida en tu compañía no pudo otorgarle a él encanto, mi señora, una sola noche no me servirá tanto."

Rowena se rio. "Eso está bastante dicho. Lamento que Coinneach esté tan enfermo." Ella sacudió la cabeza, consciente de que los ojos del guerrero se habían ensanchado levemente. "Es posible que se hayan entendido bien".

"De hecho, creo que podríamos haberlo hecho", dijo Stewart con determinación. Rowena sonrió al escuchar su impulso de ver a su esposo, de intentar salvar a ese hombre de su hechizo de las hadas. "Yo también, lamento que tu esposo esté enfermo."

En cierto modo, era decepcionante que los hombres mortales fueran tan predecibles.

"¡Tengo la idea más maravillosa!" Rowena chasqueó los dedos. Quizá le ayude a conocer a un hombre de su propia clase. Quizás tú puedas ayudarlo a recuperarse."

"De buena gana haría cualquier cosa que pudiera ayudarlo".

"¿Lo visitarías esta noche, Stewart? Es tan aburrido para él estar en la cama mientras otros se divierten. La conversación con otro guerrero podría darle nuevas fuerzas."

"Me sentiría honrado, mi señora".

"Te advierto que está bastante enfermo. Hay una poción que prefiere, que le pide a la anciana del pueblo. No lo apruebo, pero él insiste en beberlo. Probablemente te exigirá que se lo traigas ". Rowena negó con la cabeza. "Te pediría que no cumplieras".

"Entiendo, mi señora."

"Ven, entonces, y te mostraré su habitación. Muchas gracias, Stewart." Rowena dijo a su lado, como si fuera una mujer débil y fácilmente abrumada. "No puedes saber lo que esto significa para mí. Me encantaría volver a verlo bien."

Rowena sonrió para sí misma cuando los labios de Stewart se tensaron con resolución. Coinneach pediría la copa, porque la poción que ella preparaba para él creaba un deseo por más. Stewart cumpliría con la petición de Coinneach, pensando que desafiaba a la dueña hada de la morada y estaría ayudando a su prójimo.

Y la dosis final de veneno se administraría a Coinneach, sin ningún esfuerzo por su parte. No habría sombra sobre la herencia de Andrew de Killairig. Rowena se vengaría de su hermana, cumpliría su promesa a su madre y crearía un futuro para su hijo.

El único hecho que empañaba su triunfo era la pérdida de Aurelia. Las noticias de Andrew casi habían hecho que Rowena se desesperara, pero su dolor ya se había convertido en una determinación de vengarse. Una vez que Andrew fuera Señor de Killairig, Rowena buscaría al hombre que le había robado su orgullo y alegría.

Garrett MacLachlan desearía no haber nacido nunca cuando ella terminara.

CAPÍTULO 15

Dos días después de su salida de la cabaña, la tierra se alejó a un lado del camino, y Annelise olvidó lo dolorida que estaba de tanto tiempo en la silla de montar. La vista que se extendía ante ella le robaba el aliento con su belleza. Ella podía ver el océano claramente desde ese mirador por primera vez, el agua brillaba como plata. El viento le levantaba el pelo y los pájaros volaban sobre su cabeza. Debajo de ellos, ella pudo ver un torreón de piedra, encaramado en la punta de un saliente de tierra boscosa. Tendría una vista imponente del mar y las islas esparcidas más allá. El bosque era profundamente verde y exuberante, y un banderín ondeaba con el viento desde la cima de la torre.

"Killairig", dijo Garrett en voz baja.

"Me recuerda a Ravensmuir", dijo Annelise. "Pero los pájaros son águilas en lugar de cuervos, y este mar tiene islas. Aun así, la fortaleza tiene un sitio imponente, al igual que Ravensmuir."

La tierra descendía abruptamente desde ese punto y Annelise pudo ver que el camino cambiaba de un lado a otro para el descenso. Ella miró hacia el mar, notando las nubes oscuras que se estaban acumulando en el horizonte. Parecían estar soplando más

262

cerca a un ritmo feroz y escuchó el retumbar distante de un trueno. "Parece que encontraremos refugio justo a tiempo."

"En efecto. Las nubes son casi negras ". Garrett levantó las riendas para apresurar a Yseult, pero Annelise lo detuvo con un toque.

"Debemos tener un plan", dijo. "¿Qué vas a hacer?"

"Apelar a la dama, porque fue muy amable conmigo."

"Aun así, el cuento y mi sueño hicieron de la dama la villana..." Ella frunció el ceño, disgustada por no haber visto al lobo blanco de nuevo desde que había bloqueado su camino hacia ese lugar. "Creo que deberías fingir tu enfermedad".

"Quizás caiga enfermo en verdad. No he entrado en una fortaleza abarrotada sin repercusiones."

Annelise escuchó la incertidumbre de Garrett y se volvió hacia él. "Sabes que todo irá bien esta vez. Por eso hemos venido."

"Espero que todo esté bien esta vez", dijo él. "No pediría el derecho sobre una propiedad mientras me retuerzo en el suelo, incoherente. ¿Quién concedería un sello a un loco, incluso si fuera el hijo del Señor de la Fortaleza? Él apretó los labios. "Te defendería de todos, Annelise, pero si soy derribado..."

"No lo serás", dijo Annelise con firmeza. "Esperarán que actúes de la misma manera que antes. Ya sea que te sientas asediado o no, creo que deberías actuar como un hombre que sufre."

Garrett asintió. "Porque entonces me subestimarían. Eso es un buen pensamiento."

"Permaneceré a tu lado y mi presencia te ayudará", continuó ella. "Y si no puedes defender tu propio caso, yo lo haré".

"Y escuché decir que eras tímida", bromeó él, provocando su sonrisa.

"Hay tanto en juego, Garrett. No puedo quedarme al margen." Annelise se volvió para mirarlo de nuevo mientras tenía un pensamiento. "Puedes usar tu don aún más. ¿Escucharías los pensamientos de los que están en el salón mientras nos acercamos? Entonces podríamos saber mejor qué esperar."

Garrett levantó la barbilla para darle un beso que rápidamente se volvió incendiario. Annelise se preguntó si ella era la única que necesitaba el aliento de su abrazo, porque Garrett detuvo a Yseult para profundizar su beso.

Cuando se separaron, sin aliento, ella le recordó lo que debía hacer. "Debes escuchar", instó ella. "Puedes encontrar un detalle que podamos utilizar".

"Debo concentrarme para hacer eso", dijo Garrett asintiendo. Había una parte de bosque aferrado al costado del camino y condujo a la yegua allí, luego desmontó. Ató a Yseult a un árbol y luego hizo ademán de levantar a Annelise de la silla.

Entonces se congeló, mirando más allá de ella.

"¿Qué es?" Annelise susurró y se volvió para mirar. Los árboles se aclaraban y la luz del sol brilló en un claro más allá.

Estaba lleno de formas, como si hubiera una multitud de personas allí.

En silencio.

Garrett le tocó los labios con el dedo y luego levantó la ballesta de su cabestrillo. La cargó y se dirigió hacia el claro, con sospecha en cada uno de sus movimientos. Annelise desmontó y lo siguió con cuidado, mirando a su alrededor mientras avanzaban. El bosque estaba tan silencioso que podría haber estado conteniendo la respiración. Incluso el sonido del mar abajo parecía silenciado. Yseult dobló las orejas hacia atrás y los miró.

Cuando Garrett entró en el claro, bajó la ballesta.

Annelise se detuvo a su lado y lo miró fijamente.

No era una multitud de personas en el claro, sino un grupo de piedras. Tenían la forma y el tamaño de hombres: hombres altos, hombres bajos, hombres pesados y hombres delgados estaban todos representados. Las piedras mismas eran grises. Debía haber habido veinte de ellos.

"¿Están tallados?" Annelise susurró.

"No", dijo Garrett. Se inclinó cerca de uno y miró dentro de la piedra. Si Annelise entrecerraba los ojos, podía ver los rasgos de un rostro atrapado dentro de él, la boca abierta por la sorpresa.

Garrett se estremeció de repente de dolor. Annelise no logró hacer un sonido antes de que él se girara. Él tenía su ballesta cargada en la mano y la levantó para apuntar.

"No, no están tallados", dijo otro hombre, diversión en su tono. "Son los amantes de mi hermana, o alguna vez lo fueron."

¡Andrew!

Annelise habría buscado a Garrett para compartir su fuerza con él, pero no tenía ninguna posibilidad.

"No lo tocarás", dijo Andrew, saliendo de las sombras del bosque. "Porque si lo haces, lo mataré".

Annelise apartó las manos de Garrett a regañadientes.

"Y si me desafías de alguna manera, lo mataré ante tus ojos y luego te mataré". Andrew sonrió, como si estuvieran hablando del tiempo. Él miró alrededor del claro. "Mi hermana disfrutaba usando su don una vez que se cansaba de un hombre en particular". Él miró a Garrett con una sonrisa desdeñosa. "Aunque no estoy seguro de que sea del todo malo estar desprovisto de esos supuestos dones."

"Lo odias. Inclinas tus pensamientos de odio sobre él."

"¿Y por qué no?" La sonrisa de Andrew se amplió. "¿No es apropiado despreciar al que puede robar el deseo de un corazón?" Antes de que ella pudiera responder, él inclinó la cabeza. "Es bueno verte, mi señora Annelise. Hay alguien en el salón de mi padre que estará encantado de verte de nuevo."

"¿De verdad?"

"Orson Douglas se decepcionó mucho cuando lo eludiste. Estará encantado de volver a verte. Este es un día en el que se cumplen los deseos del corazón."

Annelise dudaba que ese fuera el caso, ni una vez que Orson viera la camisola de Garrett manchada con su virginidad. Por el momento, permaneció en silencio.

"No la dama", susurró Garrett, con tensión en su voz. "No sacrifiques a la dama".

"Haré lo que quiera con la dama", dijo Andrew, su determinación clara. Se acercó a zancadas y Annelise lo observó horrorizada mientras él miraba a Garrett. "No tienes nada que decir en estas tierras".

Garrett gimió y dejó caer su ballesta. El arma golpeó el suelo con estrépito y Annelise temió lo peor. Nunca lo había visto tratar sus armas con nada menos que respeto. Él cayó de rodillas y luego al suelo, retorciéndose una vez más.

¿Aceptaba su consejo y fingía que era peor?

¿O estaba realmente angustiado?

¡Cuánto deseaba saber Annelise con certeza!

"Tu enfermedad es peor en la casa de mi padre, Garrett MacLachlan", dijo Andrew en ese tono severo. "Es peor porque no perteneces aquí. Es peor porque estás loco y eres una amenaza para todos aquí." Él bajó la voz a un siseo. "Es solo por tu propia seguridad por lo que debes ser encarcelado." Él hizo una seña a un par de guardias, que se movieron para recoger a Garrett. "Llévenlo a las mazmorras. No necesitan mostrarle piedad, ya que es una amenaza tanto para mi madre como para mí."

"Sí, mi señor."

Annelise quería intervenir, pero sabía que no podía luchar contra tres hombres y ganar. "Seguramente la compasión no saldría mal", se atrevió a decir.

Andrew volvió su mirada fría hacia ella. "¿La misma compasión que él le mostró a mi hermana?"

No había nada que Annelise pudiera decir al respecto.

Andrew se acercó. "Puedes decirme quién tiene la piel de lobo. Es una pena que la hayas regalado, pero veré que se le devuelva a mi madre, de una forma u otra."

"Yo no la entregué", admitió Annelise, esperando que su cooperación evitara que Garrett sufriera un daño mayor. "Está en mi alforja."

Andrew sonrió. "Entonces tendrás el honor de presentársela a mi madre". Hizo un gesto dominante y los guardias levantaron a Garrett. Indicó que ella debería precederlo y ella vio el destello de su daga debajo de su capa. Todo el grupo continuó hacia Killairig, y Annelise miró hacia atrás para ver a otro par de guardias guiando a una Yseult temperamental hacia adelante.

Annelise estaba segura de que ella también sería enviada a las mazmorras de Killairig y que allí podría ayudar a Garrett. Incluso si su agonía era fingida, era lo suficientemente convincente para alimentar su preocupación.

El camino descendente dio un giro y Annelise vio que la torre de los guardias no estaba tan lejos. Las nubes de tormenta se estaban acumulando rápidamente y cayeron las primeras gotas de lluvia. Ella sentía que su temor aumentaba con cada paso. Cuando llegaron a las puertas, Garrett fue llevado a la oscuridad del torreón, mientras que ella fue conducida al gran salón en sí. Annelise vio a la mujer esperándola, una mujer de cabello oscuro y ojos fríos, y por primera vez, temió que esta incursión para recuperar los derechos de Garrett no terminara bien para ninguno de los dos.

Por mucho que a Garrett le preocupara que Annelise se preocupara por su bienestar, sabía que su plan había sido bueno. La malicia de Andrew era familiar en la Fortaleza Seton, pero su vigor había disminuido mucho. Annelise había roto la maldición que le había impuesto la Dama de Killairig, pero ni Rowena ni su hijo necesitaban conocer ese detalle. Garrett escuchó los pensamientos de los guardias mientras lo llevaban hacia Killairig. Lo trataban con rudeza pero a él no le importaba.

Solo podía esperar que Annelise fuera un premio suficiente para que no saliera herida.

Y luego tenía que hacer lo que pudiera para ganar su seguridad.

Garrett no se sorprendió realmente al escuchar el eco del resentimiento en los pensamientos de quienes todavía vivían en Killairig. Escuchó el roer del hambre y el cansancio del trabajo pesado. Sintió el estado de ánimo de inutilidad de los que estaban en esta fortaleza y se sorprendió de que todo pudiera salir tan mal en un lugar así.

Quizás Killairig estaba maldito.

¿Podría su amor por Annelise hacer que recuperara la prosperidad y el vigor? Garrett tenía que creer que gobernaría con más justicia que Rowena.

Él sintió un poco de dolor en el salón y comprendió que Coinneach estaba muerto. Aquellos que servían en el salón tenían sentimientos encontrados al respecto. Los mayores recordaban que no siempre había sido dominante y se alegraron de que ya no estuviera angustiado. Los más jóvenes simplemente se alegraron de tener un tirano menos en el salón. La mujer que limpiaba su habitación tenía sus sospechas en cuanto a la poción que le habían dado durante años, y el hombre que custodiaba la puerta mordía su convicción de que el viejo guerrero había sido engañado para darle a Coinneach la dosis letal de veneno.

¿El viejo guerrero?

Garrett tuvo tiempo de reconocer que el hombre no conocía el nombre del guerrero antes de ser arrojado a las mazmorras. Fue arrojado al pozo y aterrizó con un chapoteo en un vil líquido en la oscuridad, pero no se dejó despertar ni siquiera entonces. Esperó hasta que la puerta se cerró de un portazo y luego abrió un ojo con cautela.

Había una sombra acurrucada en el rincón más alejado, observándolo de cerca.

El hombre de Murdoch, Stewart.

Engañado para darle una taza del llamado elixir a Coinneach, luego condenado por asesinato por la esposa hada de ese hombre.

"¿Sigues sufriendo la misma dolencia, muchacho?" Preguntó Stewart.

Garrett negó con la cabeza, incluso mientras se sentaba. "Mi señora creyó que era mejor que fuéramos subestimados", dijo en un tono mínimo.

Él vio el destello de la sonrisa de Stewart. "Siempre me gustó esa muchacha", dijo el hombre mayor con brusquedad, luego los dos se dieron la mano y se apoyaron juntos contra la pared. Garrett escuchó y sintió al guardia regresar.

"Te diría lo que he observado", murmuró Stewart, pero Garrett levantó un dedo a modo de advertencia. Miró hacia arriba en la oscuridad, sabiendo que el guardia estaba cerca, luego le susurró al oído a Stewart.

"Solo tienes que pensarlo", aconsejó él. Stewart lo miró con sorpresa antes de asentir con la cabeza en comprensión, luego metió la mano en su cinturón para sacar una llave de bronce. Le sonrió a Garrett.

"Tengo esto, pero siempre son tres guardias o más."

Garrett asintió. Tenía que haber una forma de escapar.

Escuchó que Stewart compartía su punto de vista y se sintió alentado de que fueran dos. El viejo guerrero luego cruzó los brazos sobre el pecho, se apoyó contra la pared y comenzó a repasar todo lo que había presenciado desde que había llegado a Killairig.

Stewart demostró ser uno de los hombres más observadores que Garrett había conocido.

ANNELISE SE SENTÓ a la mesa en el salón de Killairig, supuestamente una invitada de honor, pero de hecho una prisionera para ser entregada a Orson Douglas. Ese hombre estaba extraordinariamente complacido consigo mismo y con su llegada a Killairig. Se sentó a su lado y la obsequió con historias de su futuro juntos. Su escudero Percy les sirvió a ambos.

Annelise se había visto obligada a presentar la piel de lobo a la dama Rowena, lo que había provocado que la dama gritara de angustia y se apretara la piel contra el pecho. Incluso una vez que estuvieron todos sentados, Rowena extendió la piel de lobo por la mesa frente a ella y la acarició sin cesar. Era tan oscura como Annelise podría haber esperado de los cuentos, su cabello era tan negro como el ala de un cuervo y sus ojos tan oscuros como el ónix. Había una crueldad en la línea de sus labios, y se podían ver marcas azules en su piel, donde asomaba por sus mangas largas.

Un hada, tal como cuentan los cuentos.

Claramente había una ilusión en el salón, ya que parecía perfecto y los sirvientes parecían felices. Annelise estaba convencida de que la ilusión era como un paño fino y podía romperse en cualquier momento para revelar su verdad oculta.

También estaba segura de que la verdad no parecería tan atractiva.

No pudo evitar desear saber más sobre la ubicación de Garrett y su estado.

"Deberías poseerla esta misma noche", dijo Rowena de repente, interrumpiendo el monólogo de Orson. "No dejes en duda ninguna faceta del asunto".

Orson sonrió. "Estás en lo correcto, por su puesto. La doncella ha demostrado ser esquiva antes."

Annelise le devolvió la sonrisa. "Pero estás equivocado, Señor Orson. Ya no soy una doncella."

La sonrisa de Orson no vaciló. "Mientes, en un intento de hacerme cambiar de opinión". Apoyó su peso en un codo. "Sé que no se puede negar la voluntad del conde, y no volveré después de todo este tiempo para verlo insatisfecho conmigo."

"¿Y si puedo probarlo?"

Los ojos de Orson se entrecerraron y su voz bajó. "¿De verdad deseas demostrarme que eres una ramera, Annelise? Creo que querrías que te tratara con todo el respeto debido a mi esposa."

Annelise se estremeció ante el frío en sus ojos.

"Deberías atarla", dijo Rowena, su voz baja y cruel. "Asegúrate de lastimarla, para que comprenda el dolor que le han infligido a mi hija y, por lo tanto, a mí".

Orson sonrió con anticipación y Annelise se estremeció. "¿Qué hay de Garrett? Tenemos un compromiso... "

"Estará muerto antes del amanecer", gruñó Rowena. "No se merece menos por matar a mi única hija".

Annelise no se atrevió a señalar que la hija había sido enviada a matar a Garrett. Rowena lo sabía y claramente sostenía que ese hecho era irrelevante.

Ella intercambió una mirada con Andrew, y ese caballero se inclinó antes de salir del salón. Annelise lo vio irse, temiendo su intención hacia Garrett.

Rowena sonrió a Annelise y dio unas palmaditas en el asiento junto a ella. "Exijo que libere a nuestra invitada, caballero Orson", murmuró. "Me gustaría hablar con la dama Annelise".

"Por todos los medios." Orson se levantó y se inclinó con gracia.

Annelise tomó asiento junto a su anfitriona, su inquietud crecía.

Rowena puso la piel delante de Annelise. "Esta es mi hija, mi Aurelia, mi mayor y mi amada". Sus ojos brillaron. "Asesinada por un bárbaro y masacrada".

"Pensaba que fue Orson quien mató a este lobo", dijo Annelise. "Porque esto fue lo que me dijo".

Orson se ruborizó. "Un cuento, mi señora. No era más que un cuento." Su mirada se dirigió rápidamente a Rowena y Annelise supo que él también temía a su anfitriona.

Annelise puso la yema del dedo sobre la piel. "Este lobo me atacó. Este lobo me habría desgarrado la garganta con facilidad. Casi lo hizo, salvo por la rápida acción de Garrett."

Los ojos de Rowena se entrecerraron. "¿Sugieres que mi hija merecía morir?"

Sugiero que ella no era tan inocente como dirías. ¿No la enviaste a matar a Garrett MacLachlan? ¿No fue un caso en el que él la mató en mi defensa y, por lo tanto, en la suya?"

Los ojos de Rowena brillaron. Ella se irguió más alta que antes y estaba claro que no sentía afecto por el desafío.

Pero antes de que Rowena pudiera hablar o tomar represalias, el sonido del canto de una mujer llegó al salón. Annelise se volvió para escuchar, porque la voz de la mujer era tan clara como campanillas de plata, tan pura y hermosa que su canción parecía irreal.

Rowena jadeó al reconocerla y Annelise adivinó quién podría ser la cantante. Ella intentó ponerse de pie, esperando que Orson la detuviera. Pero él estaba inmóvil, con los ojos abiertos como platos, como si se hubiera congelado en el tiempo. De hecho, Annelise tampoco podía levantarse.

Todo lo que podía hacer era mirar y escuchar.

Ella se dio cuenta de que Percy estaba en el mismo estado, al igual que todos los demás hombres y mujeres en el salón. Solo Rowena podía moverse.

Solo ella era un hada.

Los truenos estallaron sobre el océano y el viento azotó a través de las altas ventanas. La ilusión se desgarró, tal como Annelise había pensado que sucedería, y el salón elegantemente vestido desapareció de la vista. En cambio, el techo se rompió y el musgo creció en el suelo. Había maleza en las grietas y serpientes en los rincones. El fino mantel de damasco resultó no ser más que una telaraña y los músicos eran ratones con cáscaras de nuez por sombreros. Todos se dispersaron cuando una dama apareció en la puerta del salón de Killairig. Llevaba un vestido de seda verde y su largo cabello era tan rubio como plata. Parecía un rayo de luz de luna que se acercaba a caminar entre ellos.

O un fantasma.

Ella llevaba el vestido que le había dejado Annelise. Una chispa de esperanza se encendió en el corazón de Annelise y quiso animar en voz alta.

Rowena palideció y dio un paso atrás. "No puedes estar aquí. ¡Estás muerta!"

La dama de verde sonrió.

"Érase una vez", declaró, "dos hadas que se enamoraron. Él tenía el poder de cambiar de forma y estaba tan a favor de la apariencia de un lobo que rara vez se le veía de otra forma. Como lobo, era de color blanco puro, el color de la nieve fresca, y sus ojos eran tan azules como el cielo en un día de invierno. Ella era tan oscura como la medianoche, su piel del ébano más profundo y su cabello tan negro como el ala de un cuervo. Sus ojos eran tan insondables como el lago más profundo y podía desaparecer en las sombras a voluntad. Su amor era profundo y verdadero, tal vez porque juntos estaban completos."

"¡No este cuento!" gritó Rowena, pero la mujer de verde continuó. La única señal de que había escuchado la súplica de Rowena fue que su voz se endureció un poco. Cruzó el salón con pasos lentos, acercándose cada vez más a la dama de Killairig.

"En aquellos días, los hombres talaban bosques, sembraban cultivos y construían casas. Tanto las hadas como los lobos estaban siendo expulsados del bosque que amaban, y muchos de ambas razas deseaban tomar represalias contra los hombres. Estas dos hadas habían estado entre los primeros en esas batallas, hasta que se conocieron. Después de eso, encontraron tal alegría en la vida y en la compañía del otro que huyeron juntos, dejando atrás todo lo que sabían.

"Cada día, él corría por el bosque en su forma de lobo, sobre colinas y valles, buscando un nuevo lugar donde nadie había estado antes. La luz del sol brillaba sobre su pelaje y ladraba con la alegría de estar vivo. Cada noche, ella bailaba dondequiera que él se hubiera detenido, entrando y saliendo de las sombras mientras él miraba. Dormían entrelazados y cuando se despertaban, siempre había nuevas flores creciendo en los lugares donde sus pies habían pisado. Cada mañana, el lobo olía las flores, porque amaba las flores tanto como le encantaba correr, y luego el hada se subía a su espalda, se aferraba a su pelaje y él volvía a correr."

"Tontos", murmuró Rowena. "Solo los tontos aman así".

"Vivieron así durante más días de los que puedo contar, y viajaron lejos, encontrando alegría en la compañía del otro y en sus vidas. Entonces, un día, encontraron un bosque que era más hermoso que cualquier otro que hubieran conocido antes. Eligieron convertirlo en su hogar.

"Pero el mundo no siguió siendo el mismo, a pesar de que las hadas pensaban que habían dejado atrás sus preocupaciones. Un día llegó un hombre a su bosque. Cortó árboles y quitó la maleza. Pisó las flores y encendió un gran fuego. Las dos hadas estaban consternadas, por lo que se mudaron a otra parte del bosque. Una noche, la mujer hada estaba bailando en un claro, aunque con menos alegría que antes, cuando escuchó un aullido de dolor. Ella corrió hacia su compañero, solo para encontrarlo en su forma de lobo, luchando contra el hombre. La sangre del lobo hada estaba en el hombre, en la hoja de su cuchillo y en el suelo. El hombre estaba cortando el corazón del lobo, incluso cuando todavía latía."

Annelise vio a Rowena quedarse quieta en esa parte de la historia.

"Debido a que estos dos eran tan cercanos, sus pensamientos eran uno solo", dijo la mujer de verde. "El hada podía escuchar los pensamientos de su amante, y escuchó su última súplica cuando murió. Le suplicó que huyera y se salvara, pero que algún día se vengara de su muerte. Ella huyó, pero no muy lejos, porque quería saber más de este hombre. Ella lo vio asar y comerse el corazón de su amado. El hada lloró porque verlo tan maltratado y juró que lo vengaría. Ella no bailó más y las flores del bosque se desvanecieron."

Rowena se sentó pesadamente y apoyó la cabeza en su mano. Parecía completamente derrotada, pero Annelise no se dejó engañar.

La mujer continuó su relato. "Ella dejó ese bosque y vagó durante mucho tiempo, perdida en el abrazo de su dolor. Un día, se dio cuenta de que iba a tener un hijo. Ella dio a luz no a una, sino a dos hermosas hijas, una tan hermosa como la luz de la luna y la otra tan oscura como la medianoche. Debido a que estas hijas llevaban la sangre de un hada que podía convertirse en lobo, su madre sabía que ambas serían capaces de cambiar de forma cuando crecieran. Ellas podrían convertirse en lobos por elección.

"Ahora las hadas reúnen bendiciones para sus hijos recién nacidos, porque hay muchos dones de hadas y no todas las hadas poseen todos los dones. Cuando una madrina hada vino a bendecir a las bebés, la madre pidió que sus hijas tuvieran el poder de escuchar los pensamientos de los mortales, tanto hombres como bestias. Ni ella ni su amante habían poseído este don de las hadas, y creía que aseguraría que sus hijas serían advertidas de las intenciones de los hombres y no compartirían el destino de su padre. La madrina estuvo de acuerdo y concedió ese deseo.

"Entonces, las dos hijas crecieron bajo el cuidado de su madre. Florine era una mujer joven de largo cabello plateado y ojos de un azul profundo. Podía correr como el viento y convertirse en un lobo blanco. Rowena, en cambio, era una mujer joven de cabello color ébano y ojos oscuros. Podía convertirse en un gran lobo negro, uno tan oscuro como la medianoche. Las hijas eran diferentes en otro aspecto además de su color: Florine estaba decidida a hacer todo lo posible en cada circunstancia, mientras que Rowena solo se complacía a sí misma y no tenía escrúpulos."

Florine dio un paso más hacia Rowena. "Y así fue como su madre hada murió cuando eran mujeres jóvenes. En su lecho de muerte, la madre suplicó a sus hijas que acabaran con lo que ella no había hecho y vengaran la muerte de su amante y de su padre. Después de su fallecimiento, las hijas discutieron amargamente sobre la mejor manera de lograrlo. Se separaron con malos sentimientos y cada una siguió su propio camino.

"Florine fue con las hadas que eran sus parientes y pidió que les enseñaran todo lo que sabían. Aprendió a escuchar más claramente los pensamientos de los hombres y de los animales, a asegurarse de que sus voces no la abrumaran. Aprendió a cantar con tanta melodía que todos los que escucharan su voz quedaran encantados y solo pudieran escuchar. También aprendió a luchar, cómo infundir miedo con la ferocidad de sus golpes, cómo matar a un hombre mortal sin una hoja de acero, cómo hacer temblar la tierra con su ira. Aprendió el valor de una promesa jurada y el honor de cumplir la palabra. Cuando supo todo esto y más, Florine continuó con la misión que le había dado su madre."

"Se necesita mucho tiempo para aprender una gran cantidad de conocimientos, por lo que cuando Florine regresó al bosque donde habían matado al lobo, habían pasado muchos siglos. Ella usó sus poderes y escuchó los pensamientos de las personas que vivían allí y aprendió la historia que contaban sobre el valor de Ruaraidh, su fundador y antepasado. Escuchó cómo se había comido el corazón de un lobo blanco y supo que había encontrado el lugar correcto. El Señor de Killairig en ese momento tenía un hijo, tan bueno y guapo como un hombre podía serlo. Su nombre era Coinneach, el único hijo de su padre y muy adorado por sus padres. Florine decidió que Coinneach sería quien pagaría el precio de su venganza."

"Y lo hiciste bien con eso, ¿no?" Rowena se burló.

Florine se enderezó pero continuó con su relato. "Coinneach era un hombre excelente, bien trabajado y noble por naturaleza. Y ese era el problema, porque cuanto más lo observaba Florine y escuchaba sus pensamientos, más se enamoraba de él. Era un hombre de valor y honor, que cumplía su palabra y trataba con honor a sus compañeros. Era tan guapo como un guerrero de las hadas y podía bailar y cantar él mismo. Florine no se atrevió a matarlo, incluso cuando él cazaba solo en el bosque. Y así fue que un día en el bosque, Florine se reveló a Coinneach porque no podía hacer nada más. Ella le cantó, encantándolo con su canción. Aunque lo había buscado en busca de venganza, esperaba poder hacer que él la amase por sí misma."

"Coinneach se enamoró de la hermosa doncella de cabello plateado y ojos de un azul muy claro. Cuando se casó con ella, estaban tan felices que Florine esperaba que el amor pudiera triunfar sobre el pasado. Ella esperó tanto hasta que llegó un lobo al bosque, un lobo tan negro como la medianoche. Entonces supo que su hermana tenía la intención de robarle su felicidad."

"¡No lo amabas!" gritó Rowena. ¡Lo hechizaste! Él no sabía lo que eras y te despreció una vez que lo supo."

"¿Y qué hay del padre de Aurelia?" Preguntó Florine en voz baja. "¿No te echó por lo que eras?"

"Al menos aprendí algo de eso", replicó Rowena. "Al menos mi hijo tendrá la oportunidad de ser feliz".

¿Dónde estaba Andrew? Annelise vio a Rowena observar el salón, como si ella también se preguntara por la ausencia de su hijo. Annelise solo podía esperar que Florine también lo hubiera encantado.

"Aunque sólo sea a expensas de otros", dijo Florine.

Los ojos de Rowena brillaron y retumbó un trueno. "Si lo has lastimado, me encargaré de que pagues".

Florine sonrió y continuó. "Florine permaneció en sus aposentos en el torreón, temerosa de las intenciones de Rowena. Se enteró de que la nueva curandera había llegado al salón de Coinneach y escuchó los elogios de Coinneach por las habilidades de la mujer. Escuchó su admiración por la pequeña hija de la curandera. Escuchó embelesamiento en su tono, pero el hechizo de su hermana era tan fuerte que no pudo debilitarlo. Aquellos cuyos corazones están llenos de oscuridad pueden crear una maldición de un poder temible, y así fue. Coinneach se enojaba con Florine por pequeñas cosas y ella reconoció la influencia de su hermana. Aun así, no podía lastimar a su amado porque sabía que estaba encantado."

"Tonta", se burló Rowena. "Debes utilizar todas las ventajas cuando puedas".

Florine ignoró esto y continuó su relato. "Cuando Florine se enteró de que tendría el hijo de Coinneach, se atrevió a esperar que todo saliera bien. Para su sorpresa, Rowena fue asignada por Coinneach para actuar como partera, y la pareja luchó por el destino del niño. Rowena habría empujado al bebé al útero hasta que se asfixiara, mientras que Florine quería que su hijo estuviera a salvo de todo daño. Sin embargo, el muchacho era más fuerte de lo que habían anticipado y, finalmente, vino al mundo con un grito que hizo temblar las vigas. Su cabello era casi tan rubio como el de su madre y sus ojos eran del azul de un cielo invernal. Florine creía que todo podría salir bien, porque su hijo había sobrevivido y Coinneach había querido un hijo por encima de todo."

"Pero Coinneach no estaba contento con su hijo, y aquí nuevamente, ella escuchó la influencia de Rowena. Él declaró que había querido que su hijo se le pareciera, que tuviera el pelo oscuro y los ojos verdes, que fuera robusto, sano y fuerte. Sentía que el niño era débil y moriría joven, un heredero inadecuado para su linaje."

Rowena sonrió oscuramente ante esto, incluso mientras Annelise miraba y temía que esta historia no pudiera tener un buen final.

CAPÍTULO 16

Garrett era consciente de que la voz de Florine había seducido a los hombres que custodiaban las mazmorras. Él los sintió deslizarse en una quietud que era antinatural, sus pensamientos giraban mientras trataban de darle sentido a su estado.

Ésa era su oportunidad.

Desafortunadamente, Stewart también estaba encantado y así no podía ayudarlo.

"Dejaré la puerta abierta", le susurró a Stewart, mientras tomaba la llave que ese hombre tenía escondida. "Muévete con rapidez cuando se rompa el hechizo." Él esperó el pensamiento de reconocimiento del guerrero y luego giró la llave en la cerradura. Pasó junto a sus guardias, escuchando su sorpresa y consternación. Les quitó las armas y puso dos en el calabozo con Stewart, tomando el resto.

Sin embargo, el verdadero desafío estaba ante él, de aquellas hadas que no estaban encantadas.

Y no sabía cuántos de ellos había en el salón de Killairig.

Andrew saltó las escaleras hasta la habitación más alta de la torre, bajándolas de tres en tres. Él no dudaba de que su madre sería juzgada por lo que había hecho. Era posible que él pudiera ayudarla en ese momento, pero no le importaba.

Primero él aseguraría su propia ventaja.

La preocupación de Andrew era el reino de los hombres mortales. Garrett MacLachlan estaba en las mazmorras de Killairig. Él no esperaba que su madre perdiera ningún momento, porque estaba en su naturaleza ganar a toda costa. No volvería a soltar a Garrett. Incluso si perdía la batalla, destruiría con Killairig con ella, y Garrett no dejaría esa morada pronto.

Andrew necesitaba aprovechar esa oportunidad para asegurar su futuro en el reino de los hombres mortales. Quizás su madre estaba creando deliberadamente una oportunidad para él.

Quizás ella hubiera deseado su ayuda. A él le habría importado más, si su madre no le hubiera quitado lo que le correspondía antes de que hubiera sido capaz de pronunciar una sola palabra.

Rowena fue quien insistió en que Andrew no tuviera dones de las hadas salvo su longevidad, buena apariencia y voz melodiosa. Ella había sido la que había arruinado sus posibilidades de éxito al elegir que se pareciera lo más posible a un hombre mortal.

Ella le había dado poco y él le debía menos.

Al menos ella le había enseñado a aprovechar todas las ventajas. Mientras Garrett estaba encarcelado, la gente de Killairig estaba encantada y su madre estaba distraída, Andrew apelaría a una autoridad superior, al menos entre los hombres mortales. Él llevaría el sello y el anillo al rey en Edimburgo. Él haría su reclamo por Killairig y sería investido por el propio rey.

Y ay de Garrett MacLachlan si aún sobrevivía en la mazmorra cuando Andrew regresara como Señor de Killairig.

~

FLORINE CAMINABA de un lado a otro en el gran salón, sus palabras eran tan musicales cuando hablaba como cuando cantaba. Annelise estaba paralizada, como todos los demás.

"Florine escuchó los pensamientos lujuriosos de su esposo sobre Rowena y se sintió consternada cuando Coinneach la tomó como amante. Él no volvió más a la cama de Florine y nunca le habló, su amor por ella aparentemente había sido olvidado. Cuando Rowena concibió, Florine estaba llena de ira y la necesidad de que se hiciera justicia. Ella no había vengado a su padre por su amor por Coinneach, pero su marido la había traicionado. Ella nunca había tomado la forma de un lobo en la morada de Coinneach, pero lo haría para mantener la promesa que le había hecho a su madre."

"Pero Rowena conocía la naturaleza de Florine y, por lo tanto, adivinó su intención. Ella estaba decidida a tener a Coinneach ella misma, sobre todo para que el matrimonio de su hermana pudiera ser destruido. Ella le dijo a Coinneach que Florine tenía la intención de robar a su hijo y su dinero, que llevaría su tesoro a un Señor de un Fortaleza vecina, que lo atacaría y lo derrotaría. Ella convenció a Coinneach de que Florine estaba decidida a destruirlo, y él le creyó."

"Cuando Florine se escapó una noche, Rowena despertó a Coinneach y lo llevó en busca de su esposa. Él trajo su espada y su cuchillo, junto con su furia. Pero Florine se detuvo abruptamente, dejó a su hijo en el suelo y levantó las manos hacia la luna. Coinneach se sorprendió al ver a su esposa convertirse en un lobo blanco."

"Rowena no perdió su oportunidad. Gritó que Florine era una bruja, luego se apoderó de la ropa de Florine y la quemó. Ella sabía que Florine no podría volver a su forma humana sin su ropa. El lobo blanco aulló como si le doliera, luego, con sus mandíbulas, agarró la tela que envolvía al niño y huyó hacia el bosque."

"Cuando Coinneach habría perseguido al lobo, se levantó un viento nauseabundo. Azotó los árboles y les arrancó las hojas. El granizo cayó con igual ferocidad, golpeando a la pareja sin piedad.

Cuando la tormenta se detuvo, no había ni rastro del lobo ni del niño. Nadie los encontró nunca, aunque Rowena lo intentó."

"En verdad, las hadas habían intervenido. El hijo de Florine quedó bajo su cuidado, mientras que Florine seguía siendo un lobo blanco corriendo libre en el bosque. Se lanzó un hechizo para defender al hijo de Florine de su tía y se lo entregó a un hada que había elegido una vida mortal para criarlo con lo mejor de sus habilidades."

"En Killairig, Rowena pronto le presentó a Coinneach un hijo, uno que el Señor de la Fortaleza no se dio cuenta de que era mitad hada. Y el Señor de Killairig tomó a Rowena como su esposa. Una vez que tuvo el título de dama, Rowena comenzó a envenenar a Coinneach, no solo llenando su mente con mentiras sino llenando su cuerpo con toxinas. Coinneach se volvió débil y lento de ingenio, y Rowena tomó el control por su cuenta de todo lo que debía haber tenido. Por lo tanto, se aseguró de que él no pudiera cambiar su forma de pensar sobre su hijo. Ella no deseaba una regencia, porque se le podía arrebatar el poder mientras su hijo era joven, por lo que permitió que Coinneach viviera hasta que su hijo alcanzara la edad adulta. Tan decidida estaba ella en asegurarse de que su hijo obtuviera todo lo que ella creía que él merecía, que aumentó los impuestos y exigió cada vez más trabajo a la gente, incluso mientras ella y sus hijos vivían en el lujo. Cuando un alma protestaba, desaparecía para siempre o regresaba golpeada y magullada. Y así, la gente de Killairig se convenció de que terminarían sus días en el hambre y la pobreza, incluso cuando temían pronunciar una palabra de protesta."

Florine se detuvo. El salón estaba completamente en silencio, todas las miradas estaban fijas en ella. Ella dio los últimos pasos hacia Rowena.

"Hasta que el hijo de Florine y Coinneach salió del hechizo lanzado por las hadas y vino a Killairig él mismo para reclamar su derecho de nacimiento robado."

"No", susurró Rowena. "Te lo prohíbo".

"Sí", dijo Florine y levantó una mano para hacer un gesto. El corazón de Annelise galopó cuando Garrett salió de las sombras, con la ropa y el cuerpo empantanados, pero con la mirada despejada. Él llevaba una pequeña daga. Caminó hacia Rowena, quien se apresuró hacia atrás en su consternación. Ella le lanzó maldiciones y lo que Annelise creía que debían ser hechizos, pero se apresuró a alejarse de él todo el tiempo, su miedo era obvio. "¡Mataste a mi hija!" gritó ella.

"Después de que ella mató a los únicos padres que yo había conocido. Dos inocentes que merecían un mejor destino." Garrett hizo una pausa para considerarla. "Mataste a mi padre y culpaste a un hombre inocente por el crimen."

Rowena abrió la boca pero no salió ninguna palabra. Ella no tenía defensa, pero sus ojos brillaron mientras se destrozaba lo último de su hechizo. Echó la cabeza hacia atrás y gritó, haciendo que las piedras cayeran de las paredes. La lluvia caía a raudales en el salón ahora sin techo y el suelo temblaba bajo sus pies.

Sin embargo, ninguno de ellos pudo moverse.

Salvo a Garrett. Florine se quedó inmóvil y Rowena se dio la vuelta para huir.

Garrett arrojó inmediatamente el cuchillo al otro lado del salón. Annelise observó cómo giraba por el aire y luego se hundía en la espalda de Rowena. Ella se quedó un momento, vacilando, luego se volvió para mirarlo. Su boca se abrió en estado de shock y jadeó en voz alta.

Rowena cayó al suelo, agarrando la piel del lobo mientras colapsaba. Su sangre fluyó por el pelaje mientras hundía el rostro en la piel de lobo.

Luego se convirtió en un lobo con pelaje tan negro como la medianoche.

Florine cruzó la habitación para arrodillarse junto a su hermana. "Te perdono", susurró, aunque toda la habitación podía oírlo. "Te perdono, Rowena, porque tuviste la fuerza para vengar a nuestros padres de Coinneach cuando yo no pude."

El lobo jadeó, luego Rowena yacía muerta en el suelo, con sangre a su alrededor. Florine se inclinó y besó la mejilla de la mujer inmóvil frente a ella, y sus lágrimas se transformaron en flores al caer.

Garrett fue al lado de su madre y se abrazaron.

"Ojalá hubiera sido de otra manera", susurró Florine y Garrett asintió.

Annelise tardó un momento en darse cuenta de que el hechizo de Florine se había roto y que podía volver a moverse.

Ella se dio cuenta porque Orson la agarraba del brazo. "Todavía tendré mi premio", susurró, luego la sacó de la mesa.

GARRETT SE GIRÓ ante la consternación en los pensamientos de Orson, solo para ver al caballero sacando a Annelise por la fuerza del salón. La mente del caballero estaba llena de furia y confusión. No sabía qué hacer y no podía aceptar la plenitud de su fracaso. Él sabía que Annelise ya no era una doncella, pero había decidido tomarla por esposa. El hechizo de Florine parecía haberlo confundido aún más, porque sus pensamientos simplemente se agitaban.

Él pensaba en la lealtad y el deber.

Pensaba en el fracaso.

Pensaba que era preferible terminar con su propia vida, aunque estuviera condenado, que enfrentarse a la ira del conde de March.

Garrett temía lo peor. Corrió tras el caballero, haciendo tropezar al escudero cuando el muchacho podría haber acudido en ayuda del caballero. ¿Qué le había pasado a Andrew? Florine debía haberlo dejado encantado en otra parte. Garrett no tenía tiempo de buscarlo, no si iba a salvar a Annelise.

Orson ya había llevado a Annelise al patio. La lluvia caía diagonalmente y un relámpago brillaba por encima de sus cabezas. Los adoquines estaban resbaladizos y los guardias apenas se estaban despertando del hechizo de Florine. Algunas de las paredes se habían derrumbado y las otras bien podrían estar inestables.

Orson se dirigía a los establos, pero Annelise luchaba contra él con un vigor que distaba mucho de sus modales suaves habituales. Ella lo golpeó y él la golpeó en la cara.

Garrett gritó pero el sonido se perdió en el trueno. La tormenta azotó el torreón, un frenesí en el aire. ¿Era este tumulto el resultado de la muerte de Rowena? Garrett tenía que preguntarse, incluso cuando el viento le impedía perseguir a Annelise a cualquier velocidad y la lluvia caía sobre él.

"¡Mi caballo!" gritó Orson, pero el mozo cerró la puerta del establo contra él. Los caballos también pateaban en sus establos.

"Sólo un tonto cabalgaría con este clima", espetó el mozo de cuadra. "¡Y no arriesgaré el caballo!"

"¡Desobediencia!" Rugió Orson. "¡Insubordinación! Te veré azotado..."

Pero el mozo de cuadra cerró la puerta de golpe y Garrett oyó el disparo del cerrojo.

Orson examinó el patio como un animal enjaulado y luego vio a Garrett. Garrett vio con alivio que Annelise no había dejado de luchar contra su agresor. Había un fuego en sus ojos que le daba esperanza.

De todos modos, Orson era más alto y más fuerte. Las puertas estaban cerradas contra la noche, así que la llevó escaleras arriba hasta el parapeto por donde solían caminar los centinelas. Esa noche, el camino estrecho estaba vacío. Garrett los persiguió a ambos, perdiéndolos de vista en el viento y la lluvia en la parte superior del muro.

Él siguió el sonido de los pensamientos turbulentos de Orson.

Y encontró a la pareja, acomodándose en la esquina. Killairig se había construido con una gran torre que daba al mar. El patio estaba en el lado interior de la torre, con altos muros que lo rodeaban. Las puertas estaban frente a la torre. Sin embargo, los muros eran más cortos que la torre y, por esta razón, la caminata de los centinelas no rodeaba completamente la torre: comenzaba en la torre, rodeaba las puertas y terminaba en el otro lado de la torre. Orson, al no comprender el diseño, había calculado mal. Sostuvo a Annelise contra él, su cuchillo en su garganta, incluso mientras la lluvia caía a cántaros. Estaba contra la torre, sin ningún otro lugar al que huir, y Garrett bloqueando el único camino de escape. El mar se agitaba detrás de Orson, luciendo oscuro y siniestro.

"¡Ella iba a ser mía!" rugió cuando vio a Garrett, y su cuchillo se clavó en la carne de Annelise. "¡No puedes robarme a mí, no a alguien como tú!"

La dama jadeó y Garrett vio que la sangre fluía por el cuchillo. Se detuvo. "No entiendo lo que quieres decir", dijo, queriendo solo calmar los pensamientos erráticos del caballero.

"¡Eres de nacimiento común! Yo soy noble. Ella es noble. Que me guste es lo que siempre aprendí."

"Pero él no es de nacimiento común", corrigió Annelise. "Será Señor de Killairig".

"No", protestó Orson, pero Annelise luchó por poner algo de distancia entre el cuchillo y su garganta. Se las arregló para meter un dedo debajo de la hoja.

Garrett nunca se había sentido tan indefenso en su vida.

"Él tendrá una propiedad mientras que tú no", continuó ella, y su comentario enfureció al caballero. "Él tendrá esta propiedad. Y me tendrá por esposa."

"Podrías haberme traído una propiedad. Con tu mano en la mía, me habrían concedido una. Me has desafiado y afrontad..."

"Yo no habría sido una buena esposa para ti", concluyó Annelise.

Orson la miró. "Entonces, ¿crees que te entregaré a él?" preguntó con desdén y cortó deliberadamente el dedo que ella sostenía debajo de la hoja. Annelise contuvo el aliento y apartó la mano instintivamente, lo que permitió que Orson volviera a poner el cuchillo en su garganta. "En cambio, me gustaría verte recompensada por todo lo que has hecho", dijo, su voz sedosa con intención.

"No tendré ninguno de mis sueños, y tú, que me los has robado, también serás privada de ellos."

Sus pensamientos se asentaron en una claridad de propósito que no presagiaba nada bueno para Annelise.

Un rayo estalló en lo alto, el estallido resonante reveló que había golpeado la tierra cercana.

Pero Annelise le sonrió a Garrett, confiada de una manera que él no estaba. "Su intención es clara, pero solo porque no conoce toda la verdad. Garrett, debes decirle a Orson lo que puedes hacer."

"¿Lo que puedes hacer?" Exigió Orson. "¿Qué quiere decir ella?"

Annelise tenía razón, aunque Garrett hubiera preferido no usar nunca esa habilidad.

Garrett caminó hacia el caballero con pasos prudentes, con el corazón en la garganta. ¿Mhairi también había tenido razón en eso?

Orson habría retrocedido pero su espalda estaba contra la pared. Él saltó a lo alto del parapeto, llevándose a Annelise con él. Garrett escuchó la piedra desmoronarse bajo sus talones. "¡No más cerca!" Dijo Orson. "O la arrojaré a la muerte. Quédate ahí y dime lo que quiere decir ella."

"Se refiere a mi maldición, que cree que es un don".

"¿Qué puede ser tanto un don como una maldición?" Orson exigió salvajemente.

"Solo tienes que preguntar", respondió Garrett.

"¿Qué puedes hacer?" Orson gritó con impaciencia. "Dime: ¿qué puedes hacer?"

Annelise se apartó de Orson con un tirón y se tapó los oídos con los dedos. Su cuchillo le rozó la garganta, pero Garrett habló rápidamente.

"Puedo escuchar los pensamientos de los mortales, tanto hombres como bestias", confesó. Él nunca había hecho eso antes, y su corazón se aceleró ante su audacia.

Orson se puso rígido.

Mientras Garrett miraba, la piel de Orson se volvió gris. Una gran roca ocupó su lugar detrás de Annelise, una roca encaramada en el borde de piedra. Las piedras se derrumbaron bajo su peso y Garrett escuchó el miedo de Annelise cuando el parapeto se movió bajo sus pies.

Garrett dio un salto hacia adelante y agarró a Annelise, tomando su mano en la suya. La piedra que había sido Orson comenzó a inclinarse hacia el mar y Annelise se fue con ella. Garrett se aferró a su mano, incluso cuando la roca se desplomó hacia abajo.

Él la sostuvo, pero por poco.

Annelise se agarró con fuerza, colgando del extremo del agarre de Garrett. La roca que caía se estrelló contra los acantilados de piedra y luego salpicó cuando aterrizó en el agua. La lluvia hacía que la piel de Annelise se resbalara y, por un momento, temió perderla. Garrett le rodeó las muñecas con las manos y la arrastró hasta el parapeto. Ella se aferró a él aliviada y él sintió cómo ella temblaba.

Garrett le dio un beso en el pelo y luego limpió la sangre de su garganta con las yemas de los dedos. Estaba horrorizado por lo que había hecho, pero sabía que no podía haber hecho menos. Se dio cuenta de que no lo había creído realmente posible, a pesar de que Mhairi se lo había advertido, no hasta que vio las piedras en el bosque. Incluso el recuerdo de su potente silencio le hacía estremecerse.

Garrett usaría ese don con moderación, si es que alguna vez lo volvía a hacer.

Pero Annelise estaba a salvo. Él la tocó debajo de la barbilla, obligándola a encontrar su mirada preocupada.

Cuando Annelise miró hacia arriba, Garrett vio que la alarma se iluminaba en sus ojos. Ella se giró para encontrar a Andrew en la ventana más alta de la torre, mirándolos con una sonrisa. Él levantó un anillo que brillaba a la luz. "Tengo el anillo de sello y el sello", se burló. "¿Quién es entonces Señor de Killairig?" Con eso, giró y desapareció en las sombras más allá. Un latido después, saltó por la ventana en el lado opuesto de la torre y comenzó a correr por la acera de los centinelas.

Esa batalla no había terminado.

~

"ANNELISE, DESCIENDE CON CUIDADO", dijo Garrett. Su mirada estaba fija en Andrew, que huía, y ella sabía que él deseaba ese anillo y ese sello.

Apenas tuvo tiempo de asentir antes de que él se alejara corriendo. Las escaleras descendían al patio a ambos lados de las puertas, y los establos estaban al otro lado. Por encima de los muros, pudo ver la lluvia cayendo sobre el pueblo de Killairig. La ciudad daba todos los indicios de estar abandonada.

"¡Aquí, muchacho!" Stewart gritó. Annelise vio que se apresuraba a subir las escaleras, agitando una espada desenvainada. Garrett se echó a reír y arrancó la hoja del agarre de Stewart, apenas desaceleró su paso, luego saltó hacia la pasarela y corrió hacia Andrew.

La pareja se encontró en la cima de la otra escalera en un choque de acero tan fuerte que hizo que Annelise se estremeciera. Garrett hizo retroceder a Andrew desde las escaleras con una furia de golpes, y el caballero se recuperó de su sorpresa para luchar.

Annelise no tenía intención de perderse ningún detalle. Corrió a lo largo de la parte superior de la pared, pisando con cuidado, ya que las piedras estaban resbaladizas y la lluvia caía en un volumen castigador.

"¿Tiene un cuchillo, mi señora?" Preguntó Stewart cuando llegó a las escaleras. Ella vio que él flotaba en las sombras, mirando con avidez la pelea incluso mientras le hablaba.

"Mi cuchillo de comer", admitió ella y él puso los ojos en blanco. Sacó la daga de su propio cinturón y se la entregó.

"Pero-"

"La batalla es aún joven, Dama Annelise. Permanece alerta."

"—Sí, Stewart. ¿Pero qué hay de ti?"

Él sonrió. "Puedo arreglármelas solo".

Annelise no lo dudaba. Apretó el cuchillo con más fuerza, sintió su peso y asintió. "Te doy las gracias, Stewart."

Con eso, se fue, desapareciendo por las escaleras. Momentos después, Annelise lo vio subir sigilosamente la segunda escalera, con un cuchillo más grande en la mano. Mantuvo la espalda pegada a la pared, como para asegurarse de que los hombres de arriba no pudieran verlo.

¿Garrett sabía que Stewart estaba allí?

Mientras tanto, Andrew y Garrett peleaban de un lado a otro, tan igualados en poder y habilidad que Annelise temía que Garrett no pudiera triunfar fácilmente. ¿Qué podía hacer ella para ayudarlo? Ella no dudaba de que si tropezaba, Andrew estaría tan contento de usarla contra Garrett como cualquier otra arma.

Garrett se movió con repentino vigor y su espada brilló.

"¡Demonio!" Andrew gritó y Annelise vio que Garrett había cortado la mejilla del caballero. Annelise recordó la afirmación de Garrett de que Seamus le había enseñado a pelear.

"Demonio sin valor", declaró ese caballero, su voz bajó y su tono se volvió malicioso. Atacó a Garrett repetidamente, haciéndolo retroceder por las puertas del patio. La pasarela era más estrecha allí, y además se acercaban a Annelise. Ella agarró la empuñadura del cuchillo de Stewart, sabiendo que si tenía que ayudar, sólo tendría una oportunidad.

Un relámpago brilló y un trueno retumbó desde muy cerca. Andrew lanzaría a Garrett del muro cortina y lo enviaría a la muerte.

"No eres mejor que un gusano, Garrett MacLachlan", continuó Andrew, puntuando sus palabras con golpes. "Eres un hombre indigno de poner un pie en la propiedad de mi padre, y mucho menos de reclamar su propiedad".

Garrett gritó e hizo una mueca, luego su agarre vaciló en la espada. Se llevó una mano a la sien, como si quisiera obligar a sus pensamientos a permanecer en silencio. Annelise estaba segura de haberlo visto temblar. Andrew se rio y se lanzó hacia adelante, apuñalando a Garrett de modo que Annelise gritó de miedo.

Entonces vio una sombra moverse en las escaleras opuestas. Stewart trepó sigilosamente a la pared detrás de Andrew, el sonido de su grito sin duda ayudaba a disimular cualquier sonido que hiciera.

Garrett se dejó caer sobre una rodilla, aparentemente con un gran dolor.

¿Tenía dolor? ¿O volvía a fingir estar enfermo? Annelise tenía tanto miedo por él que no podía pensar.

Andrew, por el contrario, estaba feliz y seguro de la victoria. Él saltó hacia adelante e intentó empujar con fuerza a Garrett, e incluso Annelise vio que se movía demasiado rápido. Él anticipó el triunfo antes que fuera suyo, y ella había visto a sus hermanos derrotados en la práctica por el mismo error.

Andrew levantó su espada sobre el cazador caído, en el mismo momento en que Garrett empujó bruscamente su espada hacia arriba con fuerza. Annelise sabía que él tenía la intención de no dejar ninguna duda sobre quién ganaba esta batalla. Así como había decidido hacer que el primer golpe contara, Garrett lo había hecho.

Garrett se puso de pie, su espada aún enterrada en el pecho de Andrew, mientras la sangre fluía. Annelise pudo ver la conmoción y el dolor de Andrew cuando cayó de rodillas. Parecía asombrado, incluso cuando su propia espada se cayó de su mano y la sangre fluyó para mezclarse con la lluvia. Él se dejó caer para apoyar su peso sobre un codo, su mano se movió hacia su herida como si tuviera que tocarla para saber que era real. Tocó el charco de sangre con las yemas de los dedos, como si nunca hubiera pensado en verlo fluir con tanta facilidad. En ese momento, Stewart se colocó detrás del caballero caído, con la espada lista. Garrett se inclinó para arrancar la espada de la piedra, que estaba junto a la mano inerte de Andrew.

Andrew miró entre ellos y sacudió la cabeza con asombro, luego tosió. Tenía sangre en los labios y palidez en las mejillas. Tosió de nuevo y ya no pudo mantenerse. Cayó de espaldas y sus ojos miraron ciegamente a la lluvia mientras el aliento abandonaba su cuerpo por última vez.

"Éramos hermanos", dijo Garrett en voz baja. "No tenía que ser así". Luego se volvió y arrojó la espada de Andrew desde el muro, como si quisiera desechar los horrores del pasado. Se inclinó para tomar el anillo de sello y el sello de las manos de Andrew, incluso mientras Annelise miraba la hoja volar de un extremo a otro por el aire.

Los relámpagos iluminaron el cielo de nuevo, justo cuando la espada estaba sobre el pueblo, y ella se cubrió los ojos ante su brillante destello.

"Golpeó la hoja", gritó Stewart, incluso cuando el fuerte estruendo del trueno hizo que la pared temblara bajo sus pies. Cuando Annelise miró, solo quedó la oscuridad de la noche de nuevo.

En el pueblo, se encendió una luz y el resplandor de una linterna brilló en la noche desde una ventana previamente oscurecida. Contra él se recortaba la ruina humeante de la espada, con la punta enterrada en el techo de la capilla.

La capilla de Killairig tenía un crucifijo nuevo. Era una señal de que todo estaría bien ahí.

Los tres se quedaron mirando sin decir palabra, luego Stewart asintió con la cabeza hacia Garrett y se dio la vuelta.

Garrett le ofreció la mano a Annelise y la condujo hacia las escaleras. "¿Está usted sana, mi señora?" preguntó y ella quería darle la bienvenida a su cama en ese mismo momento.

"Así es, porque tú estás bien", dijo ella, y era cierto. Ella le sonrió con ojos brillantes. "Te amo, Garrett MacLachlan".

Garrett le sonrió. "Y yo te amo, Annelise Lammergeier. ¿Intercambiarás votos conmigo en Kinfairlie y serás mi esposa para siempre?"

"¿Incluso antes de nuestro año y un día?"

"Incluso antes."

"Pensé que nunca preguntarías." Ella no tuvo oportunidad de decir más porque, a pesar del ataque de la lluvia, Garrett la besó a fondo y tranquilamente. Hubo una ovación del patio de abajo y se separaron para encontrar a Stewart aplaudiendo su abrazo. La madre de Garrett estaba en la puerta del salón e incluso Percy dio un silbido de aprobación como un lobo. Los centinelas y guardias miraron a su alrededor con asombro, pero más de uno vitoreó a Garrett.

Solo habría más hombres felices de servir bajo su mano, y Annelise lo sabía. Garrett ahora sabía la verdad de su propia historia y le habían devuelto a su madre. Killairig era suyo y Annelise estaba más que feliz de ser su esposa. Incluso su maldición había demostrado ser una bendición y Annelise sabía que su cazador nunca se apartaría de su lado.

La pasión de su beso la convenció de que sus pensamientos eran uno solo.

$\mathcal{A}$nnelise y Garrett cabalgaron hasta Kinfairlie para la cosecha. Los días eran frescos y la luz del sol era dorada, el clima parecía hacer eco de la alegría en el corazón de Annelise.

Ya había mejoras en Killairig. Muchos residentes regresaron cuando escucharon las noticias, y la mayoría se había quedado para ayudar a Garrett a reconstruir. Annelise estuvo feliz de saber el afecto que tenían por Florine y aún más feliz de ver esa lealtad transferida a Garrett. La habilidad de Garrett fue una bendición para él, no una maldición, ya que lo ayudó a asegurarse de que se hiciera justicia. Ningún hombre podía mentirle al Señor de Killairig, y eso le gustaba mucho a Annelise.

Florine se había quedado con ellos, y la madre de Garrett era tan amable y buena como Annelise hubiera esperado. Habían enterrado Coinneach en el cementerio de Killairig, y Florine había llorado durante el servicio. Las flores florecían ahora en abundancia en Killairig, creciendo más densamente en los lugares preferidos de Florine.

Percy había pedido quedarse con Garrett y había demostrado ser un trabajador muy aplicado. Stewart se había hecho cargo del muchacho hasta que todos partieron para cabalgar hacia el este y estaba claro que el escudero admiraba al viejo guerrero. Annelise se había sorprendido de que Stewart se hubiera quedado tanto tiempo con ellos, pero Murdoch lo había aprobado y Stewart estaba entusiasmado por ayudar en la restauración de la propiedad.

El plan de Alexander de encontrarse en Inverfyre a mediados del verano había fracasado, porque Annelise ya no era una doncella para entonces. Además, Murdoch no había querido viajar tan lejos con Isabella embarazada. Él era protector, porque Isabella estaba más redonda con su embarazo de lo que creía, pero Annelise no podía culparlo por eso. Ella había perdido la oportunidad de visitar a Inverfyre y su familia allí, pero esperaba que Garrett pudiera tomar un desvío hacia ese refugio en su camino a casa en Killairig.

Ella quería que todos conocieran a su cazador.

Todo el grupo hizo una pausa en la Fortaleza Seton para visitar, y Annelise llevó a Kinfairlie los buenos deseos de su hermana a casa, así como las noticias de ella a sus hermanos. Murdoch entregó una carta para Alexander a su cuidado, y Stewart permaneció allí cuando Annelise y Garrett se fueron a Kinfairlie. Florine contaba historias mientras cabalgaban, y Annelise sabía que no podrían haber tenido un mejor compañero para su viaje.

El corazón de Annelise se disparó cuando la propia Kinfairlie apareció a la vista, porque la propiedad se veía muy bien. El banderín de Alexander ondeaba desde lo alto de la torre cuadrada y la luz del sol hacía brillar el mar detrás del torreón. Los campos estaban dorados por el grano maduro a medida que se acercaban. Muchos de los que trabajaban en el campo se detuvieron para mirar y luego saludar a Annelise, y ella descubrió que su anticipación aumentaba.

Ella detuvo a Yseult a caminar y uno de los trabajadores se echó hacia atrás el sombrero, sonriéndole a modo de saludo. "Buen día, mi señora Annelise. Escuché que debes ser felicitada."

"De hecho, he venido a casarme en la capilla de Kinfairlie. Les agradezco sus buenos deseos ". Annelise inclinó la cabeza, recordando cuando habría sido demasiado tímida incluso para responder. Ella hizo un gesto. "Mi prometido viaja conmigo a Kinfairlie y a su madre también".

El hombre hizo una profunda reverencia ante el grupo. "El camino ha estado muy transitado esta semana, mi señora. Parece que muchos de tus hermanos han venido a compartir tu alegría." Miró a Garrett, aparentemente tomando su medida, luego asintió con la cabeza a todo lo que veía.

"Salvo Isabella", dijo Annelise. "Está demasiado cerca de su término para viajar tan lejos".

"¿Tan cerca?" preguntó el hombre, pero Annelise se apresuró a aclarar el asunto.

"La comadrona que la atiende es cautelosa. Espera al bebé para el Yule, pero la partera dice que Isabella debe permanecer en casa hasta ese día."

El hombre sonrió. "Supongo que encuentra apoyo para esta noción en el Señor Murdoch". Al asentir de Annelise, él asintió a Garrett. "Aquellos tan afortunados de casarse con una de las joyas de Kinfairlie las cuidan bien".

"Y así deberíamos", coincidió Garrett. "Porque ningún tesoro tan fino como el de una de estas hermanas debe ser tratado con menos que el mayor honor".

"Serán bien recibidos, mi señor y mi señora, en eso puedo confiar". El hombre sonrió e hizo una profunda reverencia, evidentemente complacido con esa respuesta. El corazón de Annelise cantaba mientras se acercaban juntos a la torre de los centinelas, y sabía que Garrett lo estaba estudiando.

"¿Y, qué piensas?" preguntó ella.

"Tu hermano atiende bien su responsabilidad", dijo Garrett. "Está claro que Kinfairlie es próspera y sus inquilinos están contentos. Sus fronteras deben estar bien defendidas y su cosecha es envidiable." Él le apretó la mano. "Buscaré el consejo de tu hermano para reconstruir Killairig".

"Él ya me ha escrito para ofrecer eso", dijo Annelise.

Florine, sin embargo, estaba examinando la distancia, sus rubias cejas juntas en un ligero ceño fruncido. "¿Algo anda mal?" Preguntó Annelise y negó con la cabeza.

"Aquí hay un poder antiguo, una fuerza que me resulta muy familiar".

"Se rumorea desde hace mucho tiempo que hay un portal entre Kinfairlie y el reino de las hadas", dijo Annelise. La madre de Garrett asintió con la cabeza y pareció observar el camino más de cerca.

Con el tiempo, pasaron por debajo de las puertas del torreón de Kinfairlie y entraron en el patio. Owen, el mozo de cuadra, se acercó apresuradamente hacia ellos, con una sonrisa de saludo tan amplia que sus mejillas podrían romperse. "¡Yseult!" gritó, lo que hizo reír a Annelise. Ella se había preguntado si estaría tan contento de verla.

Owen abrazó mucho a la yegua. Yseult relinchó y sacudió la cabeza mientras él le tomaba las riendas y le hablaba con los ojos brillantes de placer. Estaba claro que ella esperaba un buen cuidado después de su ausencia, y Annelise sabía que el caballo tenía razón en eso.

Garrett desmontó y bajó a Annelise, luego ayudo a su madre. Percy sostuvo las riendas de los otros caballos mientras esperaba a los mozos de cuadra. Antes de que Annelise pudiera señalar algo sobre su hogar, estaban rodeados por sus hermanos.

"¡Annelise!" gritó Alexander y la lanzó al aire. Por supuesto, él fue el primero en saludarla, no solo el mayor, sino también el más alto y Señor de Kinfairlie, Alexander era el primero en todas las cosas. Tenía un poco más de plata en las sienes de lo que ella recordaba, pero por lo demás se veía bien.

La esposa de Alexander, Eleanor, estaba detrás de él. Ella era tan hermosa y agraciada como siempre, su gracia hacía que Annelise se alegrara de estar de nuevo en casa. Annelise hizo las presentaciones e intercambió besos, mientras Eleanor le daba la bienvenida.

"¡Annelise!" gritó una mujer mayor, y Annelise se dio la vuelta para ver a Vera acercándose rápidamente a ella. La mujer rechoncha que había atendido a Annelise y sus hermanas durante años podría haber sido una tía querida por el afecto entre ellas. Ella llevaba un bebé que dormía feliz a pesar del ruido. Vera le dio a Annelise una rápida palmadita en la mejilla con una mano, luego miró a Garrett de arriba abajo con actitud severa.

"Vera tendrá preguntas para ti", advirtió Annelise a Garrett con una sonrisa.

Vera lo señaló con el dedo. "No hay muchos hombres dignos de esta dulce doncella, así que puedes estar seguro de que tenía mis dudas. Te ves lo suficientemente sano y ella se ve lo suficientemente feliz, así que tal vez todo esté bien."

"—Quizá lo esté" —intervino Eleanor, tomando al bebé de los brazos de Vera. "Tienes un gran don para convencerlo de que se duerma", murmuró. "Gracias, Vera". La mujer mayor se sonrojó y juntó las manos mientras miraba al niño. Annelise reprimió una sonrisa de que Vera dudaba que se le pudiera confiar a la propia madre del bebé.

Annelise notó cómo Florine y Vera se evaluaban mutuamente, como si cada una adivinara un secreto guardado por la otra. Annelise recordaba muy bien que Vera desconfiaba de las hadas, pero la madre de Garrett era tan amable y buena que ella dudaba que hubiera problemas.

De hecho, Florine podría revocar la opinión de Vera antes de que se fueran a casa.

"Este es Tynan", dijo Eleanor sobre el bebé de cara roja. A Annelise le parecía perfecto, tan rubio como su madre con largas pestañas doradas en la mejilla. Ella podría haberlo admirado por más tiempo, pero el hijo mayor de Eleanor y Alexander, Roland, agarró un puñado de sus faldas en su demanda de atención.

¡Tía Annelise! ¿Me olvidaste?"

"Nunca, Roland". Ella se inclinó y le dio un abrazo, haciéndolo sonreír con orgullo con su admiración por lo bien que caminaba ahora. Ella le presentó a Garrett, quien se agachó para hablar con él. Annelise pudo ver que Roland estaba muy intrigado por la falda escocesa y las botas de Garrett, ya que la mayoría de los hombres vestían a la francesa en Kinfairlie.

"¡Annelise!" lloró Vivienne desde la puerta, luego corrió hacia ella con el cabello suelto. De hecho, su hermana mayor parecía recién levantada de la cama. "Justo la hermana que necesito. Esta mañana deseaba que me contaran una historia y no tengo ninguna duda de que me has traído una buena. Ella miró a Garrett y le hizo una reverencia. "Quizás usted es el cuento, señor."

"Quizás conozco algunos de ellos", dijo Garrett con una sonrisa.

Vivienne lo señaló con un dedo. "Debería advertirte que prefiero una historia de las hadas."

Los ojos de Florine se agrandaron ante eso, incluso cuando Annelise hizo más presentaciones. "¿Está Erik contigo?" le preguntó a su hermana.

Los ojos de Vivienne bailaron incluso cuando Alexander negó con la cabeza en simpatía por ese hombre. "—Sí, pero él es la única persona que puede convencer a William para que se duerma. Recién lo he amamantado, por lo que su padre debe hacer su parte del trabajo."

"Pensaba que la parte de un padre se había hecho mucho antes", comentó Alexander con fingida inocencia y Vivienne lo golpeó. Sus ojos bailaron de una manera que le recordó a Annelise cómo solía burlarse de ellas cuando eran pequeños.

"¡Pero no he visto a William!" declaró Annelise. No podía haber nada mejor que los bebés, en su mente, y Kinfairlie parecía estar llena de recién nacidos.

"Tiene solo un mes y ya es el deleite de su padre", dijo Vivienne con una sonrisa. "Temía que Erik no nos hubiera permitido viajar tan lejos, pero las niñas fueron muy persuasivas." Ella se volvió e indicó a las niñas que la habían seguido, presentando a Mairi y Astrid, luego a la pequeña Catherine.

Annelise revisó su evaluación: no hay nada más bueno que los bebés y los niños. Annelise hizo un escándalo por las niñas, por cómo habían crecido y lo bonitas que eran, tal como evidentemente esperaban.

"Tienes un don con los niños", le murmuró Garrett cuando ella se enderezó.

"Siempre he tenido un cariño por ellos", coincidió Annelise. "Creo que ellos saben eso". Sintió su mano aterrizar en la parte posterior de su cintura, el calor de sus dedos enviando un escalofrío a través de ella todavía.

Se inclinó y le susurró al oído. "Entonces tendré que asegurarme de que tengamos muchos de ellos."

"De hecho, lo harás". Annelise se sonrojó un poco y le sonrió, sabiendo que mostraba su placer en la idea. Ella quería hablar con una de sus hermanas mientras estuvieran allí, porque tenía la sensación de que Garrett ya podría haber garantizado que habría un hijo en Killairig antes del verano siguiente.

"Madeline y Rhys no pudieron volver a viajar desde Gales tan pronto", explicó Alexander. Él saludó con la cabeza a Garrett. "Estuvieron aquí para las nupcias de Isabella y les envían sus buenos deseos." Él le entregó a Annelise una misiva que aún estaba sellada y ella estaba ansiosa por abrirla y leer las noticias de Madeline.

Elizabeth salió del salón entonces, caminando más lentamente de lo que era su costumbre. Su piel clara estaba más pálida de lo habitual y sus ojos parecían más grandes y oscuros. Annelise voló para abrazarla con consternación. "Elizabeth, ¿estás bien?"

"Annelise, estaba tan asustada por ti", susurró Elizabeth. Su mirada voló hacia Garrett y su alivio fue claro.

"¿Me enviaste ese sueño?" Annelise susurró, pero Elizabeth la miró como si no entendiera sus palabras. "Hizo toda la diferencia, y te lo agradecería de verdad". Annelise volvió a besar las mejillas de Elizabeth. No era propio de su hermana estar callada y notó que Eleanor también estaba preocupada.

"Elizabeth no se ha sentido bien estas últimas semanas", dijo Eleanor en un tono tranquilizador, dándole un rápido abrazo a Elizabeth. "Pero cada día es un poco mejor".

"Pero qué..." Annelise comenzó a preguntar, solo para recibir una mirada de la Dama de Kinfairlie. Si había una historia para compartir, Eleanor solo la compartiría en ausencia de Elizabeth.

Erik se unió a ellos en ese momento, cargando a su nuevo hijo con evidente orgullo. El esposo de Vivienne también usaba una falda escocesa y tenía un parche sobre un ojo. Él y Garrett fueron presentados y Annelise admiró al hijo de Vivienne.

Entonces se dio cuenta de que la madre de Garrett le hablaba en voz baja a Elizabeth. La hermana menor de Annelise miró a Florine con asombro en sus ojos y el fantasma de una sonrisa asomó a sus labios.

Annelise se sintió aliviada.

"¿Has tenido noticias de Malcolm?" le preguntó a Alexander con entusiasmo. "Sabía que no estaría aquí, pensaba que esperaba estar en casa para el Yule. ¿Crees que vendrá a Killairig?"

"No he tenido noticias suyas estos últimos meses". Alexander se puso serio y nuevamente ella tuvo la sensación de que no se estaba diciendo algo. "Su última misiva también fue breve. Quizás sus planes hayan cambiado. Siempre hay un nuevo lugar para vender los servicios de uno, por lo que tengo entendido." La desaprobación de Alexander por la elección de Malcolm era clara y, como siempre, creaba un momento incómodo.

Las cosas se habían tensado entre Alexander y Malcolm, ya que él era heredero de Ravensmuir, pero se había negado a aceptar el sello, aunque Alexander se quedó con él y administraba la propiedad en ausencia de su hermano.

Alexander sonrió entonces, como si recordara el estado de ánimo anterior. "Pero no debemos olvidar que hay otra sorpresa para ti en este día". Se volvió y señaló la puerta. Allí estaba una mujer mayor, con el cabello plateado y una sonrisa en los labios, sus rasgos familiares a pesar del tiempo que Annelise no la había visto.

"¡Aileen!" Annelise lloró de alegría y se arrojó al abrazo de la pariente a la que tan pocas veces veía. Aileen no era su tía, pero aun así era pariente: el padre de su marido había sido hermano del abuelo de Annelise. Más importante aún, la boda de Aileen con el halcón era uno de los primeros eventos que Annelise recordaba. Ella era muy pequeña, pero sus recuerdos de ese verano en Inverfyre eran vívidos de todos modos.

Sobre todo de la novia.

El Halcón estaba detrás de Aileen, tan quieto en las sombras que podía pasar desapercibido. Su cabello estaba casi completamente plateado ahora. Como siempre, Annelise podía sentir el poder del amor entre estos dos. Para mayor deleite de Annelise, Aileen y los hijos del Halcón salieron del salón para rodear a sus padres. Hubo muchos saludos, besos y apretones de manos entre los de Kinfairlie y los de Inverfyre.

"Esta es una buena ballesta", le dijo Aileen a Garrett con evidente admiración. "Tendremos que comparar".

Las cejas de Garrett se levantaron y el Halcón se rio entre dientes. "No dejes que te engañe para que aceptes una apuesta", advirtió con buen humor. "Mi esposa es una excelente tiradora."

"—Se ha tomado nota de su advertencia, señor, me alegraría poder cazar mientras esté aquí. Somos un gran grupo y los bosques de Kinfairlie parecen muy abundantes."

Hubo un acuerdo general en esto, y Annelise miró a su alrededor con felicidad a los miembros reunidos de su familia. Fue entonces cuando se dio cuenta de que un hombre pelirrojo se apartaba un poco y le sonreía.

"¡Ross!"

Ese hermano se rio en voz alta, incluso mientras balanceaba a Annelise en el aire. Él llevaba una cota de malla y su cabello se había vuelto cobre bruñido. Dos años mayor que Annelise, se había vuelto más alto y ancho mientras entrenaba con el Halcón y se había convertido en un hombre en lugar del niño que ella recordaba.

"Eres mucho más alto que yo ahora", se quejó Annelise, pero él tiró de sus trenzas como siempre lo había hecho.

"Y te estás volviendo más audaz", bromeó él, su mirada fija en Garrett. "Me temo que tendremos que vigilarte más de cerca".

"Ross ha regresado de servir al conde de Buchan, pero aún no se ha ganado sus espuelas", le dijo el Halcón a Garrett.

Annelise bajó la mirada, porque sabía que Alexander no había aprobado que Ross se comprometiera con el conde más de lo que él había aprobado la elección de Malcolm. Inicialmente había enviado a Ross a Inverfyre y no le había gustado que lo desafiaran.

"Lo hace bien, pero me gustaría que aprendiera más sobre la lucha y el trabajo de los centinelas", continuó el Halcón, como si no hubiera habido ninguna interrupción en el entrenamiento de Ross. "Los enviaría a él y a mi hijo Nigel a trabajar a su servicio durante un año, si estás dispuesto." Hizo un gesto hacia su hijo mayor, un apuesto joven cinco años menor que Annelise.

"Me siento honrado por tu confianza", dijo Garrett con una reverencia.

"Y Nigel puede ayudarte con tu regalo de bodas", intervino Aileen.

Annelise sabía que se mostraba su confusión. Aileen hizo un gesto y los sirvientes llevaron cuatro halcones encapuchados al grupo. Eran pájaros grandes con picos ferozmente afilados, capuchas de cuero fino que les cubrían los ojos y cintas con cascabeles en los tobillos.

"Dos parejas reproductoras", dijo el Halcón, luego se volvió hacia Garrett. "Inverfyre está en las Tierras Altas, con poca tierra para cultivos. Nuestros ingresos provienen de la cría y entrenamiento de halcones cazadores. Estos dos pares pueden ser tus propios halcones, o pueden ser la base de un imperio hermano, ya que parece que te enfrentarás a desafíos similares en Killairig. Estaría encantado de poder prestarte la ayuda que necesites."

Garrett parecía estar abrumado, pero Annelise sabía lo que tenía en mente.

"Quizás podrías visitarnos," sugirió Annelise. "Garrett ha dicho que agradecería los consejos de mi familia con respecto a su propiedad, y me alegraría que visitaras nuestra casa".

"Nos sentiríamos honrados", dijo el Halcón y Aileen asintió. "Lo mejor sería viajar allí desde aquí y llegar a casa antes de la nieve. En la primavera tenemos demasiadas preocupaciones con la cría."

Garrett estaba claramente complacido y sorprendido. Se inclinó profundamente ante el Halcón, quien solicitó a Garrett enderezarse para poder estrechar su mano. "Te agradezco, señor, por una generosidad tan poco común".

"Ahora somos familia", dijo el Halcón con una sonrisa. "Y debemos protegernos las espaldas". Las miradas de los dos hombres se encontraron y se mantuvieron durante un momento, luego asintieron al mismo tiempo. Annelise no dudaba de que se entenderían fácilmente y tal vez se convertirían en buenos amigos y familiares.

El padre Malachy se acercó a ellos a toda prisa, trepando por el sendero desde el pueblo y resoplando mientras lo hacía. "¡Dama Annelise!" exclamó con placer indisimulado. Sus ojos brillaban. "Tu hermano me dijo que habría una boda a tu llegada, y todo está preparado."

"¿Hoy?" Annelise preguntó sorprendida.

Alexander sonrió. "Garrett escribió y me preguntó si podía casarse contigo lo antes posible", dijo, lanzando una mirada de admiración al hombre en cuestión. "Y así lo haré. Tu elección está hecha y el amor reinará. No veo motivo para retrasarlo."

Annelise podría haber protestado diciendo que necesitaba un baño y un kirtle nuevo, pero sus hermanas la llevaron rápidamente al salón y subieron las escaleras. Se rieron de su sorpresa de que el baño ya estuviera listo, pues los preparativos habían finalizado mientras todos hablaban en el patio. En unos momentos, Annelise se bañó y se puso un kirtle recién hecho por sus hermanas, con flores frescas en el pelo. Bajó al vestíbulo para encontrar a Alexander esperándola y las lágrimas asomaron a sus ojos. Ella estaba casi abrumada por el poder del amor en su familia. Ella y Alexander caminaron juntos hacia la capilla y ella estaba segura de que todos oirían el canto de su corazón.

Garrett estaba esperando en los escalones de la capilla de Kinfairlie con el padre Malachy, con las manos cruzadas delante de él y su sonrisa haciendo que su corazón latiera con fuerza. Él también había sido llevado de urgencia a un baño preparado y su cabello todavía estaba húmedo en el cuello. Annelise se paró frente a él y le sonrió cuando Alexander puso su mano en la de él. El padre Malachy habló mientras el sol brillaba sobre ellos y Annelise conoció una felicidad más allá de lo que había esperado.

Todo porque había elegido ser audaz y hacer que su futuro fuera suyo.

Ella sonrió a Garrett y repitió sus votos, feliz más allá de toda creencia de que su aventura juntos acabara de comenzar.

NOTAS

CAPÍTULO 2

1. Bolsa o caja en forma de tubo, generalmente ensanchada en su parte superior, que se empleaba para llevar flechas; se llevaba colgada del hombro izquierdo mediante una correa, para poder coger las flechas con la mano derecha.

EL BESO DE LA DONCELLA DE HIELO

LAS NOVIAS DEL AMOR VERDADERO #23

Ella lo hechizó con un beso, pero ganar su amor exigiría todo lo que él poseía...

Después de ocho años en el extranjero, Malcolm regresa a Escocia con una fortuna, un compañero aún más endurecido que él y con la determinación de restaurar su propiedad heredada. Pero cuando ese compañero cae en peligro, Malcolm aprovecha la oportunidad para pagar una vieja deuda y cambia su propia alma por la de su compañero condenado. Sabiendo que sus días son limitados y decidido a dejar un legado de mérito, Malcolm reconstruye Ravensmuir con toda prisa, aunque teme no tener nunca un heredero.

Una noche de violencia ha dejado a Catriona sin hogar y sin fe en el honor de los hombres. Ella espera poco de una visita al hermano de su dama, el Señor de Ravensmuir, un mercenario conocido. Pero el guapo señor desafía sus expectativas con su cortesía, su encanto y su inesperada propuesta. Sabiendo que es su única oportunidad de asegurar el futuro de su hijo, Catriona se atreve a aceptar la mano de Malcolm. Ella pronto se da cuenta de que ese guerrero libra su propia batalla y que ella tiene la llave de su salvación.   Poco se da cuenta de que su pasado la persigue, buscando destruir todo lo que ama, incluido al señor que ha descongelado la escarcha de su corazón rebelde.

~

El beso de la doncella de hielo
¡Disponible ahora!

~

ACERCA DEL AUTOR

Claire Delacroix vendió su primer libro, un romance medieval, en 1992. Desde entonces, ha publicado más de setenta novelas en una amplia variedad de subgéneros, que incluyen romance histórico, romance contemporáneo, romance paranormal, romance de fantasía, romance de viaje en el tiempo, ficción femenina, paranormal adulto joveny fantasía con elementos románticos. Ha publicado bajo los nombres de Claire Delacroix, Claire Cross y Deborah Cooke. The Beauty, parte de su exitosa serie de romances históricos Bride Quest, fue su primer título en aparecer en la Lista de libros más vendidos del New York Times. Sus libros aparecen habitualmente en otras listas de bestsellers y han ganado numerosos premios. En 2009, fue escritora residente en la Biblioteca Pública de Toronto, la primera vez que la biblioteca organiza una residencia centrada en el género romántico. En 2012, tuvo el honor de recibir el premio Mentor del año de Romance Writers of America.

Actualmente, escribe romances contemporáneos y romances paranormales bajo el nombre de Deborah Cooke. También escribe romances medievales como Claire Delacroix. Vive en Canadá con su esposo y su familia, además de muchos proyectos de tejido sin terminar.

http://delacroix.net
http://deborahcooke.com

OTRAS OBRAS DE CLAIRE DELACROIX